有爱的青春陪伴者

图书在版编目（CIP）数据

咬一口春柿 / 红豆沙著. -- 南京：江苏凤凰文艺出版社，2024.1
　ISBN 978-7-5594-7695-1

Ⅰ.①咬… Ⅱ.①红… Ⅲ.①长篇小说－中国－当代 Ⅳ.①I247.5

中国国家版本馆CIP数据核字(2023)第075247号

咬一口春柿

红豆沙 著

责任编辑	王昕宁
特约编辑	伍　利　狐小九
责任校对	言　一
出版发行	江苏凤凰文艺出版社
	南京市中央路165号，邮编：210009
网　　址	http://www.jswenyi.com
印　　刷	长沙鸿发印务实业有限公司
开　　本	880mm×1230mm　1/32
印　　张	9
字　　数	332千字
版　　次	2024年1月第1版
印　　次	2024年1月第1次印刷
书　　号	ISBN 978-7-5594-7695-1
定　　价	42.80元

江苏凤凰文艺版图书凡印刷、装订错误，可向出版社调换，联系电话025-83280257

呼白春神

红豆沙 著

江苏凤凰文艺出版社

目录 contents

- 楔子 / 001

- 第一章
  听见他的声音 / 003

- 第二章
  你们是同父异母的亲兄妹啊 / 016

- 第三章
  我跟他不熟 / 029

- 第四章
  真心话大冒险 / 041

- 第五章
  阿喔，阿喔 / 054

- 第六章
  学习使我快乐 / 067

- 第七章
  幽幽绿茵处 / 078

- 第八章
  一帘幽梦 / 091

- 第九章
  像雨像雾又像风 / 103

- 第十章
  我是如此相信 / 115

目录 contents

- 第十一章
许个愿吧 / 128

- 第十二章
裂缝里的阳光 / 142

- 第十三章
流星啊 / 156

- 第十四章
一只长颈鹿 / 170

- 第十五章
春芽 / 184

- 第十六章
总有一天我会在你身边 / 197

- 第十七章
少女回头望 / 210

- 第十八章
词不达意 / 224

- 第十九章
一朵茉莉花 / 237

- 第二十章
等不到的春天 / 251

- 第二十一章
阳光灿烂的日子 / 264

楔子

正是初春三月，天气还是阴冷的，昏暗的天色盖住了远处绵延的山头，只一阵阵刺骨的寒风刮过，吹得墓前的柳梯纸扬了起来，像天空绽放的一朵白花。

梁小施磕完三个响头，起身要走，走了几步又转头看了一眼那新墓。墓碑是用青石板造的，周围还围了栏杆——为了干净，也方便祭拜。

碑上刻着"梁肖生爱妻王秀云之墓"，字体遒劲，是梁肖生专门找人写的，花了不少钱。

只是那照片有些旧，上面的女人一头短发，眼睛半眯着，嘴角似笑非笑，像是从没想过这张意外拍下的照片会成为自己的遗照。

梁小施也没想过，母亲才四十岁，怎么就与她生死相隔了。

鞭炮声"噼里啪啦"地响起，梁肖生顶着弹射的炮仗跑了下来，停在了梁小施面前，他神情有些尴尬，似乎担心这鞭炮声吵到了眼前人。

"走吧。"梁肖生道。

梁小施没说话，只跟着他往外走，没有再回头。

第一章
听见他的声音

离开绍云镇那天,车里开了空调,梁小施闻不惯这味道,只觉得想吐,自顾自地开了窗透气,偏头看窗外的风景。春风吹得她的短发飞扬,发丝比路边的蒲公英还要细软。

小镇的阳光充沛,梁小施的皮肤是健康清透的米黄色,好似金秋里最珍贵的麦浪。

梁肖生看了梁小施好几眼,还是不敢让她把窗户关上,只得死死闭着嘴,等到了去榆城的高速入口才开了口。

"以后你想回来,我再陪你来。"

一阵沉默,梁肖生也不顾,继续说自己的:"榆城气候要潮一些,衣服不够的话我再带你去买;转学手续我已经办好了,你到时候直接去学校,一中比乡镇中学规矩多,你……"

他顿了下,继续:"你听话一点,小柿子。"

自始至终,梁小施都没开口。车子一路飞驰,到了榆城。她双手搭在车窗上,看着窗外的高楼大厦鳞次栉比,比后院竹林新生的笋竹还要拥挤,在阳光的照耀下闪闪发亮。

车子在一幢砖红色的小楼前停下,房子总共有三层,门上贴着喜庆的"福"字,大红灯笼好似两个山楂球,衬得氛围更加浓厚,想来主人家过了一个好年。

门前有一个小庭院,用杏红色调的栅栏围住,茂盛的绿植与星星点点的碎花生机盎然,几块不规则的石块嵌在绿油油的草地上,形成一条幽静的小径,通往后院。

梁小施一下车就看见了庭院中心那棵粗壮的大槐树,和自己家门前的老榕树不相上下。

"到了。"梁肖生走在前面。

见身后人没有动静,梁肖生停住,哽了哽,吐出一句话来:"闺女,我知道,是我对不起你。"

这句话说完，梁小施透亮的眼睛才第一次望过来，冷冷的。她说："你对不起的不是我，是我妈，是你害死了她。"

轻飘飘的一句话，却像一块巨石一样，砸在梁肖生的心口。他突然变得脸色惨白，看着女儿的背影，说不出话来。

一个星期后，榆城一中高二（3）班。

刚刚下课，班里就像顶着锅盖的沸水，差点炸锅。

梁小施从课桌里掏出两根棒棒糖，戳了戳尹雪的背，说："走啊，兔子，上厕所去。"

有着两颗小兔牙的尹雪转过头，一手接过她的糖，顺便别了别刘海上的草莓发夹道："走！"

其实，两人不单单是为了上厕所。二楼有厕所，她们偏偏去了一楼，还专门绕到了篮球场，那里少年成堆，跑动声阵阵。

有男生在打篮球。

"哪个是章之澍啊，我眼睛都看花了。"梁小施探头。

尹雪看也不看，自信地甩发："就全场最矬的那个。"

梁小施："那还挺多的……"

尹雪无语，手一指那身穿23号球衣的人，努嘴："喏，腿毛最多的那个。"

章之澍长手长脚，戴着红色的发带，跑起来青春洋溢，是标准的高中校草的模样。

梁小施"啧"了一声："兔子你怎么这样，看人家这身高，这细皮嫩肉的，阳光帅气，人家怎么会腿……哦哟……腿毛是好多。"小姑娘瞪大眼睛，又"啧"了好几声。

"我就说吧，你还非不信。"尹雪加快了脚步。

谁知梁小施不肯，拉着她原地转圈："哎呀，别走啊，兔子，再看会儿。这可是你的青梅竹马，你不打声招呼吗？"

尹雪不肯，两人开始"拔河比赛"。

"兔子！"有人喊了声。

尹雪望过去，没想到章之澍已经打完了，"吭哧吭哧"地跑了过来。

梁小施开心了，露出八颗牙齿笑。

章之澍带着热气的"魔爪"直接伸向了尹雪的头发，三两下便弄乱了她的刘海，问道："你跑什么啊？有水没？给我喝口。"

尹雪现在就像炸毛的小狮子，推开他的手，对着空气来了套"连环拳"，没好气道："没有！"说罢拉着梁小施就走。

梁小施还不尽兴，转头摆手："兄弟，有时间切磋切磋球技啊。"然后转头捣尹雪的胳膊，"你俩关系挺好的嘛！"

尹雪不说话，轻哼一声，留给章之澍一个背影。

章之澍在原地挠头，想着，兔子啥时候认识了个小男生？

的确，梁小施第一眼看上去就是个小男生，未到耳郭的短发细软，一双眼睛圆溜溜的，就连眉毛都是淡淡的，皮肤带着淡淡的米黄，加上一身牛仔衣裤，任谁看了都要迷糊。

"假小子"现在正张牙舞爪地和人抢东西吃，不抢到誓不罢休。

"兔子！你再给我吃一口，我再也不乱说了。"

"我不！就剩一根了！"尹雪举着一根辣条跳起来。

梁小施转头："哎，章之澍你怎么来了？"

尹雪果不其然上了当，转头望去，下一秒手上的东西就被抢了去。

梁小施："嘿嘿，最后一根。"

尹雪满头黑线，忍不住拍她："你斯文点，都是你的了。"

谁知道这一掌下去，痛的不是梁小施，而是无辜经过的人——

江曜看着自己蓝白色校服沾上的辣椒油，愣了半晌。

他本就是远山绿水般的淡颜，看不出什么喜怒，可此刻那面容染了黑云，气压有些骇人。

三个人都愣了。

江曜先是看了眼梁小施，又望了眼尹雪，那眼神仿佛在看两个傻瓜。

"啊，对不起，对不起，我不是故意的。我这儿有纸巾，你擦一擦吧！"尹雪急得赶紧道歉，伸手"唰唰"扯起了梁小施桌上的纸巾。

梁小施："你礼貌吗？"

谁知江曜根本不接，看了眼纸巾，转身就走，全程没开口说一句话。

危机解除，气氛回暖。

尹雪吓得大喘气，拿着纸巾擦汗："吓死我了，江曜也太吓人了。"

她望了望，确定人已走远，又接着科普："小柿子你不知道，江曜可是我们三班的人物啊。你别看他长得清清秀秀的，性格可烂了，不爱搭理人。虽然成绩好，但是一直没同桌，任老师都拿他没办法，只能让他一个人坐着。"

任老师是三班的班主任。

梁小施耳朵听着，手上却翻开了语文书，给书上的杜甫画起了衣服，根本没接话的工夫。

尹雪酷爱八卦，甭管别人听不听，她只要自个儿说得痛快："不过我听说江曜家境挺不错的，家里好像开了个公司吧，但是谁知道他家是干吗的啊，也没怎么看到过他的家长。他这个性格也不知道怎么养成的，面对谁都像是别人欠了他百八十万的样子，班上没人能和他说上几句话的。"

梁小施给杜甫画完衣服，又开始给李清照画睫毛，十分认真。在画到右眼睛的时候，她还是停了笔，转头看了眼后面的人。

只见江曜坐在位置上，因为低着头，能看见头顶的发丝切割了几缕金色的阳光，一双眼是垂着的，浓密的睫毛投下了阴影。

梁小施刚想收回眼神，那双墨黑色的眼睛便抬了起来，正对上她的目光，像是漩涡，引人入胜。

仔细一看，梁小施才发现，他的鼻梁骨上方有一颗小痣，如梅花瓣里的花蕊，惹人注目。

两人就这么望着，眼神激烈得电光石火般，可偏偏谁都不开口。

相持间，还是江曜先收回眼神，他低头继续写题，梁小施也转过了头，从鼻子里喷出一阵淡淡的鼻息来。

哼，装什么……

梁小施没想到这么快又和章之澍见面。那是下午第一节课下课，有同学在教室门口喊了声梁小施。

"体委！快出来，有事儿。"

之前班会的时候谁都不想当体委，因为又脏又累，没想到新同学梁小施自告奋勇。毕竟她从小就爬上爬下，一直是班里的体育委员，到了这儿也不能坏了规矩。

梁小施睡眼蒙眬："干吗？"

说话的人是门神"小平头"，他义愤填膺道："咱班明天的体育课，篮球场本来就是我们的，结果五班带头的说他们早就占了场子，要和我们抢。"

"五班？"

"章之澍他们班。"尹雪接话。

"小平头"点头："是啊，咱们班明天好不容易上一节体育课，大家想打打篮球都不行。"

"岂有此理！"梁小施猛地站起来，一撸袖子，一甩短发，"我找他们理论去！"

"体委威武！""小平头"在后面拍马屁。

出了门，梁小施却开口："兔子，你去跟章之澍说说。"

尹雪："啊？"

"我不是想着你俩熟嘛，先好好说，实在说不通我再出面。"

尹雪给了梁小施一个白眼，还是去了。她跟章之澍之间商量这点事情的交情还是有的。

五班的教室在厕所旁边，拐角就到，梁小施看着尹雪去了五班教室门口，决定先在走廊上等一下，不然自己跟着去显得她们是去找碴儿的，气氛不好。

她双手撑着下巴，无所事事地吹着口哨，谁知这一看就看到了熟人。

男厕所门口有一排盥洗池，江曜就站在最旁边的位置，他脱下了自己的蓝白色校服，只着一件天蓝色卫衣，正在努力刷衣服。

正是倒春寒的时候，自来水如寒冰，梁小施洗手都只冲三秒，更别说他在这儿洗衣服了，白净的一双手早就冻得通红。

梁小施有些无语，低声吐槽："有那么爱干净吗？非得现在洗，家里又不是没有洗衣机。"

谁知她这话就传进了江曜的耳朵，他转过了头，脸庞柔和，鼻头因为寒冷有些微红，眼神却似在反问——你看什么？

梁小施一下被噎住，"我"了几声却什么都没说出来。

"吃辣条脑子容易变笨，少吃点吧。"

江曜终是开了口，声音清脆，比流动的山泉还要清透，就是这话嘛，不太中听。

梁小施顿了下，憋出一句："你别跟我说话。"

男生拧了拧湿漉漉的衣服，甩了甩手，水珠不偏不倚甩到了梁小施的校服上。

"行。"他转身就走。

一人一次，这算是打平了。

梁小施都气笑了，正准备冲上去，谁知道尹雪出了五班教室，也一脸气急败坏，说什么章之澍不顾朋友情谊，就是个大无赖。

梁小施本就在气头上，听到章之澍慵懒的声音："爷在这儿。"

梁小施："呃……少废话，把场子还给我们。"

"我偏不。"

梁小施气得牙痒痒，差点上手扯他的腿毛了："你个'腿毛怪'，有本事和我打一场，谁赢了谁要场子。"

话一说完，别说章之澍了，旁边看热闹的男生们也激动起来了："嘿，这小男生口气不小。"

"什么男生,我是女生!"梁小施中气十足,挺起胸脯。

众人呆住。

章之澍也有些惊讶,抬手点点尹雪:"兔子,你不劝劝你朋友?"

梁小施却直接呛声:"少废话!你到底来不来?"

"嘿!我有什么不敢来!明天不见不散!"

其实梁小施根本没想过和章之澍争个输赢,虽然她从小爬树掏鸟蛋,但是力气终究没有男生大,她这么做只是将计就计,既然三班占不到场子,那五班也别想玩。

所以来看热闹的众人就看着两人在篮球场上追追赶赶,章之澍就像追着老鼠的猫,就这样都没抢到梁小施手里的篮球,更别说得分了。

章之澍火了,叉着腰吼:"梁小施!你到底会不会打球啊?"

梁小施气喘吁吁,抱着篮球傻笑:"嘿嘿嘿,你来抢啊!"

比无赖,咱们就看看谁脸皮更厚。

章之澍果然更火了,他低哼一声,又冲了上去。

梁小施一看他这火箭般的速度,又故技重施,指着人群大喊一句:"兔子!"

屡试不爽,章之澍回头去看,梁小施手中的篮球已经飞了出去,直朝人群而去。

谁知这一扔却没掌握好力度,只听人群中传来"咚"的一声,然后是人倒地的声音。

尹雪声音最尖:"娘哎!打到人了!"

其实要说起来,刚刚梁小施扔球的力气也没有多大,谁能想到它会砸到人,更严重的是把人的脑袋砸出一个包。

"受害者"被人团团围住,"肇事者"好不容易才挤进圈子中心,扯着嗓子喊:"没事儿吧,没事儿吧?"

下一秒就看见江曜像一个发光的"雪媚娘"一样躺在地上,额头上鼓起鸡蛋般的青包,按那广告词来说——吹弹可破。

怎么偏偏砸到了他?梁小施扶额。

"赶紧送医务室吧。"有人喊。

"好好好。"梁小施也顾不了那么多了,伸手去拉江曜。

谁知道这白净的"雪媚娘"还晕乎着呢,根本没有力气站起来,梁小施只得用力去拉,咬牙喊尹雪:"兔子快帮忙啊!"

尹雪没来得及伸手就被章之澍拦住,他一手拉起江曜,让江曜靠在自己身上。

没时间磨叽了,梁小施也没松手,拉着江曜就走,谁知这时耳边又传来声音。

——"好晕好晕,头好痛啊!"

这是江曜的声音,梁小施眼皮一跳。她转头看人,嫌弃道:"你别说话了,现在就送你去医务室。"

"雪媚娘"还跟之前一样,皱着眉头闭着眼,头上的包好像更大了。

"小柿子,你跟谁说话呢?"尹雪问。

梁小施满头问号:"你们刚刚没听到他说话吗?"

章之澍给了她一个白眼:"他都晕成这样了,还能说什么啊。"

"可是我……"

梁小施的话还没说完,江曜的声音就又响起来了,带着不耐烦。

——"吵死了!眼皮好重睁不开,好难过哦。"

这下梁小施真的吓到了,她闪电般地甩开了江曜的手,下意识地后退了几步,仿佛看到了鬼。

因为她清清楚楚地看见江曜一直闭着眼睛,嘴唇根本没张开过,可她却偏偏听到了他的声音。

这是什么灵异事件?难道他会说腹语?

梁小施眼神呆滞,愣在原地,还是尹雪见她走得慢了,又转回来拉她。

医务室只有一个校医在,还有几个同学在排队,不知道在干什么。

"医生,快看看我们这同学吧,晕倒了。"

校医转过头:"怎么了这是……"而后一愣,叹道,"嚯!好大的一个包!"

安置好江曜,尹雪和章之澍就要先回去,梁小施非说要等江曜醒来。

尹雪拉着她:"小柿子,我看他也没什么事儿,你留在这儿不怕待会儿他把你吃了啊!"

吃人?梁小施看一眼江曜,又想起刚刚那声略带委屈的"好难过哦",实在不忍心走。

"没事,你们先走吧,人是我打的,这事我得负责到底。"

章之澍:"……真有担当。"

梁小施就坐在江曜的床边,直勾勾地看着他的脸。看了三秒后,她又瞄一眼他的肚子,就差把人看出洞来。

江曜一醒来看到的便是这么一个情景,吓得往后缩了缩。

"你醒了?"

江曜花了三秒才看清现在的情况，终于"读档"成功，眼前这个鬼鬼祟祟的人是把自己砸晕的"凶手"。

"凶手"很狗腿，问："你怎么样？还晕不晕？认得我是谁吗？知道这是几吗？"

看着她挥舞着"爪子"，江曜很想说自己只是晕了，不是傻了。但他没什么力气，不想开口说话。

"完了，你不会哑巴了吧？对不起啊，是我太用力了。"梁小施面露难色。

江曜忍不了了，蹦出两个字："没有。"

见他还会说话，梁小施瞬间放心了。下一秒，她就又一副便秘的表情，看得人难受。

"我没事，你别这样。"江曜惜字如金，转过头去。

梁小施这下不"便秘"了，微微凑了过来，低声问了个问题，成功把"便秘"传给了江曜。

她问："你是不是会腹语？"

江曜顿时无语。

还好校医说他没把脑子砸坏，只要好好休养就没事儿，江曜听完就要走，被梁小施喊住。

"医生，你确定这个包对他没有什么其他的影响吗？比如突然会说腹语什么的？"

校医："……出去。"

回去的路上，梁小施还是没想明白，她很想告诉自己那是幻听，可……

最后她还是没忍住，对着前面的背影喊了句："喂！"

江曜转过头来，顶着一个鼓包。

他整个人沐浴在灯光里，眼神平淡又柔和，光影交错间，只有寂静的声音回荡在二人之间。

"我没说谎，你晕倒的时候，我真的听见你说话了。"梁小施干干地道。

江曜抿着嘴唇，不知道说什么，生怕她是太过内疚，只能回一句："我真的没事。"

除了这句，他实在不知道说什么了，转身离开。

梁小施撇嘴，跟了上去。

课间，班级里人潮涌动，晚风吹进窗户，带着油菜花的清新味道，让人有些心神荡漾。

梁小施从教室前门进来，慢悠悠地甩着手上的袋子。

教室角落里，负伤的"雪媚娘"正低头安静地算题，他的周围人来人往，却丝毫没有干扰他的宁静，就像暴风眼的中心，寂静又安宁。

只是那个包，依旧屹立，变成了乌青色，像极了茶叶蛋。

"咳咳，这个给你，擦了能好得快。"

梁小施也不看江曜，只把手里的袋子递给他。袋子里装着两瓶药水，还有一些软膏，挺齐全。

药是尹雪推荐的，梁小施找法子买了些进来——不管怎么说，今天这件事是自己理亏，该负的责任得担负起来。

谁知江曜并不接，继续做题："我不要。"

"你这个人……"

"别和我说话，这可是你自己说的。"

他字字诛心，一而再再而三地拒绝自己的好意，气得梁小施青筋直跳，实在想不通他"36℃"的嘴怎么说出这么冰冷的话来的。

见她赖在这里不走，江曜又抬起头，皱眉："能不能让开点，挡住我的光了。"

"你……"

两人间暗流涌动，吸引了吃瓜群众，班上的人虽说都各忙各的，但眼神都不由自主地往这边望，甚至还有人开了一袋瓜子坐在旁边看戏——新来的转校生杠上忧郁学霸，真是好大的一出戏啊！

"行，不要就不要，就让这个'茶叶蛋'跟你一辈子吧！小气鬼！"梁小施口不择言，直接把药丢进了垃圾桶。这次"投篮"也没中，袋子摔到地上破开，发出好大一声响。

吃瓜群众甚至有被误伤，"哎哟"一声，手上的"瓜子"撒了一地。

有人劝："体委，你跟江曜说什么啊。他不要就不要，别白费心思了。"

很显然，大家都知道江曜的脾气。

——生硬冰冷，拒人于千里之外。

——开口即杀人于无形。

梁小施这下也深刻体会到了，所以她冷哼一声，走了。

吃瓜群众连连咂嘴叹息："怎么没打起来啊？可惜了我的瓜子。"

江曜头上那个"茶叶蛋"到了第三天还没消完，只变成了一团墨黑，像一团墨渍。

梁小施虽然嘴上说着不在意，但心里隐隐担忧要是一直这样怎么办，岂不是毁容了？他虽然性格龟毛又讨厌，但确实长得"人五人六"的，真毁容了自己岂不是害人一生？

不过让她再拿热脸贴冷屁股，也是绝不可能的。

正想着，任老师夹着书进来了。他一副方框眼镜泛着光，眼睛扫射着全班。

要说班主任就是老到，一进来什么都不说，就晾你五分钟，气不死你吓死你。

三班人都要绷不住了，他才终于开口。

"说个事儿，下节班会课，大家把位置调一下，围成一个圆圈，把中间位置留出来。"

从这个位置就能看出这节班会课不简单，班上的人一下沸腾起来。

任老师又开始沉默，这次牙都咬紧了。

好不容易挨到下课，大家就像出笼的鸟儿，立马拖桌子准备。三班凝聚力挺强，这个时候班干部就会站出来组织，梁小施这个体委也不例外。

所以等她坐回自己的位置，自己的位置已经被安排好了，一边是兔子——嗯，很正常。

另一边……嗯？怎么会是江曜啊？

大家是男女分开围坐的，只是江曜根本没有心思管这些，是最后挤进来的，就坐在梁小施旁边。

他们对面的男女座位交接处留出了一个过道供人进出。

而这边，梁小施和江曜的座位却是紧紧挨着的。

江曜旁边坐着"小平头"，看见这个布局忍不住"哎"了一声，下意识地开口："梁小施，你要和江曜坐一起吗？"

尹雪也替梁小施考虑，这两人之前吵成那样，现在多少有点尴尬。

"小柿子，不如你换个位置？我和你换吧。"

旁边人也起哄："换一个换一个，待会儿你俩打起来了可怎么办？我们可拉不住啊。"

江曜倒没什么所谓，一直趴在桌子上酣睡，仿佛大家说的不是他。

大家正说着话，热心的"小平头"就要凑上来搬梁小施的桌子，被人一把按住。

梁小施压着声音，假模假样："不用啦。我作为班委，更要遵守规则，就这么坐吧。为了班级秩序，我受点委屈没关系的。"

尹雪奇怪，凑过来问她怎么了。

梁小施摆手，悄悄指了指尹雪身旁的女生。

吕筱诗，班上的文艺委员，也是才女一个。只是她名字的读音跟梁小施有点相近，两人又在一个班上，也因此闹了些笑话。

本身梁小施是不太在意的，但女生之间的气场总是微妙又莫名，从吕筱诗看自己的眼神，梁小施就能看出一点，这位文艺委员不太待见自己。

梁小施看出来了，尹雪当然也看得出来，她了然，劝慰道："好吧，那就不换吧。"

所以最后还是梁小施和江曜坐在一起，中间隔了条"雅鲁藏布江"。

班会的主题是"集体的力量"，任老师除了教学扎实，班上整体氛围也要是掌握的，正是学期开头，就想着让大家熟悉熟悉，增强凝聚力。

主持人开场后就是任老师讲话环节，众人很配合，掌声雷动。

之后就是集体活动，主持人笑脸灿烂："接下来是我们的游戏时间！"

大家一阵欢呼。

"游戏很简单啊，扳手腕！但是呢，这次的扳手腕需要全班一起参与，男生与男生比，女生和女生比，最后男女各决出一名胜者，奖励就是……"

主持人故作神秘，拖长了音调，最后指了指任老师："免做今天任老师布置的两张物理卷子！"

多么诱人的奖励！大家鼓掌欢呼。

梁小施也摩拳擦掌——开玩笑，班上的这些小女生怎么会是自己的对手！

"大家先和身边的人比拼，我喊'一二三'就开始！"

"兔子，我们……"

梁小施话还没说完，就看见尹雪被另一边的女生"抢"了去，两个人已经开始了比赛。

也巧，除去主持人，其他同学都组队成功，就剩下梁小施和江曜。

"哎，你俩……男生和女生还是算了吧，梁小施你不……"

"别算别算，我要参加！"梁小施接话。

说完，她也不管江曜愿不愿意，转过身去面对着他："来！我俩来！我必须得到这个奖励。"

江曜趴在桌子上，直起身子还未来得及说话，就直接被梁小施一把扯过了手，紧紧握住。掌心袭来暖意，两个人都愣了愣。

——"哎……这鬼活动有什么好参加的，耽误我睡觉。"

江曜的声音字字清晰，梁小施瞪大了眼睛，不是因为这次他也没张口，而是没想到江曜居然也会说脏话。

"你扳不扳了？"他终于开口。

"当然！"梁小施反应过来，又紧紧捏了捏他的掌心，正准备发力，谁知道这人几乎连劲都没用,直接缴械投降。

"你赢了。"江曜语气淡淡的,没有一丝情绪起伏。

梁小施:"……我真的谢谢你。"

就在两人要松手的一瞬间,梁小施又听见了他的声音。

——"真够无聊的,好困啊!好想睡觉觉。"

这突如其来的叠字让梁小施忍不住了,直接爆笑出声,笑到狂拍大腿。

震惊!谁能想到冰山如江曜,竟然是这样的人!

江曜睨了她一眼,全当她是因为赢了比赛在发癫,便继续埋头睡觉。

然而梁小施现在也顾不上这些了,她要继续和其他人比赛。等到她一路过五关斩六将,最后成为女生组第一,乐呵呵地坐回自己的位置时,心情才慢慢平复下来。

台上已经开始表演节目,吕筱诗唱着《七里香》,大伙儿热烈地呼喊着她的名字。

梁小施耳朵痒,总以为叫的是自己,干脆不再听,趴在桌子上休息。

江曜还在睡,他半张脸埋在胳膊里,额头上那一团瘀青被隐藏,睫毛轻颤。这么近距离看,甚至能看清他脸上的毛孔,感受到他温热的呼吸。

"怎么皮肤比女生的还好。"梁小施腹诽。

四周热闹非凡,这一方却像误入空境,静谧安宁,只能听见心跳声。

梁小施闭上眼睛仔细回想,刚刚自己和别人扳了手腕,但都没听见别人心里的声音,只有江曜。

第一次在操场听见他心里的声音,两人好像也拉了手,这次也拉了手,难道是……

她猛然睁开眼睛,却径直闯入一双墨黑的瞳仁里,像撞进一个幽湖里。

"我天!吓死我了!"梁小施吓得抬起头,有些羞赧,只能假装咳嗽几声。

江曜反而自然多了,伸了伸懒腰,抬起眼皮看台上的表演,正懒着呢,旁边递过来一张小字条。

字如其人,很丑。

没想到你也会说脏话啊!对了,下次说叠字大点声,让大家都听见。

江曜莫名其妙,但一颗心"扑通扑通"狂跳,转头拿眼神问她——你发癫?

梁小施谨记不和他讲话的原则,把字条拿回去又继续写:

我听见你骂班会活动了，还说想睡觉觉。

　　江曜吓到了，嘴角抽了抽。
　　梁小施真真切切地看见了，也正是这个动作，让她证实了自己刚刚的猜测——只要牵住江曜的手，自己就能听见江曜内心的声音！
　　而且能听见他心里的声音，只此一人。

第二章
你们是同父异母的亲兄妹啊

清晨六点,床头的闹钟准点响起,打破了宁静。

江曜伸手按掉闹钟,揉了揉惺忪的眼睛,穿衣服起床洗漱,因为校服洗了还未干,只能穿其他衣服。

早饭已经准备好在桌上了,是热乎的豆浆、油条,还有两颗茶叶蛋,破裂的纹路在蛋壳上蔓延开来。

想到自己头上的瘀青,江曜眼皮跳了跳,干着嗓子说了句:"叔,这几天别做茶叶蛋了。"

厨房里的男人回得很快:"好嘞!"

早饭吃完才六点半,江曜还有事情要做,他起身走到了阳台,拿起地上的喷壶,开始给阳台的一排花卉浇水。

阳台空间很大,江曜喜欢很多花,百合、水仙,还有满眼青绿的常春藤、文竹等,枝叶交错缠绕,形成了一个隐秘的小世界,他每天浇水都要花上一些时间。

不过对于江曜来说,比起睡懒觉,做这些事情才更有意义。

到了六点四十,他终于放下东西,拿上书包出门,车子已经在外面等着了。他坐在后排,打开车窗,能看见庭院里的槐树枝繁叶茂,堪堪盖住一片澄澈的天空。

"昨晚睡得好吗?"前排的人问。

每天司机都会在这个时候和江曜说几句话,有时候是问天气,有时是问学习,总之会让江曜开口,仿佛是锻炼他语言能力一般。

事实也是如此,如果不说这几句话,江曜一天都不会怎么开口。

知道对方的好意,江曜点点头,言语里带了温度:"睡得很好,放心吧,叔。"

上完一节数学课,江曜有些口渴,便起身去小卖部买了瓶水。他慢悠悠地晃回教室,刚坐下打开书,一张字条就飞了出来。

还撕得破破烂烂的,一排歪歪扭扭的字彰显着其主人的气魄。

找你有事儿，大课间跑完操后我在廊亭等你。

　　落笔是一幅简笔画，一颗小柿子。

　　廊亭是高二教学楼对角处的一个小亭子，背后就是男生宿舍楼，现在是上课时间，没人回宿舍，自然很少有人在这个亭子里了。
　　梁小施觉得这是绝佳的谈话地点，她想了许久，还是决定把自己的"特异功能"告诉江曜。虽然拥有这功能也不是什么好事，但她作为奇怪现象的载体之一，江曜有必要知道这件事情。
　　跑完操还剩十五分钟课间休息时间，梁小施几乎是冲过来的，她气喘吁吁地坐在亭子里扇风，看着零星的同学走过，心里期待着他们赶紧走，不要耽误待会儿的正事儿。
　　她扇了十五分钟，连个人影都没见到。
　　江曜没来，梁小施还因此迟到了，被任老师罚站了一节课。
　　被罚站的梁小施也不老实，一直摇摇晃晃地咕哝。任老师盯了她一眼，警告意味明显。
　　小姑娘这才收了脾气，假模假样地拿着书看。等到任老师终于夹着书出了教室，她才终于爆发，"啪"的一声丢了书，径直走向后排。
　　"喂！你出来！"
　　江曜正和一道数学题酣战，没有回应。
　　看热闹的吃瓜群众又激动了，纷纷化身长颈鹿，低声传着："打起来了，打起来了！终于打起来了。"
　　被人无视，梁小施火更大了，她拍拍他的桌子，扬了扬声音："江曜！"
　　这一声终于拉回江曜的思绪，江曜抬起头，眼神迷惑。
　　"你跟我出来一下，我找你有事。"梁小施开门见山。
　　梁小施这命令的语气，大家还想看看江曜怎么接话。谁知他眨眨眼，十分无害地"哦"了一声，起身跟着去了。
　　众人："就这？"
　　走廊尽头是一个楼梯口，两人就在这里站着，梁小施双手抱在胸前，表情有些耐人寻味。
　　江曜没什么表情，只是等她开口。
　　和这个榆木脑袋搞不了心理战，梁小施直接开口："我不管你有没有看到我的字条，也不管你为什么没来赴约，我现在就明确告诉你一件事情。"

说到这儿,梁小施又有点心虚,松开手,摸摸鼻头:"说出来你可能不信,我好像能听见你内心的声音。"

江曜当然不信,但他不想和她在这里纠缠,于是反问一句:"所以呢?"

所以呢?轻飘飘的三个字把梁小施打蒙了,她设想过江曜的无数种反应,愤怒的、开心的、无语的,可就是没有这一种。

"我……你……你不信是不是?"梁小施脸色迅速变换,开始自我催眠。

"你肯定不信,我都不相信有这种事情,我试验给你看。"她直接去拉江曜的手,闭上眼睛,下一秒开口,"我知道你现在在想什么,你在想根据多项式的 n 次方展开方式,(x+y) 的 n 次方等于……"

梁小施一脸黑线:"现在能不能不要想数学?"

被她抓着,江曜有些不自在,手心开始出汗,他便用力抽了出来,开口:"你玩够了吗?我要回去了。"

"哎,你为什么不信啊?我真的能听见,你再试试。"梁小施不死心,又拉住他的右手。

声音出现了,带着不耐烦。

——"这个梁小施,烦不烦啊!"

人都是有情绪的,江曜自然也有,只是他不轻易表露而已。

梁小施抬起头来,正欲开口,听见楼梯口传来一个声音。

"同学,你们这是在……耍朋友?"

说话人有些口音,梁小施听着很亲切,转头望去,是一个留着斜刘海的男生,身上没穿校服,而是穿了条黑色的紧身裤,一双眼睛藏在厚重的刘海下,头发茂密似树丛,让人只能想到一个形容词——

杀马特。

"杀马特"还盯着两人牵着的手看,梁小施慌了,猛地甩开:"谁耍朋友?你别胡说。"

"那你们刚才……"

两个人还在继续"交流",江曜轻甩了甩手,转头离开。

谁知道迎面又碰见吕筱诗,他顿了顿。

吕筱诗撞见两人也很意外,看了江曜一眼,皱眉问了句:"你们又在吵架?"

江曜和吕筱诗不熟,更不想解释,一言不发地回了教室。

而梁小施根本没时间管吕筱诗,只看着江曜的背影,硬着头皮放出狠话:"行,江曜,算你狠!我要再找你我就是狗!"

"杀马特"名叫李司文,也是新来的转校生。为了照顾他的情绪,任老师还把他安排到转校生梁小施旁边。

两个人话都多,加上李司文老家也是绍云镇的,两个人算是老乡,一来二去的自然熟络起来。

等到了第三天,已经发展到带早餐的关系了。

"不是我说,小柿子,你家不做早餐吗?怎么每天早上你都这么狼吞虎咽的?"尹雪递来一瓶水。

梁小施接过喝了一口,摆了摆手,顺好气才接:"我起来太晚了,我们家……"她顿了顿,似乎想了想,才道,"我起来的时候都吃完了,我就随便凑合凑合。"

"我奶奶做的包子好吃吧?"李司文凑上来,邀功的模样。

"好吃!真好吃!真的有我小时候吃过的味道,果然我们老乡就是不一样。"梁小施开心得合不拢嘴,拍拍李司文的肩膀,豪气十足,"小李,表现不错,奖励你明天再帮我带两个!"

李司文有些无语。

"又不免费让你带,以后你在一中就有我罩着了,前途无量啊,小李。"

李司文抽抽嘴角,双手拱拳:"梁老板客气了。"

"小李客气了客气了……"

广播已经响起来了,熟悉的音乐声回荡在校园,又到了每天的跑操时间。任老师不知什么时候站在了教室门口,扯着嗓子催:"动作快点快点!不要给我在后面慢吞吞的,待会儿检查的来了。"

听到这音乐梁小施就想起自己前些天在廊亭等了某人那么久,还因为这个被罚站,最后居然还被他嫌弃。

她真是忍一时越想越气,退一步越想越亏!

梁小施一生气就跑得快。她本身长得不高,但是腿长,微微发力速度就提起来了,她越跑越嫌弃前面的人慢吞吞,干脆超越了别人,往队伍最前面冲去。

"嚯,小施好厉害啊,跑得比男生都快。"女生队伍里有人惊叹。

女生领头羊吕筱诗看了眼梁小施,只见她短发飘逸,风鼓起蓝白色的校服,像一只放飞的风筝。

有时候,人越羡慕某样东西,就会越嫉妒。

吕筱诗也不知道自己在争些什么,只是不由自主也加快了脚步,往前面追去。

在后面吊车尾的尹雪和李司文在"划水"。

"小柿子跑那么快干吗,都跑到第一个了。"

李司文望了望梁小施,又找了找江曜,才发现两人隔了十万八千里,心中不免疑惑。

"兔子你说,小柿子会不会是去找江曜的?他俩不是关系好吗?"

尹雪听到这话笑出了声:"哈哈哈哈哈哈,他俩关系好?他俩不打起来就算不错了,还关系好……"

"可我那天……"李司文还想说什么,但路边的体育老师已经叫起来了。

"三班的,你们散步呢!给我加快速度,看看人家梁小施都甩了你们半圈了!男生都给我跟上跟上,快点!"

于是乎,三班就被梁小施这个领头羊带跑了,她脚步轻盈越跑越快,快乐无边,只可怜了后边这些人,一个个叫苦连天哀怨连连的。

梁小施忍不住回头去看队伍,终于看到了队尾的江曜,他也满面通红,气喘吁吁地跟着呢,头发都被汗打湿了。

梁小施还是第一次看见江曜这么狼狈,她终于笑了。

哼,小样跟我斗,我跑死你!

李司文也是运动健将,很快甩开人跑上来,和梁小施并排。

"你跑这么快干吗?"

梁小施轻笑,却把话题扯开,指了指他跳动的头发:"不是我说,你这大白菜一样的'杀马特'发型不怕被任老师骂吗?"

"怕什么?我都把刘海剪了露出眉毛了,我这发量是天生的,哪像你这豆芽菜似的头发。"

梁小施"喊"了一声,继续跑,甚至还加了点速。

李司文也跟着一起,两人的头发从背后看着,就是两棵跳动的蔬菜。

跑完操,三班人已经是汗流浃背,一窝蜂地往小卖部跑,卖水的货架都被"洗劫一空"。

江曜在后面亦步亦趋地跟着,想着总还有几瓶水,谁知道一去,架子上竟然已经没有了。

梁小施几个进来的时候看到的就是这番场景。

李司文去拿冰柜里的水,自来熟地拍拍江曜:"哥们儿,喝水吗?我请你。"

"不用了,谢谢。"江曜转身要走。

李司文却以为他客气,拉着人:"别客气啊。我刚来到三班,大家都是同学嘛,你看你热得,头发都湿了,还是喝点儿吧。"

江曜身上黏糊糊的,还被李司文搭着,神色已经不悦了,刚准备走,却听见梁小施喊:"哎,小李小李,不懂事儿!他从来不喝冰水的,这里的水只剩冰箱里的了,他打死也不会喝的。"

"是吗?"李司文反问。

尹雪嚼着口香糖问:"你怎么知道?"

这一问反而把梁小施问到了,她一愣,咳嗽几声掩饰尴尬:"我……我猜的。好了,走了,走了。"

谁知江曜却一把拉住了梁小施的手腕:"你等一下。"

"哦哟。"尹雪和李司文都瞪大眼睛。

梁小施眼皮一跳,昂着头:"干什么?"

"你故意的?"

说的是今天跑步的事。

"没有啊,我跑我自己的,谁知道老师叫你们跑快点。"梁小施装傻。

江曜汗如雨下,双颊因为热气染上了潮红,眼睛却是亮晶晶的,像融化的雪媚娘。

"你知道跑步不是我的强项。"江曜不会说话,以至于他很诚实,诚实地表达自己的想法。

看他吃瘪,梁小施开心得都要飞起来了,扬着声音:"我可不知道,你别自作多情。"

预备铃已经响了,尹雪在这边也猛然扯了把梁小施,让她别再磨蹭,也让她的另一只手成功滑到江曜的手心。

双手相握的一瞬间,除了汗涔涔的湿意,江曜急切的心声又响起来了。

——"跑就跑了,谁说我不喝冰水,现在都什么时候了,我又没有生理期。"

梁小施瞪大双眼,看着眼前的江曜一脸严肃,心声却如此可爱。

实在是……太好笑了吧,哈哈哈哈哈哈。

他表面看起来正人君子,心里却跟个三岁小孩一样。

他怎么是这种人!

"这样吧,你跟我道个歉,我就大人不记小人过了,这里的冰水随便你喝。"梁小施十分大度地提出解决办法。

江曜:"我凭什么……"

"哎呀!你俩别搁这儿磨蹭了,马上上课了,赶紧走!"李司文这个暴脾气忍不了了,转头就跑。

梁小施"哎"了一声,赶紧把自己手里的冰水塞到江曜手里:"喝吧喝吧,不然渴死了我可不负责。"

看着小姑娘的背影,江曜有些无语,这一次次的,居然还真让她说中了。

本来还沉浸在快乐里的梁小施很快就不快乐了,因为课上任老师宣布了一件事情,这次期中考试考完后会召开家长会。

考试不可怕,请家长才是噩梦。

梁小施和梁肖生说这件事的时候,他正在厨房做饭,鲫鱼汤鲜美,香味四溢。

"真的吗?什么时候?有时间我一定去。"

梁小施提着书包回房间,表情冷冷的:"也可以不去,我无所谓。"

"你的家长会我肯定要去啊,你放心我一定会去的。"

梁小施顿住,转头看他,似笑非笑:"之前在老家开了那么多次家长会也没见你去过啊,现在去没什么用了,我成绩差,去了也是丢脸。"

来榆城两个多月,梁小施还是这样夹枪带棒地讲话,梁肖生大多时候都是沉默,这次也不意外,只默默盛了她喜欢的鱼汤放在桌上,又转身回了厨房。

家长会梁肖生还是去了,很积极地坐在最前面的位置,然后……被任老师说得蔫了。

结束后,任老师还专门把梁肖生留下来说话,说什么梁小施这个孩子是个好孩子,就是没把心思放在学习上,否则考上重本绝对不是问题,但她为人豪爽,体育素质高,和同学相处得很好。

梁肖生全程绞着手,点头哈腰地答应着。

出校门的时候,梁肖生想喊梁小施一起吃个午饭,她拉出尹雪和李司文当挡箭牌,谁知梁肖生说了句:"那就一起吃。"

所以最后几个人就在学校旁边的醉香居一起吃饭,正要进门的时候遇见了熟人。

是章之澍,他身边还有个女生,高马尾、瓜子脸,笑起来眼睛合成一条线,不笑时又木着脸,颇有个性。

梁肖生很豪气,一并请了。

席间大多几个男的在说,李司文会说话,逗得梁肖生"哈哈"大笑。

梁小施兴致不高,一直低声和尹雪耳语。

"这个罗真真,和章之澍关系不错啊。"梁小施看着章之澍旁边的女生分析道。

章之澍一边给罗真真开饮料,一边还参与着梁肖生和李司文的话题。

尹雪收回眼眸,淡然笑了笑:"当然了,这事儿我知道,他跟我说过。"

"那你……"梁小施有些惊讶。

"你也别多想啦。"尹雪给梁小施夹了块鱼劝慰道。

一桌五六个人,还真是各怀心思。

下午上课时间快到了，几个人也不再拖延，速速解决晚饭，速速退场。

李司文和章之澍一见如故，还在聊过几天一起打游戏的事情，梁肖生一把拉过了女儿。

"小柿子，我看你同学都挺好的，你自己在学校也听话点，学习……也稍微上心一点。"老父亲言辞恳切。

梁小施应付了几声，和大家一起进了校门。

榆城一中的放学铃声响起，热闹的学生便涌着热气出来了，扑面而来的青春气息让沉静的街道都沾染上快乐的味道。

五月份的天气裹挟着热气，少男少女欢笑着回家，笑声不知飘到了哪里。

今天江曜出来得很快，他脚步不停，穿过一路的小吃摊位，走到了路边的十字路口，车已经在那儿等着了。

不过车里却没人，叔估计是有事儿去了。江曜环顾四周没看到，索性站在车边等。

不一会儿有人过来，戴着白色帽子，吹着口哨，手上还拿着一杯奶茶。

是梁小施，她买了杯冰奶茶，却又被冰得打战，甩了甩脑袋。

看见江曜站在这里，她先是愣了愣，下一秒来了句："你喝吗？冰奶茶。"

她特意强调那个"冰"字，果不其然江曜看了眼她，语气凉凉的："等拉肚子了，你别哭。"

"喊。"梁小施冷笑，刚准备上车就看见梁肖生从斑马线那边过来，风吹起他的头发，凌乱不已。

"你们已经到了，走吧。小曜昨天说想吃饭团，我想起对面的便利店有现成的，就去买了。"

梁肖生把手上的袋子递给江曜。

江曜少见地笑了笑。

"谢谢叔，你辛苦了。"

梁小施连奶茶都不喝了，凑上脑袋去，像看见了什么了不起的事情一样，惊叹："我的天，江曜你会笑哎，你居然会笑，我还以为你脸部肌肉都不会动呢，原来是会动的啊。"

江曜没理她。

梁小施："得，又变成冰块脸了。"

"好了！别乱说，上车回家吧。"

三人这才上车，车灯闪烁几下，缓缓驶离路口。

不远处的两人看着这一幕无语凝噎，不敢相信自己的眼睛。

李司文是和章之澍一起出来打游戏的，两人刚准备去就看见了梁肖生从便利店出来，正准备打个招呼，谁知道就看见了这一幕。

"这怎么回事？小柿子怎么和江曜上了一辆车？不是说他俩水火不容吗？"章之澍抠抠脑袋一脸蒙。

李司文也摇摇头："不知道啊，怎么感觉梁叔和江曜也很熟的样子……"

李司文把这个消息发给尹雪的时候，尹雪第一反应更快，打下一排字：有没有一种可能……他俩是兄妹！

众人满头省略号。

就在大家疯狂编排两人的关系时，两个当事人正在车里对峙，一排座位被人用两个书包隔开来，两人分坐一边。

江曜是不会在车里吃东西的，所以他也不允许梁小施喝奶茶。

"江曜，你是不是太过分了？在家里不许吃东西，车里也不许？"梁小施气呼呼的，嘟起了嘴，干脆又多喝了几口奶茶。

江曜转头看着窗外："上次你在车里吃煎饼，一个急刹结果东西掉到地上，最后还是叔收拾的，这次又想让谁来收拾？"

他说完话转过头来，一双眼睛跟黑曜石一样，看得梁小施头皮一凉，她咳嗽一声，差点把奶茶喷出来。

"小曜说得对。小柿子你真的该和小曜学学，上午的家长会，你看看你们老师夸小曜夸的，他是功课样样都好，没让人操心过，老师都喜欢他，再看看你，老师说起你都摇头，除了体育老师。"梁肖生话匣子打开了就关不上了，像倒豆子一样把话都倒了出来。

梁小施就这么听着父亲说，也不接话，只是到最后回了句："既然你这么喜欢他干脆认他当儿子好了，反正这么些年也都是你在照顾他，就当没我这个亲生女儿。"

一句话噎住了所有人。

梁肖生吞了吞口水："你怎么这么想？"

"梁小施，你为什么要这么说话？梁叔是你父亲，又不是你仇人。"江曜罕见地插嘴，眉头皱成了一个"川"字。

"你俩还真是……比我和他更像父子。也是，毕竟这五六年来他从来没回来管过我，全部心思都在你身上。得了，你俩一起过吧，我退出行了吧。"

车内气氛瞬间怪异起来，梁小施手上的奶茶更冰了。

梁肖生知道她心里不乐意，但是再怎么不乐意也不能把气撒在江曜身上。

"行了，梁小施你少说两句，小曜是为了你好，你上次把人家打成那样人家都没怪你,你还在这儿说这些。"

说起那个意外,梁小施确实有些理亏,撇了撇嘴:"我说了我又不是故意的,再说了我给他买了药膏他又不要。"

江曜接得很快:"那我也没叫你扔掉,浪费。"

梁小施:"……那上次我给你留字条,你为什么没来?你知不知道我在廊亭等了你好久。"

既然话说到这儿了,梁小施干脆把这些天的气一并撒了出来。

江曜想了想,如实道来:"那个字条我看了,但不能确定到底是不是你写的。再说了,我不知道廊亭在哪里,所以没去。"

梁小施气得头顶都冒烟了:"你都在一中两年了,不知道廊亭在哪里?你逗我呢。"

"我真的不知道,我连座位都很少离开,怎么知道廊亭在哪里?"

江曜这人,平时好像真的很少离开座位,下课不是去厕所就是做作业。梁小施看着他一脸无害的模样,顿时气得不知道从哪里骂起,只能点点头:"行!算你狠!"

江曜表情依然,又补一句:"原来真的是你的字,难怪那么丑,下次记住了。"

梁小施:"……我杀了你!"

看着女儿张牙舞爪的模样,梁肖生既无奈又无语,只能对江曜劝说:"小曜你别见怪,这孩子野惯了,没有恶意的。"

江曜捏着渐冷的饭团,淡淡的:"我都习惯了,叔。"

梁小施对于他这种装样的行为十分不齿,一边做鬼脸,一边叽里咕噜地表示抗议。

好在快到家了,几人就没再开口,所有复杂情绪全都融进了无尽的黑暗夜色里。

星期一,梁小施依旧吃李司文带来的包子,只是有些奇怪的是,她总感觉大家看她的眼神怪怪的。

"兔子、小李,你们怎么了?怎么都看着我?"

"没有啊没有啊,你快吃快吃。"

梁小施说不出哪里奇怪,也就不管了。正好"小平头"和江曜从身边经过,她伸手点了点"小平头":"兄弟,帮我扔下垃圾呗,那边太远了。"

"小平头"看了梁小施一眼,又瞄了眼江曜,眼神调笑:"你哥哥在旁边呢,干吗还叫我扔啊?"

梁小施:"什么玩意儿?什么哥哥?"

"嘻,你俩一个班的,避什么嫌啊,没必要哈。"

"小平头"拍拍梁小施的肩膀,还是帮她扔了那个垃圾袋,只留她在原地,皱着眉头一脸蒙。

如果说这件事就够奇怪的,那么更奇怪的事情发生在升旗仪式上。

三班的集合地点正对着升旗台,是学校领导最看重的位置,所以任老师下了死命令,所有人必须提前五分钟到达场地站好。

所以大家几乎是跑过来的,急急忙忙分成男女两竖排站好,也顾不上什么高矮排列了。

只是今天也不知道怎么回事儿,梁小施直接被大家挤到了最后一个站着,她根本没来得及反应过来,就看见江曜也被男生们挤了过来。

两人大眼瞪小眼,无语凝噎。

江曜长得高,站在男生队列最后一个很正常,梁小施一米六的个子也被挤到最后一个,是不是过分了?

"哈哈哈,你俩果然怎么都能聚在一起。""小平头"转过头来笑。

"……这有什么好笑的?"江曜满头黑线。

李司文也转过脑袋,一脸狡黠:"感谢我吧,是我让你们站在一起的。"

梁小施恨不得一个栗暴敲在他"杀马特"的头发上,咬着牙:"感谢什么!你们今天鬼鬼祟祟的到底想干吗?"

李司文还没回话呢,隔壁班又探过来一个脑袋,幽幽开口:"为了给你们创造机会啊,大家都是自己人,你们不用拘礼。"

江曜吓得后退一步,满头问号:"你是?"

章之澍笑得像个大傻子,伸出手:"五班章之澍,叫我大澍就可以了。"

梁小施这个栗暴最终还是打在了章之澍头上,她低着嗓子威胁:"再给我阴阳怪气,我一拳打死你们。"

章之澍"哎哟"一声,躲回自己的队伍,却还是忍不住开口:"你俩别挣扎了,我们那天晚上都看到了。"

"对啊!你们一起上了梁叔的车,这还不能说明什么吗?"李司文解释。

"小平头"点头,指着两人:"你俩上了同一辆车回家,都跟梁叔很熟,虽然不是一个姓,但你俩八成是同父异母的兄妹啊!哥哥妹妹同在一个班级,避避嫌我们也是可以理解的。"

"什么!"

两声巨响同时响起,两人震惊到忘记正在升旗,上面教导主任正说得慷慨激昂呢,愣是让这一声吓得掉了话筒。

最后梁小施、江曜"如愿以偿",两人离开队列,站在主席台的大树下罚站。教导主任继续喋喋不休,这两个人也不甘示弱。

"什么兄妹乱七八糟的,不是你教他们的吧?这又不是演电视剧。"江曜低声道。

他第一次遇见这样荒谬的事情,忍不住话都多了起来。

梁小施差点吐血:"天地良心!我都不知道他们怎么乱传的,我又不想和你扯上关系。"

见任老师死死盯着他们,江曜只能保持镇定,嘴巴却在微微抽动:"那就好,谣言止于智者,相信这种东西会不攻自破的。"

"那怎么行!"梁小施差点又叫出来,压低了声音,"这事儿我必须说清楚。你放心,我一出马没有解决不了的。"

虽然相识不久,但江曜相信梁小施有这种"歪门邪道"的"能力"的,所以选择相信她。

"行。"

于是乎,梁小施拿出了她的解决办法。

第二节课上课之前,她拿着任老师的戒尺,用力拍了拍讲台,震起一层层粉笔灰,呛得众人睁不开眼。

"大家听我说!我梁小施和江曜!"小姑娘将戒尺一指后排的江曜,继续吼,"不是什么同父异母的兄妹,也没有什么乱七八糟的关系,我俩……"

梁小施顿了顿,突然吞了下口水,看着江曜撑着下巴,就这么看着自己,仿佛在说——给我好好讲。

"我跟他!什么关系都没有!如果还有人在班上乱嚼舌根,就跟这把戒尺一样……"

只见小姑娘一咬牙一发狠,将戒尺从中折断成两半,木质纤维的声音还在空气中微微响动。

众人都看傻了,下巴都掉到了地上。

"好了!我说完了!还有谁要说什么吗?"梁小施拍拍手。

"我有话要说。"

"有话就快……"梁小施转头,只见任老师站在教室门口,似笑非笑地看着她。

不得不说,梁小施这一番表演还是有用的,至少震慑了班上大部分人,也很少有人再喊什么哥哥妹妹了,梁小施很满意,直到周四早上。

027

梁小施起晚了，错过了早自习，又被任老师叫去办公室"喝完茶"回来，整个人都麻了，瘫在桌子上喘气。

"梁小施，交昨天的数学卷子。"文艺委员兼数学课代表吕筱诗过来催。

梁小施被她催得烦躁，伸手在自己书包里翻了翻，终于翻出一张纸，也不管写没写，直接递给她。

"还有一张。"吕筱诗接过，语气凉薄。

只是她看着卷子写得满满当当，有些惊讶，仔细一看。

"江曜？"吕筱诗看着姓名栏念出了声，再拿起另一张一看，也工整地写着"江曜"二字。

吕筱诗皱眉："梁小施，你书包里怎么有江曜的卷子？"

原本还闹哄哄的教室一下安静下来，所有目光都聚集了过来。

而梁小施还迷糊着，听罢猛地站起来，"哎呀"一句："糟糕，肯定是晚上不小心拿错了，拿成江曜的了。"

众人大惊。

第三章
我跟他不熟

梁小施和江曜的同住关系,还得从梁小施来榆城那天说起。

给王秀云守完灵,送走了来送葬的亲戚,梁家父女坐在堂屋,眼观鼻鼻观心,一时之间无话可说。屋外的野雀适时叫了几声,反而显得气氛更凄凉了。

王秀云如果还在,这个时候一定会念叨这野雀天天来,实在是烦人,然后一边拿着杆子去赶,一边咕哝今天晚饭吃什么。

她就是这么风风火火,刚收完稻米,就想着该给菜地除虫了,就这么一直忙碌着,一年四季没有停歇。

其实她很早就发现了自己有眩晕的毛病,本以为没有什么大事儿,直到有一天鼻血止都止不住,才慌忙去医院检查了,最后才知道脑子里长了个瘤子。

梁小施急得要命,催着王秀云去看,可她总说没事没事,等到头痛难忍了才给梁肖生打了电话,说这里的医生建议她去大城市的医院做个彻底检查。

梁肖生在电话里答应了,只是始终没回来过。

终于王秀云坚持不住,倒在了自家的地里。

噩耗来得猝不及防,梁肖生甚至没能见妻子最后一面。

梁肖生要把梁小施带到榆城生活。将她带到江家之前,他交代了很多,最后几句是:"江曜对爸爸很好,我在他们家工作这么多年一直是在他们家里住着,他也是想着我们暂时没有房子,所以让你一起住进来。小柿子,你要感谢人家,听话一些。"

彼时梁小施刚走进红火的江家大门,映入眼帘的就是那一室亮晃晃的吊灯、蜿蜒的楼梯,以及大得吓人的电视机,带给人的震撼有些难以言语。

"进来吧,我先带你去见江曜。"

梁小施没动:"我想回家。"

梁肖生顿住,转头看着女儿,最后才开口:"闺女,不管你怎么想爸爸,但是你要记住,以后爸爸在的地方,就是你的家。"

梁小施看着渐生白发的男人,很想回一句"不是",却张不开口。

"叔,你们到了。"

从螺旋状的楼梯上下来一人，穿着一身白色的运动服，头发看起来是刚洗过未干，还有水滴顺着发梢滴下来，极细的眉眼让人看不出他的情绪，只紧抿着嘴唇看着二人。

但梁小施能确定一件事。

眼前这个男生就是江曜，那个她父亲口中有点内向，但心地善良的江家大少爷。

梁肖生走上前去，微微弯了弯身子，笑着回："是，刚到，你吃了吗？没吃我现在就去做饭。"

江曜双手揣在兜里，摇了摇头道："不用了。你们要吃就去做吧，我要去写东西了，有事再叫我吧。"

"好。"梁肖生转过头，又介绍，"这就是我女儿梁小施，今年也上高二了。"

梁肖生："小柿子，小曜比你大两个月，你叫他哥哥就行了。"

梁小施脸色一白，根本喊不出口，正想拒绝，却听见江曜开口："不用了，这些你安排吧。叔，我先去忙了。"

梁小施舒了一口气，叹道谢天谢地。

梁肖生知道他的脾气，答应一声也就算了。

梁小施看着江曜转身的背影，脑海里只有一个想法——一定要离开这里。

当天晚上，梁小施失眠了。

她不喜欢这里的一切——会喷水的花洒，一走动就会亮的灯，甚至身下这张软绵绵的床，都让她感觉无比别扭，无比难受。

天还未亮透，墨青色的天光破云而出的时候，梁小施终于忍不了了，猛地爬了起来，收拾好自己为数不多的行李，蹑手蹑脚地出了门。

她的房间就在江曜旁边，她没穿拖鞋，轻手轻脚的，生怕吵醒了他。

终于下了楼梯，大门就在眼前，她不禁欢喜起来，脚步也越来越快，一把拿起自己的鞋子就要穿上。

"你的鞋子要洗干净。"

突然的一声吓得梁小施丢了鞋，一只鞋飞得老远，鞋底的泥土也溅在瓷白的地砖上。

江曜提着水壶，脸色更难看了，那眼神好似要把地上的泥点盯出一个洞来。

梁小施脸一下就红了，但此刻她只想趁着梁肖生还没醒之前赶紧离开这里，只能低声说了句"抱歉我不是故意的"，然后麻利地穿上了鞋，开了门就走。

江曤自然是不会追出去的，他看着梁小施兔子般的背影，默默叹了口气。还有进门的地毯，也嵌进了泥土，也要洗一次了。

再说梁小施这边，她出了门，只能凭着昨天的记忆走，但她本就是第一次来，加上这附近也不是商圈，全是错综复杂的公路，很快就迷失了方向，在原地打转。

最后她走到一个公交车站，随便上了一趟车，想着先出去再说。

回绍云镇得先去客运站，梁小施坐在公交车上，本想着看到标志建筑物就下车，谁知道她实在是太困就睡着了，最后是被司机叫下车的。

眼前是一个公园，没有多少人来往，梁小施望了望四周，一片茫然，无助感油然而生，恨不得直接扎进湖里死了算了。

梁肖生带着梁小施回来的时候，江曤刚把一张数学卷子写完。他看了看时间，下午三点。

梁小施出门九个小时后，又回到了江家。

又是一个不眠夜，这次梁小施学聪明了，她从床上下来，看着窗外投射进来的月光发呆。

现在跑实在不现实，还不如先忍痛在这里住几天，摸清了线路再走，省时又省力。

"可是……"小姑娘拍了拍床垫，"烦死了，这个床怎么睡嘛！"

梁小施干脆打起了地铺。

虽然是阳春三月，可地板依旧沁人的凉，梁小施冷得跳起来，翻箱倒柜找被褥，可惜一无所获。

这时隔壁房间传来开门的声音，然后是关门的响动。

隔壁的人居然还没睡。

为了不被冻死，梁小施决定出手一次。她起身开门，思来想去，还是敲了江曤的房门。

"你好，你睡了吗？"

谁知敲了好几声，里面都没有应答，甚至灯都灭了，看来是睡了。

"……故意的吧。"梁小施跺跺脚，冷得发抖，可现下也没有办法，只能转身回去。

等她刚回去，江曤耳朵里的耳机就没电了，音乐声戛然而止，他只能睁开眼睛，取下耳机，再次尝试入睡。

失眠的人不止一个，翻来覆去一个小时后，江曤还是没睡着。他实在受不了了，起身出了房间，准备去厨房热一杯牛奶喝。

谁知刚出房间，他就听见响动，是一声喷嚏。

然后又是一声，震天动地的喷嚏声从梁小施的房间里传出来。

屋外寒风凛冽，吹得二楼的窗户作响，江曜去关了窗，却仍旧听见喷嚏声，思索几秒后，他还是去敲了门。

"还好吗？"

无人应答，但这已经是江曜能给予的最大程度的关心了。他耸耸肩膀准备离开，门却"吱呀"一声开了。

梁小施把自己裹成了木乃伊，只露了一张脸出来，此时此刻在不停颤抖，跟筛子一样。

看来是冷得不得了了。

"怎……怎么了？"梁小施问。

江曜皱了皱眉："你很冷吗？"

梁小施抽抽鼻子，又是一个喷嚏，吓得江曜后退了好几步，使劲拍了拍身上。

"我……我想问问你家有没有多的被褥，我一直没找到。"

江曜看她这模样，也不知道该哭还是该笑。他侧身看了下里面，才发现她竟然在地上睡，不冻感冒才怪。

"被子在柜子最上面一层，空调遥控器在抽屉里。"江曜一一解释，却对上梁小施懵懂的眼神。

没办法，他只能进了房间，拿了被子，打开了空调，再检查了窗户关紧了没有，最后转头说了句："现在还冷吗？"

谁知道小姑娘早就钻进被子里，像一条毛毛虫蠕动了一下，瓮着声音感叹："不冷了不冷了，出去的时候麻烦帮我把门带上，谢谢。"然后竟心大地闭上眼睛睡着了，还真是不把他当外人。

江曜愣了好几秒，最后才出了房间关了门，心想今晚是彻底睡不着了。

第二天江曜是被一阵洗漱声吵醒的，"丁零哐啷"的响动声以及漱口声不停，还有梁肖生低低的呵斥声。

"你小点声，别把小曜吵醒了。"

"你声音不是更大？他想不醒都难。"

时间也不早了，江曜起身去卫生间洗漱，然后换了衣服去浇花、泡茶、写字，这是他最近每天的例行工作。

只是今天一出房门就看见了不寻常的地方，二楼的走廊滴了水，一直蔓延到公共卫生间。

里面水声阵阵，刷子飞扬。

梁小施正蹲在地上，拼命地刷着自己的鞋子。

"哎哟！我的天，这也太难刷了，哪儿来这么多泥巴。"梁小施累得吐气。

鞋底还泥渍斑斑，甚至白色的鞋面上也粘到了，不洗干净穿不了了。

"嘿，我就不信洗不干净了！"梁小施撸起袖子，又准备开干，身后一道声音幽幽响起。

"你这样洗迟早洗坏。"江曜睡眼惺忪，声音也带了几分慵懒。

梁小施回头看了一眼，她本身就是蹲着的，突然一转身就这么脚下一滑，直接摔了个屁股蹲儿。

被人这样看着，纵使梁小施再大大咧咧，还是有些羞涩，她猛地爬起来继续刷。

"每次都这样神出鬼没的，生怕吓不死人！看看看，刷鞋子有什么好看的。"

人家都这么说了，江曜没有理由再待下去了，他抓抓头发准备要走，只听后面又是一声哀叹。

"啊！我的鞋子！真的刷坏了！"梁小施叫苦连天。

江曜被吵得耳朵发麻，第一次扬了声音："叔！求求你了！快去给她买双鞋子吧！"

梁肖生本来就要给梁小施买生活用品，又担心她不肯去，现在正好有这个机会，他开心得不得了。

加上他也想感谢一下江曜，便想着大家一起出去吃个饭。

江曜本不想去，耐不住梁肖生一次次请求，最后三人去了一家火锅店。

烟雾缭绕间，大家的面容都看不太清楚。

梁小施不太能吃辣，早早就放了筷子，看着有些醉酒的梁肖生和江曜喋喋不休，思绪不知道飘到了哪里。

"小曜，叔叔是真心感谢你，我照顾你这么多年了，也知道你是个好孩子，只是不善言辞。"他一手拉过梁小施的手，轻轻抚摸着，"小柿子初来乍到，我把她安排到了一中。叔叔知道你也在一中读书，叔叔就顶着这张老脸再求你一件事。"

喝醉的老父亲双颊通红，另一手抓住了江曜的手，开始尝试把两人的手拉到一起。

梁小施和江曜都有些吃惊。

两个人几乎是同时发力，想要挣脱开梁肖生的桎梏。

"叔叔……求……求你一件事！"梁肖生用力拉扯着二人的手。

江曜终于扯出自己的手，大口喘着粗气："叔，你说什么我都答应你！"

"后天开学我有事去不了，麻烦你带着小柿子一起。"

江曜:"好,我答应你。"

梁小施:"你俩倒是安排得明明白白。"

等江曜去厕所了,梁小施眼珠一转,悄悄跟了上去。

梁肖生醉了,她可没醉,刚刚江曜那为难的表情她看得清清楚楚,现下还是去说清楚吧。

热气腾腾的过道上人声鼎沸,映得众人都红光满面直冒热气,说话的热气糊了满脸,脑子也晕乎乎的。

梁小施拍拍发热的脸颊,看见江曜正在洗手池那里站着,长身独立。

好像在洗衣服上的油点子?

"那个……他刚刚说的话你不必在意,他喝多了,我一个人去学校没事儿的。"梁小施站过去,有些不好意思,声音也弱弱的。

江曜自顾自地洗油点子,没有转头:"梁叔是为了你喝醉的。"

"他是馋酒好吧!"

他没洗干净,皱了皱眉头,用纸巾擦了擦手:"我既然答应了叔就会做到,后天你早点起床出门,一路上跟着我,不会有问题的。"

来了这么多天,这还是梁小施第一次听见江曜说这么多话,一下愣住了。

"我……"

江曜已转身走了,梁小施甩甩手上的水,也跟了上去。

多少是请人家帮忙,恭敬点准没错,梁小施凑上脑袋,想了半晌才问了一句:"七点行不行?六点半太早了。"

"不行。"

其实开学根本没什么事情要忙,梁小施从小就雷厉风行,是班级里的风云人物,这点小事情对她来说根本不算什么。但一中是重点中学,设有初中部和高中部,这教学楼跟棋子一样,遍布在四周角落,绕过大钟表和喷泉又是一番新天地。

"应该是这儿吧。"

江曜张了张嘴,但梁小施跑得太快,实在喊不住,他下意识去拉了拉小姑娘的书包。

"这边。"

梁小施被人一拉,生生转了一个圈,"哎"了一声,一个惯性竟然撞到了人。

"哎哟!不好意思,不好意思,我不是故意的。"梁小施摸着头顶,止不住道歉。

任老师推推眼镜,看了眼江曜:"江曜啊,你来得早啊。"

江曜淡淡点了点头，喊了声"任老师好"。

"任老师好，我叫梁小施。"梁小施有样学样。

任老师正想着这个转校生呢，没想到人家直接送上门来了。他"哎哟"一声，皱着眉头："你俩……这是认识？"

"偶遇。"江曜依旧面无表情。

"哦……那正好江曜你带着新同学……"

任老师话还没说完，江曜已经鞠了一躬："好的，我带她去领校服，任老师再见。"

任老师："……嘿，这孩子。"

两人去领校服，全程都是江曜说话，梁小施便图个安逸没开口。

一中的校服有衬衣和外套，还有一条墨蓝色的裤子，摸起来面料还算不错。

"我要现在换上吗？"梁小施问。

江曜往教室走，淡淡道："今天不用穿。"

三班教室就在眼前，还未走近已听到喧闹声。也不知怎么回事儿，梁小施看着这崭新的班牌和陌生的走廊，突然就发了怵。

她并不是天不怕地不怕，她也怕迷路，怕独自面对。

小姑娘下意识去拉江曜的手臂，却拉了个空。

"江曜。"梁小施喊了声。这些天，她第一次喊他的名字。

江曜顿住，转过头来看着她。

"今天谢谢啊，那个……今天放学的时候你一个人走吗？"

学校离家里有一段距离，梁小施是不知道路的，所以想找个依靠，虽然江曜看起来冷漠至极，但应该不会撇下自己不管的。

他眼神闪烁，但还是回话："放学叔会来接我们的，就在学校门口的那个十字路口等着就行。"

"好。"梁小施抱紧了校服，眨眨眼睛，像个天真的孩子。

那天上课时江曜还在回想，梁小施当时一头飘扬的短发，细软透亮，像春天新生的柳条，那么漂亮，透着一股生命力，让人心生欢喜。看似大大咧咧的，其实是个胆小鬼。

江曜摇了摇头，不再多想。只是他没想到的是，他碰见的是梁小施，不是娇滴滴的林黛玉。

仅仅是一天的工夫，梁小施已经在班上混熟了，从谨小慎微的转校生变成了呼风唤雨的"大哥"，其威力可见一斑。

甚至在放学回家的路上，她还开心地哼起了歌。

"爱有双重魔力，也苦涩也甜蜜……"

梁小施蹦蹦跳跳地回到家，刚想跟以前一样蹬开自己的鞋子，却感觉背后有一道凌厉的眼神盯着，瞬间鸡皮疙瘩起了满背。她收回动作，轻轻地脱下鞋子，把鞋子整齐摆好之后，再转头望着江曜，眼神试探，仿佛在说：鞋子摆好了，请您检查。

江曜没有说话，自顾自地进去，只听后面的人声音又飞上了天了："快使用双截棍……"

其实梁小施自己也没想到，一到学校就能交到好朋友。尹雪性格开朗，又能言善道，和自己简直是"天作之合"，她们明明刚认识，却好像有说不完的话，直到睡觉前都还在手机上聊天。

手机是梁肖生新买的，梁小施不太会用，尝试了好几遍才发了条语音出去。

"我先去洗个衣服，你等会儿。"梁小施发了消息，拿着新校服出去。

二楼卫生间有洗衣机，梁小施抱着自己的衣服正要丢进去，却被江曜喊住。

"校服是深色的衣服，怎么能一起洗？"

梁小施皱皱眉，看了看手上的衣服："我以前都是一起洗的，这个校服也不会脱色吧。"

江曜表情有些无语："深色衣服和浅色衣服不能一起洗，你妈妈没有告诉过你吗？"

说到妈妈，梁小施的脸色一下就变了。她知道江曜并没有其他意思，可心里就是不舒服。

这些天来到他家，干什么都是小心翼翼的，不敢大声说话大步走路，甚至夜里想上个厕所都是摸黑去的，跟做贼一样。

这样的日子让她憋闷，什么都不敢说，因为自己如今寄人篱下，是一个没有妈妈的孩子。

"我不是……"

看到她脸色有些变化，江曜也明白自己这话好像有点过分，赶紧解释，却被梁小施制止。

"好了，我知道，其实你一直看不起我这个乡下孩子。我来这儿也确实给你添麻烦了，让你很不方便，但是没办法，我爸在这儿工作，我也没地方去。"

江曜想插话，梁小施根本不给人机会，继续道："我知道，你不喜欢和人说太多的话，这几天麻烦你了。我这个人和你气场也不太合，干脆在学校咱们就装不认识，免得多一些麻烦。"

她表情认真，也不像在使脾气。

江曜本身就是个寡淡性子，在学校都没什么朋友，更懒得管别人的事情，管梁小施纯属是因为梁肖生的拜托，既然当事人都这么说了，他自然乐得清闲。

"这样也好。"江曜答应了。

说完两人便各自转身回房，再无交流。

自那之后，同在一个屋檐下的两人便不约而同地有了"三不原则"——不交流、不关心、不认识。

直到现在。

时间到了现在，梁小施拿出江曜的卷子的确让三班炸了锅，但大家都不敢打趣江曜，只能围在梁小施座位旁边问东问西，挤得梁小施伸不出手。

"不是，我是因为拿错了……

"我是想借他的卷子看一下，不是你们想的那种……

"我跟他不熟啊……"

梁小施解释得口干舌燥，被一圈人烦得头都快炸了，正焦头烂额之际，却听见后面一声巨响。

一本书拍在桌子上，震得桌子都抖了抖。

是江曜，他神色愠怒，望向众人震惊的眼神，终于开了口："吵什么吵？"

尹雪都傻了。

同班一年多，她还从来没见过江曜用这样分贝的声音说过话，看来是真的生气了。

"小平头"一口面包噎在嘴里，连忙吞下："好家伙，冲冠一怒为红颜啊！"

"哇！梁老板，看来你俩关系真不简单啊，江曜都为了你发脾气了。"李司文捡起自己掉落的下巴。

梁小施："……到底哪里看出来的？"

谣言一出现，传播速度是始料不及的。为了避嫌，今天放学梁小施跑得飞快，先跑到了车上等着，过了几分钟江曜才坐上车。

见两人之间的气氛太过奇怪，梁肖生忍不住问了一句。

"没事，回家吧。"两人异口同声。

梁肖生满头问号。

梁小施想说些什么，但总觉得说什么都是错，只能干巴巴地说一句："卷子是我拿错了，不好意思。"

"没事。"江曜也转头。

气氛又陷入僵局，还好梁肖生开口："小曜，过几天好像是你生日了吧，怎么过你想好了吗？"

"没想过,叔你别操心,你知道我的。"

梁肖生点点头,江曜对于这些虚的从来不在意。

两人继续说些有的没的,梁小施都没在意,她脑子里现在全是江曜之前那句话。

谣言止于智者,一定会停止的。

谁能想到湮灭一个谣言的办法是另一个谣言出现。

大家不再打趣梁小施和江曜了,不因为别的,只因为他们又看到了新的东西。

周四下午,李司文百无聊赖,蹲在小吃摊后面吃凉皮,给梁小施、尹雪指了指路边那辆拉风又显眼的车,一昂头:"我没骗你们吧,那车前面不是江曜吗?"

江曜穿着校服,站在车前和一个女生说话。

说是女生,但她明显要成熟一些,一身米白色的套装,卷翘的秀发只用一个鲨鱼夹夹住,眉眼化了淡妆,唇上挂了笑,甚至还动手去拉了拉江曜的衣角。

江曜罕见地没有躲闪,而且最神奇的是他居然也在笑。

尹雪也看见了,眼睛一亮,疯狂地摇晃梁小施,低声尖叫:"我的天啊!小柿子你看到没有!江曜笑了!他居然在笑哎!"

梁小施被摇得都快吐了,赶忙点头:"看见了看见了,我两只眼睛都看见了。"

"我就是觉得太神奇了,赶紧叫你们来看。你们说……江曜和这个美女是什么关系啊?"李司文捏着下巴,十分好奇。

"关你什么事儿?话多!"梁小施一个栗暴打在他头上,痛得他差点跳起来。

尹雪眼睛一眯:"小柿子你不好奇吗?"

"不好奇。"

"我们不信。"

"爱信不信。"

梁小施的确不好奇,只是在发现那天晚上放学后江曜没有坐梁肖生的车,反而坐了那辆车之后,心里就像被石头压住一般,一晚上都呼吸不畅,关着门气了半宿。

并不好奇的梁小施第二天又去了那里,果不其然又看见了江曜和那个女生。这次江曜似乎更开心了,笑声都传到了马路对面。

而且周五不上自习,提前放学,那欢乐的气氛萦绕在校门口,那两人笑得更开心了。

"有那么高兴吗？小心笑掉大牙。"梁小施蹲在地上画圈圈。

"对啊！"尹雪接话。

"看到美女当然高兴。"李司文和章之澍也凑过来。

三个人跟傻子一样，一人戴着一副墨镜，鬼鬼祟祟的，生怕别人不知道他们在偷窥别人。

"兔子和小李在这儿正常，'腿毛怪'你来凑什么热闹？"梁小施无语道。

章之澍"哎嘿"一声跳起来："我怎么不能来，我跟兔子……"

话还没说完，李司文已经拉过章之澍嘀咕了："大澍，别理她，别理她？你说这个美女是谁啊？"

章之澍挤眉弄眼，语出惊人："一定是富婆！"

众人："……去死！"

正说着呢，路边的两人已经上车，准备离开。

"他们要走了。"尹雪喊。

章之澍最为机灵："走！咱们看看去！我打赌，这绝对是富婆！"

李司文应声。

梁小施想一拳捶一个："你们无不无聊？"

"你不想知道这女生和江曜到底什么关系吗？"

"不想。"

"我们想。"

话音刚落，两只皮猴子就已经拦了一辆出租车跟上去了。章之澍甚至掳走了尹雪，只留梁小施愣在原地。

众人跟着那辆车，最后在一家店停下来。那两人上了楼，最后在二楼一张桌子前坐下。

玻璃窗透明，能看见里面的动静。

众人懒得跑，就站在对面的天桥上说话，只见江曜与那女生点了东西，有说有笑的。

"你看江曜又笑了，我还没见过他笑过这么多次呢。"尹雪抠抠自己的发夹。

李司文："我也……"他一转头就愣住了，笑出声，"梁老板！你不是不来吗？"

梁小施戴着帽子，有些尴尬，却还是晃过来嘴硬道："我……我是散步散过来的。"

众人："……呵呵呵。"

"没什么好看的，咱们走吧。"不知道为什么，梁小施看着玻璃那边两人的一举一动,心里总是不舒服,想拉着大家走。

章之澍倚着桥栏,贱兮兮地把墨镜掏出来戴上:"哎哟!你怕什么,我们几个谁跟谁啊,又不会把这事儿说出去。"

梁小施直接一拳上手:"他不是那种人!"

章之澍痛得叫起来,连退几步:"不是就不是,你发什么火啊。"

尹雪也皱了皱眉,下意识去拉章之澍的衣服,低声啐他:"谁叫你乱说。"

"你们都不知道,江曜虽然话少,但绝对不会乱来的,他天天在家里浇花养树的,就是个闷葫芦。"

梁小施也是憋闷了,干脆一股脑把心里的想法全都说了出来。听得众人一愣一愣的,全都呆呆地看着她。

最后还是逃过一拳的李司文反应过来:"不是我说,他天天在家干什么,你是怎么知道得这么清楚的?"

梁小施一下哽住,"我"了半天都没"我"出来,干脆把他的墨镜抢过来,恶狠狠道:"关你什么事啊!都是你们一天天话多,跑来看别人干什么,走啦!"

梁小施心里不爽快,转身要走。

几人碰了一鼻子灰,只能跟着走。

谁知李司文余光一瞧,那边的江曜也正起身准备要走,同时眼神也望了过来。

"完了,快蹲下!江曜要看见咱们了。"李司文一声大吼,直接伸手按住梁小施的脑袋同时蹲了下去。

第四章
真心话大冒险

这是江一漾第二回来一中了,每次都只和江曜谈些生活琐事。江曜看着前面开车的人,面容姣好,眼神明亮,好像没有什么异样。

"你最近……"

"怎么了?"江一漾转了方向盘,进了商圈中心,有一搭没一搭地继续,"先去喝点东西好不好?就上次那家小吊梨汤?我看你上回挺爱喝的。"

江曜敛下眼神,压住心中的疑问:"可以,你安排吧。"

江一漾借着车内镜看了眼男生,倏地笑了笑,又叹了口气:"你小子,现在话是越来越少了,以前可不是这样的。"

江曜眼神从窗外移回来,挑了下眉:"是吗?我以前是什么样的?"

"你啊,小时候最调皮了,尤其是五六岁的时候。你还记不记得,好像是五岁那年,也是你的生日,大家还是跟以前一样给你办了个生日派对,一大堆人忙活了一天,又是准备生日蛋糕又是藏礼物的。你可倒好,一整天在外面疯玩,结果和小朋友一起偷吃了还没熟的果子,直接肚子痛被送进了医院……"

说到这儿,江一漾又笑了,一双眉眼弯成月牙,无奈地摇摇头:"你不知道,那一晚上把我们给忙的啊。"

江曜好像还有点记忆,那天半夜他在医院醒来,说的第一句居然是"好酸的李子,大宝你再去给我摘一个我尝尝"。

那小表情傲娇又可爱,逗得江母在一旁笑出声,拍了拍儿子,又摸了摸他的额头宽慰:"儿子,你可吓死妈妈了,以后可别到处乱吃东西了。"

江父在另一边站着,也满脸担忧。

"知道了,妈妈。"小江曜乖乖点头。

母亲的脸江曜已经记不太清了,只能隐隐约约记得她脖颈间的珍珠项链,那么漂亮耀眼。

在小朋友和江曜的眼里,自己的母亲永远是世界上最漂亮的。

只不过……现在江曜怎么也想不起来她的样子了,记忆好似被蒙上了一层雾,模糊又迷蒙。

"我记不太清了,太久了。"江曜最后回了句。

江一漾开车的手顿了顿,就像被什么刺中,喉咙口怎么也发不出声音。

"没事儿,我记得就行,到了。"

吃完饭,江一漾说想去KTV,江曜面露难色,推开椅子站起来:"那种地方我……"

话还没说完,他看到了什么,对面天桥上好像有个熟悉的身影,那白色帽子和某人的一样。

一群人蹲下的动作很快,江曜看不太清楚。

"怎么了?"

"没事儿。"江曜心想可能是看错了,转身离开。

谁知道最后也没拗过江一漾的软磨硬泡,两人还是去了隔壁街的KTV。

两个人长得都高,腿也长,走路的速度差点让后面几个人跟丢。

梁小施走在一群人最后,将帽檐压得低低的,生怕被人看见:"你们无不无聊啊,还要跟着来。"

李司文转头奸笑:"哎呀,我们又不是为了去看江曜,那不是大澍说好久没来外面玩了嘛,咱们才一起去的。再说了,大澍说他请客,你不想狠狠宰他一顿吗?"

要不怎么说李司文这老乡会说话呢,一下就说到梁小施心坎去了。她眼睛放光,跟踪什么她没兴趣,狠宰章之澍才有意思好嘛!

"你说的哈'腿毛怪',反正这什么KTV的我以前在镇上没怎么去过,今天我就要大玩特玩,你可别心疼。"

梁小施搂着尹雪嘚瑟,下一秒又反应过来不太好,低声问她:"哎呀,兔子你不介意吧?我不会真的让他大出血的。"

尹雪还没开口呢,章之澍不知什么时候凑了过来,挨着尹雪笑道:"呵,我们兔子才不会跟你这个周扒皮为伍呢,你说是吧,兔子。"

尹雪被一左一右禁锢着,忍不住翻了个白眼,一手推开章之澍:"离我远点儿。"

玩归玩闹归闹,几人还是没忘记正事,跟着前面两人进了一家KTV。这家店不是那种浮夸宫廷风,整体色调反而是很清新的天蓝色,宽敞的空间也让人舒畅不少。

章之澍开完一个中包,几个人跟着服务员去找包间。

找到包间正准备进门时,旁边第三个包间突然出来一人,竟然是和江曜一起的那个女生。

只见女生脸色微红,拿着手机正在说些什么,一边说一边走到了走廊尽头的窗户边。

众人看见这一幕,你看看我,我看看你,虽然没有说话,但都"各怀鬼胎"。

梁小施是最后一个进门的,她站在门口看着那女生,又看了眼江曜所在的包间,突然有种冲进去的冲动,看看他到底在干什么。按理说,他在家里天天不管世事的状态,应该是没有朋友的,而且自己和他待在一个屋檐下,也从来没见过这女生。

但如果不按理呢?

梁小施愣了好一阵,然后又反应过来,一巴掌打在自己脑袋上,他的事关自己什么事啊!一定是因为之前的传言太多了,传得自己都魔怔了。

等她进去的时候,这几个人已经开始狂欢。桌上水果应有尽有,李司文正拿着话筒吼着《我的心里只有你没有他》。

一句歌词十个字,没有一个字在调上……

"别唱了,别唱了!我们来玩游戏!"章之澍一句话成功地拯救了大家的耳朵。

很老土的游戏,真心话大冒险。

空瓶转了好几圈,最后指到了尹雪。

尹雪扶额:"真心话。"

李司文最积极,举手大喊"我来我来":"其实我想问的很简单,你……"

"别问什么有的没的,我懒得回答。"尹雪率先堵住了最有意思的方向。

李司文一噎。

而后几个人都抽中了几次,只是全都选了大冒险,玩得不亦乐乎。等到最后一次李司文被抽中,章之澍终于忍不住了。

"那这次大冒险罚你去江曜的包间看看情况。"

李司文莫名转头看了眼梁小施。

她冷笑一声,眼神犀利:"果然你们还是贼心不死啊。"

"我们就是打赌了嘛,想知道答案啊。你放心我们绝对不会乱说,也不会胡乱猜测,就只是去看一眼。"

"再说了你也想知道是不是?"李司文一语中的。

梁小施咬着吸管,眼神躲闪,摆摆手:"快去快去!不然我要后悔。"

李司文立马从沙发上弹跳起来,屁颠屁颠出门了。

尹雪也有些想知道答案,转头看梁小施:"小柿子你说……"

谁知梁小施在旁边一直扭来扭去,像是被沙发烫到一样,根本坐不稳。

"你很紧张吗?"

梁小施一愣,回过神来,干笑一声:"呵,紧张?怎么可能,我一点都不紧张。"下一秒便拿起了桌上的西瓜皮吃了起来。

尹雪:"……这还叫不紧张。"

几人等了几分钟都有些急了,生怕出什么问题。梁小施这下坐不住了,猛地站起来就要出门,尹雪和章之澍连忙跟了上去。

正打开门,李司文就冲了回来,大口喘着粗气。

"江……江曜叫你们一起过去。"

这几步路不远,几人打开门的时候,江一漾正从厕所回来,看到他们连忙招呼:"哎呀,来啦,快坐快坐,我让人再上点吃的。"

梁小施看了她一眼,又看了坐在沙发里的江曜一眼。他靠在沙发里,双腿交叠,刘海浅浅地遮住了眉毛,一双眼也不知有意无意,一直看着这边。

他不发一言,周身气氛却压着,好似等待猎物上钩的猎人。

梁小施莫名就红了耳朵,突然很想逃离这里。

正当她转身要走时,江曜却开了口:"姐,你别点了,我不吃蛋糕。"

众人:"姐?"

李司文终于低声解释:"大乌龙大乌龙,我过来的时候正好听见江曜喊她'姐姐'。他姐姐太热情了,听说我们是同学,一定要喊我们一起玩。"

不知为什么,知道真相之后,梁小施突然觉得心气通畅了,胸不闷了,脸不红了,一下能做两百个下蹲了。

江一漾摆手:"哪有生日不吃生日蛋糕的,你之前不吃也就算了,现在来了这么多同学,肯定要一起吃啊。"

"今天是你生日啊。"

梁小施没有喊名字,大家却都知道说的是谁。

"寿星"站起来,眼神懒懒的:"是啊,只是不知道你们居然都来给我庆祝生日了。"

一句话说得众人又羞又臊,咳了好几声,赶紧说几句开心话。

"生日快乐。"

"天天开心。"

"哎呀,你们真有心。我一直以为江曜在学校没有什么朋友呢,这孩子性格有点闷,你们平时在学校帮姐姐看着他。"

江一漾给几个人倒饮料,继续絮叨:"他虽然话少了点,但是个好孩子,你们多担待着,姐姐谢谢你们了,以后姐姐请你们吃饭。"

她情真意切，一直说着感谢，搞得几个人脸都红了，实在不好意思。

还是李司文最先站起来："对不起，姐姐！我们错了。"

章之澍和尹雪看见也慌忙站起来，一个个道歉。

梁小施还没反应过来，江曜双手环胸，咳嗽一声，眼神便望了过来，那眼神好似在说：你不说点什么？

行，有错就认！

梁小施一把扯下帽子，站起来怒喊一声："对不起！"

众人齐齐站成一排，弯腰鞠躬不起，跟遗体告别似的。

江一漾："……你们这是干什么？"

江曜嗑着瓜子，淡淡地将他们的想法说给她听。

谁知江一漾听到这话反而更开心了，笑得直拍沙发："哈哈哈哈哈，我有那么年轻吗？"

正说着呢，门被人推开，蛋糕被推了进来，江一漾这才收了笑意，招呼大家把桌子腾出来。

趁着这个空当，梁小施赶紧凑到江曜旁边，压着声音："你早就发现我们在跟踪你了，怎么不早说？卑鄙！"

江曜耸耸肩膀："我可不知道，是那个李司文进来我才发现的，他眼神实在太奇怪了，谁能想到你们思想这么龌龊。"

"你……"

"快来吹蜡烛！"江一漾点上蜡烛，带头唱起了《生日快乐歌》，其他人也跟唱起来。

橘黄色的火光里，众人的脸被映得忽闪忽闪，只有一双双眼睛盈着浓烈的光芒，全都聚焦在江曜身上。

江曜有些不习惯，连愿都没许，直接吹灭了蜡烛，黑暗来得猝不及防。

众人都没反应过来。

刚切完蛋糕，江一漾的电话又响起来了，这次她没出去接，只说了几个"嗯"，回道："我马上就回来了。"

"要走了？"

江一漾点点头，有些歉意："不好意思，小曜，时间到了催我回去了。你和同学好好玩，钱我已经付了，有什么事就给我打电话。"

江曜盯着她，深吸了一口气，最后还是点点头："好，万事小心，注意身体。"

两个人此刻的相处模式不像姐弟，反而像兄妹。

江一漾走了，江曜又窝回沙发里，明明包间里只是少了一个人，气氛却突然冷了下来，像结了冰。

众人大眼瞪小眼，不知道如何是好。

他们跟江曜都不熟，尤其是现在这个特别时刻，更是手脚都不知道往哪儿放了，只望向梁小施求助。

梁小施担下重任，咳嗽一声："那什么这蛋糕挺好吃哈，要不然大家一人来一块？"

"你喜欢就多吃点。"

江曜认真答完话，看了眼大家，这才看出他们的不自在，又想起姐姐嘱咐的话，思忖片刻开口："你们不用拘谨，唱歌吧。要不我去给你们一人拿一个话筒？"

众人："倒也不必。"

只不过这么一说大家心情反而轻松不少。

李司文点着歌，嘴上还不停："江曜你不知道，今天我们乱猜，把小柿子急得啊，打了我们好几拳，一直强调你不是那种人。"

"可不是，她还叫我们别乱说，可维护你了。"章之澍也帮腔。

江曜看过来："是吗？"

梁小施差点被蛋糕噎住，咳嗽几声，反手就把两个抱枕丢到两个"大冤种"身上。

"快闭嘴吧！"

尹雪也不会看眼色，添油加醋："对啊，我还从来没见过小柿子这么气急败坏的样子呢。小柿子，你当时在生气什么啊？"

梁小施满头黑线，能感觉到江曜的眼神又望了过来，像一团火焰，烧得她想逃离宇宙。

"我有病，行吧？"

梁小施自暴自弃，起身去了洗手间。

在洗手池前洗了一次又一次脸，梁小施拍拍脸颊，给自己打气。

淡定，这没什么大不了，我就是不想窥探他的隐私，我这是有正义感，和他们不一样。

对啊！刚刚就该这么说啊！梁小施气得跺脚。

梁小施再回到包间，却只见江曜一个人，电视里正放着《私奔到月球》，不过没人唱。

他还是刚刚那个姿势，眼神放空，好似整个世界就只剩他一个人，谁也无法打扰。

梁小施恍然，反应过来这才是平时的江曜，冷漠寂寥，无人敢靠近。

"他们呢？"

"去拿东西吃了。"他坐直身子，继续，"你不生气了？"

"谁说我生气了？"梁小施装无辜。

江曜也不戳穿，还是看着她："谢谢。"

"谢什么？"

"谢谢你为我说好话。"

这么坦诚的交流，两人还是第一次。

梁小施转头去看江曜，只能看见五彩灯光下他的侧脸清秀，嘴角微微勾起，看起来心情不错。

"我只是说了实话。"梁小施语气里带着些自己都未察觉的愉悦，"毕竟……你这个榆木脑袋里怎么可能有乱七八糟的想法。"

温情的气氛瞬间垮掉，江曜抽抽嘴角："你这么会猜，猜猜我现在心里在想什么。"

梁小施跷着二郎腿，得意不已："我不牵你的手也能知道你现在在骂我，这个梁小施真是没大没小！"

江曜愣住，她说的和自己心里想的相差无几。

见他一只手掌伸出来，梁小施一愣。

他说："你再试试，再试一次我就信你。"

试就试，梁小施握住他的手。

——"有乱七八糟的想法又怎么样？我才不是榆木脑袋。"

梁小施复述完江曜的心声，江曜这下是真的傻了，直直看着她。

几人一进来看到的就是这个场面。

"打扰了，你们继续。"

梁小施："回来！"

几人唱得累了，干脆坐在一起打牌。江曜不会打牌，便坐在一边看，看了一会儿便起身去厕所。

等到人走了，几人的八卦之魂又燃烧起来。

"你俩刚刚干啥呢？"

"看手相。"梁小施张口就来。

李司文被这答案打蒙了，这两人不能看两次手相吧："不是，那所以梁叔为什么来接你俩啊？"

梁小施攥着双王，"啪嗒"甩下去："我俩是邻居，我爸是顺便。"

尹雪："我怎么就这么不信呢。"

"爱信不信。"

李司文被"炸"没了，扔下牌去上厕所了。尹雪接下他的位置。

刚到洗手间他就看见江曜站在镜子前，一直揉着自己的眼睛，眼眶还红红的，好像……哭过了。

"没事儿吧？"

江曜"嗯"了一声，摇了摇头，继续揉着眼睛，一滴滚烫的眼泪涌出眼眶。

李司文惊呆了，尿都不撒了，转头就跑了回去。

梁小施这一把手气烂，正愁眉苦脸呢，就听见李司文咋呼："朋友们！我发现江曜在哭哎！"

众人："啊？"

"真的！他在镜子面前一个人偷偷地哭，眼睛都红了。"

尹雪"啊"了一声："不会吧，怎么这么惨啊？"

章之澍："是不是太感动了？他姐姐不是说平时没有同学给他过生日吗？"

梁小施皱眉："不至于吧。"

"怎么不至于。你看看江曜平时在班上都没人跟他说话，更没朋友，心里肯定很孤独啊！今天这么多人给他过生日，他肯定很感动啊。"

尹雪顿了顿，说出最致命的一句话："可是我们并不是来给他过生日的啊，我们都不知道是他生日，生日礼物都没准备。"

话一说完，几个人都沉默了，有些尴尬。

梁小施一直没说话，一把将牌丢在桌子上，霸气道："谁说我们不是来给他过生日的！江曜是我的朋友，我就是来给他过生日的。"

她语气坚定，眼神明亮。

"对！江曜是我班上的，也是我的朋友！"

一呼百应，两个男生都不是扭捏的人，都直呼好朋友。

其实众人都没想到今天会发展成这样，本来只是看个热闹，没想到知道了江曜这么多事，他有个漂亮又善良的姐姐，他虽然寡言，但是很照顾大家，而且就算知道了他们在胡乱猜测，他也并没有生气，还一直照顾大家。

最关键的是，所有人都感受到了，江曜并不是表面看起来那样冷漠不近人情，相反他为人纯善，会笨拙地释放自己的善意。

"不过……我们要不要先想下送朋友什么生日礼物？"李司文发问。

尹雪："他喜欢什么啊？"

梁小施拍手，自信满满："放心，这事儿交给我。"

江曜并不知道，自己只是上了个厕所回来，世界已经发生了翻天覆地的变化。

"回来啦？快来吃东西。"梁小施招呼着。

"你唱什么歌？我帮你点。"李司文狗腿道。

江曜头顶一个问号。

章之澍拍他一下："嘿！兄弟，以后有什么事就来找我，我就在五班。"

江曜有些无措，良久才回了个"我知道"。

李司文咧着大牙笑，故作成熟："别紧张，我们都是朋友嘛！老江！"

江曜嘴里含着水，没忍住直接喷了出来。

他现在真的怀疑，刚刚他去上厕所的时候，外星人绝对入侵了这个包间，要不然他们怎么会集体发癫。

梁小施拳头都捏紧了，一拳过去："什么老江啊！哪有人这么喊朋友的啊？"

江曜愣住："朋友？"

尹雪："对啊！我们是朋友。"

江曜眉头都拧成麻花了，看了眼梁小施，似乎在要一个解释。

梁小施也不惧，笑了笑："好啦，生日快乐江曜，我们给你过了生日，自然是你的好朋友啦。不过'老江'这个名字太垃圾了，要不叫你'阿曜'怎么样？"

"不好。"

众人愣住，只听他又开口："喊'江曜'就行。"

"……吓死。"

梁小施起身点了首《朋友》，煞有介事地宣布："朋友们，为了庆祝我们成为朋友，我提议大家手牵手一起合唱一首《朋友》！"

没等江曜反应过来，梁小施已经伸手牵住了他。另一边几个人也都手牵手，扯着嗓子吼起来——

"朋友一生一起走，那些日子不再有！"

大家唱得起劲，梁小施的耳朵里却只能传来江曜的声音。

——"这到底是在干吗？"

——"李司文唱歌也太难听了，救命。"

——"怎么还没唱完啊，好尴尬啊！谁救救我？"

梁小施差点没忍住笑，放下了话筒，转头问他："江曜，好朋友想问你，你想要什么生日礼物？"

他的心声来得更快。

——"想要赶紧结束这个尴尬的场面。"

梁小施顿时无语。

于是乎，唱完这首歌，众人就被梁小施强行解散，各回各家了。

直到回到家躺在床上，江曜都还没反应过来今天发生的一切，他们怎么就是朋友了？梁小施到底想干吗？

还有最重要的，梁小施居然真的能听见自己的心声。

说曹操曹操到，门外梁小施喊了声。

"江曜，你出来一下。"

江曜打开门，见梁小施站在门口，身上已经换上了家居服，甚至短发都湿了，看起来是刚洗过头。

湿发比平常要长一些，搭在她修长的脖颈上，细细滴着水。

"到餐厅来。"她转身就走。

"既然是你生日，我想了想还是给你煮了面，这是我们家的传统。以前我生日，我妈妈都会给我煮的。不过我厨艺一般，不知道你吃不吃得惯。"

两人来到桌前，一碗热腾腾的面条放在桌上，面上堆着一个金黄色的荷包蛋，油星直冒，让人食欲大开。

江曜没想到，没想到还会有人在他生日时给他煮面。

江一漾也是从小娇生惯养的，十指不沾阳春水，指望不上。梁叔知道江曜的性格，他生日时从来不会掺和。

就算往回推，江曜也记不清母亲有没有给自己下过生日面条了。

江曜眨眨眼睛，干涩的隐形眼镜比刚才在 KTV 时湿润了一些，也不知道是不是泪液浸湿的。

梁肖生已经睡下，两个人的动作很轻。

梁小施的厨艺全是跟王秀云学的。王秀云是个巧手，将家里大大小小的事情打理得井井有条，也从不让梁小施插手，可梁小施总想着多分担些，便学了些。

这一碗面就是成果。

想起母亲，梁小施的心又软了许多，连带着看着面前人都温柔了。

江曜吃得很快，也很满足，连汤都喝了。

"真捧场！"

"谢谢。"

这是江曜今天说的第二个谢谢了。

梁小施双手撑着下巴，嘟囔着嘴："江曜，我发现了，你这个人啊，看似跩得要死谁也不理，但其实内心特别脆弱。今天你姐姐离开的时候我看出来了，你特别舍不得，还有我们一起唱歌的时候……"

小姑娘抬眼直视他:"你虽然有些无语,但心里是感激的,我都听到了。"

江曜猛然笑了:"真是……是不是以后我在你面前都没有隐私了。"

"少来,我可不是那种窥探别人隐私的人。"

自己的礼物已经解决,梁小施起身收拾碗筷,被江曜叫住:"要不……我来吧。"

"就一碗面而已,你不用这么在意,再说你平时这个时间不是要去写东西吗?"

江曜也不再勉强,擦了擦桌子:"最近键盘变得不太好用,先不写了。"

梁小施"哦"了一声,也不再说话。

那天晚上,一个名叫"有福同享,有难退群"的微信群响了几声。

一棵大澍:到底给江曜送什么礼物啊?大家想到没?

兔子:没有。

小柿子:我的礼物已经送了。

兔子:哎?

一棵大澍:还是不是兄弟了?

小柿子:哎呀,我帮你们想想,要不就送他三百六十五个祝福吧。

兔子:呃……

一棵大澍:我有一个好办法,现在就把梁小施踢出群。

梁小施垮下脸,正准备回话,却猛然看见群名旁边的人数,居然是"5"?

李大爷:你们聊什么呢?江曜进群没?我之前就拉他进来了啊!

小柿子:……不如你现在就杀了我。

此时此刻"寿星"终于弹了出来,消息简短又冷漠,正如他本人。

曜:大家晚安。

那三人心里OS:……群消息超过两分钟能撤回吗?

这几天,四人群变成了五人群,大家有些不习惯,聊天画风从以前的吹牛变得国泰民安风调雨顺,怎么看怎么怪异。

兔子:@一棵大澍 你妈叫你周末回趟家,你电话打不通。

一棵大澍:@兔子 手机已被收,谢谢。

兔子:那你现在……

一棵大澍:我是借的同学手机。

李大爷:@小柿子 今天早上没有包子,油条可以吗?

小柿子:可以,请把你抄完的数学作业借我一下,谢谢。

李大爷:好的。

李大爷:@曜 小柿子要借你的数学作业抄一下,请问可以吗?

小柿子：呃……

梁小施把手机放回兜里，转头看旁边的江曜。只见他望着车窗外，根本没注意到手机消息。

等到这个消息回过来，时间已经到了中午，梁小施的数学作业已经上交，同学们也都去吃饭了，教室里安安静静的。

曜：可以。

现在还可以个大头鬼啊！梁小施翻了个白眼，把东西拿了出来，又跟几人私聊了几句，等大家都到了才在群里发消息。

小柿子：@曜 来下教室，有东西给你。

刚把这条消息发出去，江曜就回来了。他站在教室门口，看着四个人围在一起，然后又都转过头来看着自己。

"江曜，我们送给你的。"

梁小施把键盘递过来。

"生日礼物！小柿子说你需要这个，我们就一起挑的。"李司文挤过来。

尹雪："你快拆开看看。"

面对大家的热情，江曜有些拘谨，不过还是接过，说了句"谢谢"。

是一款专用的打字键盘，他很喜欢这个牌子。

章之澍一看他这表情就知道送对了，从桌子上跳下来："真行啊！小柿子，你怎么知道江曜的喜好，你俩不会真的是……"

梁小施："滚。"

章之澍："好嘞！"

班上的人慢慢回来了，几个人也不能聚在一起了，连忙散开。梁小施正准备走却被江曜叫住。

他拿着课后习题，眼神真挚："数学作业。"

梁小施乐了："下次能不能早点给我？"

江曜："或者你也可以选择自己做。"

"……键盘怎么样？你喜欢吗？"梁小施换了个话题。

"还行吧。"

少年一脸无所谓，又把自己的习题收回去，再慢慢收好键盘。

看他这口是心非的样子，梁小施突然玩心大发。她走近了些，面对着他，然后一把拉住了他的手。

同学们都在午休或者学习，根本没人注意到这边。

江曜一愣，转头看她，眼睛里写满了震惊。

——"这键盘摸起来好舒服，今晚我要抱着它睡！"

是江曜欣喜若狂的声音。

梁小施松开他的手,调皮地点点他的桌子,懒懒地笑。

"江同学,在我面前最好不要撒谎哦,会被我发现的啦。"

江曜:"不是说好不窥探我的隐私吗?"

梁小施狡黠得像一只小狐狸,伸手撩了撩自己的短发,十分坦然:"唉!女人心海底针,你真是不懂。"

江曜的确不懂,就像他不懂,这种被人窥探隐私的感觉并不好受,但此刻他一点不生气,反而心里美滋滋的。

梁小施回了座位,尹雪转过头问:"怎么样?他喜不喜欢?"

"放心吧,他很喜欢。"

然后她又加了一句:"礼物和我们,都很喜欢。"

第五章
阿曜，阿曜

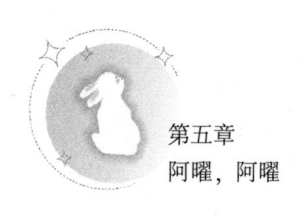

梁小施没想到，送给江曜这个键盘之后，不到三天她就开始后悔。

凌晨一点，月霜似薄露，透进房间里，梁小施就这么盯着窗外的圆月，表情呆滞。

江家因为是老宅，不太隔音。梁小施总感觉耳边环绕着若有似无的键盘敲击声，清脆却毫无规律，成功敲走了她的瞌睡虫。

还让不让人睡觉了！江曜你个冤大头！

梁小施再也受不了了，将被子一掀出了房间，准备好好说道说道。

谁知刚出门就看到厨房灯还亮着，有人端着一杯牛奶出来，和自己一样都顶着两个熊猫眼。

梁肖生表情有些尴尬，干笑一声："你也睡不着啊，小柿子。"

"要不来杯牛奶？"

梁小施没那工夫，摆手："我要去找他理论。哪有人这个时候还'噼里啪啦'敲键盘的？让不让人睡了？"

"哎，你别去，小曜肯定是有灵感了，不要去打扰他。"梁肖生表情认真，还望了眼江曜的房间，生怕打扰了里面的人。

也不知为何，梁小施一下就笑了。她看着父亲这么关心另一个人，即使这人已经干扰自己休息，他却宁愿拦住自己也不愿去说江曜一句。

这是多么伟大的感情啊，只可惜，并不是对自己。

梁小施捏了捏手指，转头看了眼江曜的房门，冷笑一声，还是转头走了。

也是，早该想到的，自己受点委屈没关系，可不能让梁肖生这个好"儿子"受了苦。

"行，不打扰你们父子情深了，我去睡了。"

梁肖生"哎"了一声，倒也习惯了她这么说话，摇摇头回房间了。

第二天的体育课，体育老师终于不再"生病"，拿到了三班这一周一节的体育课。

上课点到梁小施时，尹雪才说她肚子疼请了假。

大家都"嚯"了一声，梁小施居然会在体育课请假，她可是在体育课上呼风唤雨的人。

不过女生都有这样的时刻，体育老师也体谅，"哦"了一声，下一秒开始布置任务。

"那今天大家简单点，跑个八百米就自由活动吧。"

众人内心 OS：……什么叫"简单"？

而在教室里，梁小施正趴在桌上睡觉。她枕着书，实在睡不好，迷迷糊糊中感觉有人进来了。

该死的江曜，她梦里都是敲键盘的声音，一声一声像打地鼠。

"小柿子，你没事儿吧？我打了热水回来，你快喝一点。"尹雪手里拿着保温杯。

"没事……让我睡会儿。"

谁知尹雪还以为她疼得受不了了，硬要拉她起来喝水，一直絮絮叨叨着。

然后又加进来李司文的声音，他一拍手掌："这哪行啊，得赶紧去医务室啊，小柿子你起来，我背你去。"

说完居然还真的来拉梁小施，梁小施都快哭了也不愿意睁开眼睛，这群"好朋友"能不能有点眼力见啊，自己就想睡个觉而已啊！

正被拉着呢，一道声音又在耳边响起，冷漠的，又带了些霸道。

"别拉了，让她睡吧。"

梁小施还是没睁眼，迷迷糊糊中能感觉拉扯的力量消失了，一只温热的手拉上了自己的手腕，慢慢把自己的手腕带到了桌面上。

那只手便离开了。

只是那触感让人有些痒，梁小施忍不住摸了摸自己的手腕，又换了舒服的睡姿，继续酣睡。

开玩笑，现在就算地球爆炸了都不能打扰自己补觉。

又有人拍了拍桌子："数学作业就差你了。"

吕筱诗有些不耐烦，谁知梁小施根本不管不顾，伸出手摆了摆。

她嗤笑一声："转校生果然都是差生。"

江曜正写作业呢，听到这话抬起头来看了她一眼，眼神疏离。

吕筱诗一愣，又问："江曜你交不交？"

江曜又低下脑袋，冷冷道："不交。"

吕筱诗一滞，看了他一眼，转身走了。

也不知睡了多久，梁小施只觉得教室里的声音越来越大了，只得慢慢睁开了眼睛。

"喔,小柿子,你终于醒了。"尹雪凑过来。

"好家伙,睡了一节课。"李司文咂嘴。

梁小施脑子还是混沌的,只能看见几人坐在自己周围叽叽喳喳。尹雪旁边还坐着一个挺拔的身影,身上穿的正是他早上晒干的校服,还带着洗衣液的味道,清新淡雅。

江曜坐在梁小施身边,桌子上还有早自习布置的作业,看起来已经完成得差不多了。

"好累。"梁小施嘟囔一声。

"擦下口水吧你。"江曜头也不抬提醒道。

梁小施吓得赶紧去抹嘴巴,扯纸巾的动作迅速。

李司文笑得打嗝:"不是,你昨晚捉鬼去了?这么打瞌睡?"

梁小施恶狠狠地擦着口水,咬牙切齿:"还不是因为某人半夜三更敲键盘,鬼才睡得着。"

江曜手里的笔一顿,眼神疑惑,转头看了她一眼。

尹雪"哦"了一声:"什么键盘?谁的键盘?"

"不会是……"李司文一脸恍然大悟地看着眼前两人,捂住了嘴巴。

"是你个大头鬼!"梁小施打他。

尹雪嘟嘴:"那你干吗说你肚子痛,我们还以为你是……"

她不再说了,又看了眼江曜:"还好是江曜拦住了,不然你就被我们拉去医务室了。"

梁小施"嗯"了一声,转头看着江曜反问道:"是吗?"

江曜转着笔,似乎在思考解题思路,嘴里却自然而然说出了答案:"是,今天又不是你生理期。"

话音刚落,几个人都合不上下巴,就连梁小施都傻了。

江曜皱眉:"我说得不对吗?"

梁小施:"……我谢谢你啊,你可说得太对了。"

这下李司文忍不住了,跳起来:"好哇!对方辩友你俩果然有关系!"

这话实在太危险了,再说下去就要露馅了,梁小施再也坐不住了,点点江曜的桌子:"你,回你位置去,马上上课了。"

江曜挑挑眉,在这位置挤久了,确实有点憋屈。他使劲伸长了长手长脚,带着作业回到了自己的位置。

下一秒,梁小施就带着本子冲过去了。

"我去抄个作业。"

梁小施让江曜坐在里面的空位置上，自己坐在外面，一边假装写作业，一边小声嘟囔："江曜，你能不能长点心，这种事情也能拿出来说吗？"

江曜单手撑着脑袋，看着她气急败坏的样子，突然觉得有些好笑。

"哪种事情？我没撒谎。"

梁小施无语了，跟这个榆木脑袋说这些弯弯绕绕没什么用，于是她挤出微笑，继续引导。

"江少爷，是这样的，你以后不要在外面说我的私密事情。这样就显得我跟你很熟，然后班上就会又传我们的谣言，这个结果是你想看到的吗？"

"不是。"

"那就对了，所以以后你想好了再开口，有些时候我们需要一些善意的谎言，你明白吗？"

江曜觉得梁小施的话还是有些道理，又问："可朋友不就是很熟的吗？"

"当然是了！"梁小施抬眼，然后又压着声音，"但是不能让大家发现我们是住在一起的朋友，这样会少很多麻烦。"

见他点了头，梁小施便放心不少，正准备回去，却听见他说："不好意思，我昨晚吵到你了吧。"

有些时候，梁小施又觉得梁肖生宠着江曜是应该的，这人太懂得怎么拿捏人心了。

就比如现在，他仰着脑袋，一双眼睛带着懵懂，薄唇紧紧抿在一起，形成了一副委屈又可爱的表情。或许他自己不能发现，可在梁小施眼里，他现在就像……大雨天里被淋湿的小狗。

就这副模样，谁还忍心怪他啊！

梁小施摆摆手，赶紧转回去，一边唾弃自己，一边暗骂江曜装可怜，真是卑鄙！

等梁小施回到位置才发现自己抄了个寂寞，本子上根本什么都没写。

不过她也不担心，反正数学老师也不管自己。

可是这一节数学课上，数学老师吕老师让所有没做作业的同学站了起来，并且点名批评了梁小施。

"不是我说你，梁小施，你既然是个转校生，就应该比其他同学更努力才对。可你看看你自己，天天吊儿郎当。这马上升入高三了，我看你是不想学了！"

梁小施不是第一次被批评，只是第一次被针对批评，她低着脑袋不说话。

吕老师说得唾沫星子直飞，突然看到站着的江曜，脸色一白，软了声音。

"江曜……你怎么回事儿？是不是最近学习太累忘记交作业了？下次可不能啊，坐下吧。"

吕老师不愧为变脸大师，说完江曜又黑了脸色看向梁小施。

"我倒要看看你这次期末考试怎么样！"

这学期期末成绩单拿下来，梁肖生看了又看，最后终于放弃挣扎，来了一句："确实太不是样子了！"

梁小施抠着指甲坐在对面，却还在嘴硬："我成绩本来就不好，再加上一中学习压力又大，我更考不好了。"

"没事儿，再努把力就能上去了。"

江一漾坐在梁肖生旁边，拿着江曜的成绩单，嘴角都快咧到耳根去了。她一边笑，一边抽空安慰了一下梁肖生麻木的心。

"哎呀，一漾啊，真是让你笑话了！我让小柿子来这儿住也没告诉你，现在还让你看到这个。"梁肖生赔着笑。

江一漾一头鬈发，今天还戴了一对超夸张的耳饰，她摆了摆头："哎呀，梁叔，你看你说的，你照顾小曜这么多年，咱们还这么客气干吗！"

"再说了，我今天看到小柿子和小曜是一个班就更放心了。小曜性格沉闷，有小柿子带着他我也放心。"

梁肖生抖着梁小施惨不忍睹的成绩单："你这说的，你看看她这成绩，我还想着让小曜帮她补补课呢，不然照这样下去，我看只有降级了。"

"这还不简单，小曜！"江一漾拍拍身旁的江曜，霸气十足，"这给小柿子补习的任务就交给你了啊，正好暑假你给她好好补补。"

江曜手中的茶杯抖了抖，他抬眼看了看对面的梁小施，她的脸上写满了两个字——不爽。

"小曜，你看可以吗？"梁肖生小心翼翼地问。

江曜喝了口茶，茶汤浓郁，回味甘甜。他放下杯子，只回答了一个字：

"行。"

梁肖生握住江曜的手道谢："谢谢谢谢，小曜啊，那我闺女便交给你了啊，我就放心了。"

梁小施看着面前这一出大戏，满头问号。

"没人想听听我的意见吗？"梁小施终于插话。

三人转头看了她一眼，静默两秒，然后又转回去开始研究。

"她数学真的太差了，多补补。"

"好有缘啊，我那时候也是数学差。小曜你到时候……"

话虽然说好了，但梁小施是谁？那是百米短跑跑出全校纪录的奇女子，她能乖乖听话学习吗？更何况是听梁肖生的话，那就更不可能了。

所以暑假开始一周了，她没有一天着家的，天天在外疯玩，家门都不怎么进，更别说学习了。

小柿子：@所有人 今天在哪儿？

李大爷：天河那边的电玩城，速来。

一棵大澍：没空，你们玩。

兔子：我已经出门了，@小柿子 快点。

李大爷：@曜 江曜今天又不来吗？忙什么呢？

看到这条消息的时候，梁小施正坐在玄关穿鞋，谁知大门一开，江曜回来了。

他好像是跑回来的，头发乱糟糟的，裹挟着炎夏的热气，一张脸也晒得有些红，汗流到鼻梁那颗痣上，反而多了些少年人的鲜活与热烈。

"你干吗去了？"

江曜没有看她，只自顾自地上楼，往自己房间走去。

吃了个闭门羹，梁小施心情也不太美好。不过这段时间江曜确实很奇怪，总是清晨出门又默默回家，李司文喊了他好几次出来玩他都说没空，也不知在忙些什么。

"小李问你去不去玩，你在群里回一句啊！"

梁小施对着江曜的背影吼了句，谁知他伸出手摆了摆，终于开口。

"不去。"

梁小施觉得跟他说话真是浪费表情，他老一个字一个字蹦出来，仿佛多说几个字就能把他吃了一样。

到了电玩城，尹雪和李司文已经等在那儿了。

不在学校，李司文又开始放纵了，居然戴了顶黄色的假发。他现在就像一个行走的金毛狮王，别提多瞩目了。

"看我这发型绝吧？发现没有，我们一路走来多少小姑娘都在看我。"

梁小施冷笑："是啊，都在看这是哪儿来的傻子。"

尹雪笑得又多买了几十个游戏币。

电玩城里人潮汹涌，大家坐在机器前，神色写满了兴奋。

"快快快！我们也来投篮。"梁小施激动地喊两人。

李司文和她一起，两人开始比赛，尹雪也正准备去，兜里的手机却响了起来。

是尹母。

"雪儿啊,我听你章阿姨说大澍和你在星光商城啊,正好你章阿姨也回榆城看看你们,我们也出来逛街了,你们在哪儿呢?我们过来找你。"

尹雪一愣,但很快反应过来章之澍又拿自己当挡箭牌了。

"妈,我……"

"算了,我给你打视频电话……"

尹雪倒吸一口凉气,这打视频不就露馅了嘛,她赶紧阻止:"别,我和大澍在星巴克呢,你们来找我们吧。"

"好。"

接完电话,尹雪就给章之澍打去电话,让他立马滚到星光商城的星巴克,那边的人也一阵惊慌,怒吼着马上过来。

计划临时改变,几人往星巴克赶去,刚到门口就看到章之澍已经在那儿了。

他戴着一顶渔夫帽,穿着一件灰色的卫衣,和旁边的罗真真是同款。

尹雪原本是面无表情的,现在又勾了嘴角,露出可爱的兔牙,慢悠悠地走进去。

"你们好早。"

章之澍一见到尹雪就跳了过来,低声咕哝:"我的姑奶奶,你妈和我妈来了没?"

尹雪将他的大脑袋推开了些,皮笑肉不笑地道:"害怕了吧,谁叫你拿我当挡箭牌。"

他双手合十赔着笑,笑起来还和小时候一样,鼻头拱起来,贱兮兮的模样。

尹雪有一瞬间的恍惚,仿佛回到了小时候,他举着小胖手哀求自己:"雪儿妹妹,求你了,你就帮我抄十遍吧,我实在抄不完了。"

那时候尹雪便受不了他这样,点着手指:"下不为例啊。"

于是乎,现在尹雪还是这句话,摆摆手指:"下不为例啊。"

希望这是最后一次,但又不希望是最后一次。

等终于把尹母和章母两尊大佛骗走,几个人也没有玩的心思了,嚷着要回家。罗真真本想邀请几个女生一起去逛街,最后也只得作罢。

正要道别,梁小施看到一家绿植店,里面花团锦簇生机盎然。

托江曜的福,她现在也能认识一些植物了。她猛然想起庭院花坛的白玉兰都蔫了些,花瓣干瘪了不少,看起来特别突兀。

李司文:"怎么,你还要买花?"

章之澍:"别人买花是治愈,你买花是对花的一种折磨。"

梁小施翻了个白眼。

等梁小施抱着一大束白玉兰回家的时候,天色已经暗下来了。谁知家里还是一阵寂静,没有人在的气息。

她只能自己热了饭吃,然后钻进房间休息去了。

大概晚上八九点才听见有开门的声响,她打开门:"江曜……"

"你在家吗?在学习吗?"

是梁肖生。

梁小施没什么兴致,直接关了门。然后她就听见上楼的脚步声,一声一声,最后在自己房前停下了。

"梁小施,你到底想干什么?天天不抓紧学习就知道玩,你马上就高三了,你是不是要等来不及才肯努力?你知不知道人家江曜多能干,同样是住在一起,怎么人家懂事又听话,你偏偏冥顽不灵?"

屋外梁肖生又开始了一天一次的数落,梁小施本不想理,可偏偏今天忍不了了。她打开门,哑着声音:"我干了什么?我一没偷二没抢,我天生就不是学习的料,我妈在的时候都没这么说过我,你凭什么说我?"

她盯着梁肖生那双沧桑的眸子,继续:"我是不如江曜,人家有你天天关心,同样住在一起,你关心过我吗?你知道我每天晚上不能吃太多东西睡觉吗?每次吵着要做夜宵,我说过几次了,我吃多了会积食,你为什么听不进去啊?"

梁小施越说越激动,眼角也控制不住泛出眼泪,却不想让他看见,赶紧"嘭"一声关上门,最后甩出一句。

"你要真喜欢江曜,认他当儿子好了,管我干什么!"

说完这些,梁小施大口喘着粗气,耳朵里只能听见自己粗重的呼吸声。

一门之隔并不遥远,却将两个人的心隔了千山万水,怎么也飞越不了。

梁小施拼命擦着眼泪,却怎么也擦不干净,最后干脆放声大哭起来。

吵完这一架,梁小施两天没出门,窝在房间没出去。

只是江曜好像也一直没回来。

梁小施从卧室走到阳台,望了望外面的天色,眉头越发紧皱。

这人去哪儿了?不会出什么事儿了吧?

脚边的白玉兰再不栽进去就要干死了,梁小施叹了口气,拿着工具出了门。

屋外的庭院不大,但好在五脏俱全,几个圆形的花坛摆列整齐。那棵大槐树旁边还有搭起来的葡萄藤架,翠绿的藤架下是大理石的桌凳,这个时节正好纳凉。

昨夜好像下了雨,泥土有些松软,还带着青草的清香。

梁小施找了块地方准备开挖,一边挖一边自言自语。

"哎,你们说你们这个主人,三四天不回来,不回来也行吧,也不知道来个电话。你看看你们都没人浇水了,虽然昨天是下了雨……"她把花株丢进去,咬牙切齿,"知不知道别人会担心啊。"

"担心什么?"

熟悉的声音在头顶响起,像屋檐下的风铃,清脆的声音吹散了所有忧虑。

江曜还穿着三天前的衣服,脸色有些发白,眼下也积了淡淡的青色,甚至下巴冒出了些许胡楂,好像……才捡垃圾回来。

"担心什么?"

他又问了一遍。

梁小施还直勾勾地看着他,只见他直接蹲了下来,直接上手开始种花。

"白玉兰要种在土壤肥沃的环境里,而且光照要强烈,你种在这儿就是背光的,很难存活。"

江曜换了个方向,轻车熟路地挑了块松软的土地,开始种植。

他修长白皙的手指浸在褐色的土地里,像珍珠出土般耀眼。几缕阳光调皮地跳到他脸上,投射出树叶的星星阴影。

梁小施蹲在地上,就这么看着他。

这人不说话时还不算讨厌。

"你去哪儿了?"

江曜埋土。

"不会真去捡垃圾了吧?我从来没看你这么狼狈。"

种植完毕,梁小施跟着他一起站起来,随手拿起地上的铲子往里走。

"没有。"他回。

梁小施凑上来,不死心:"没有什么呀,你到底干吗去了?不会也跟我一样去玩了吧?"

江曜进门脱了鞋,却破天荒地没有把鞋子放回鞋柜,径直往里走。

梁小施人都看傻了,到底是怎么了?

"哎,你别走,你跟我说说,你梁叔天天跟我说你多乖多听话,该让他看看你现在的样子,这样就不会拉着我一个人说了。你说……"

"梁小施,你能不能别说话?"

江曜终于忍不住了,神情淡漠。

自从两人关系近些之后,江曜已经很久没这么和她说过话了。

梁小施的脸一阵白一阵红,最后冷哼一句:"呵,我才懒得管你。"

于是,两个人各走一边,进了自己的房间。

梁小施又生气又后悔,在床上骂了江曜好几句,最后沉沉睡去。也不知道过了多久,她听见有人敲门。

"梁小施。"

是江曜的声音。

梁小施被人吵醒,起床气非常大,本不想动,可外面声音不断,她只得爬起来。

"干吗?"

江曜站在房门口,已经焕然一新,又变成了平时人模狗样的样子。

"梁叔不在家,现在已经晚上了。"

"所以呢?"

他"嗯"了一声:"你能不能再做一次上次的面条?"

没想到他提出这个要求,梁小施笑了,一副大爷的样子倚在门框上:"凭什么?就凭你今天对我的这个态度?"

江曜有些无奈,扶额:"我今天真的是太累了,所以……"

"我不听!"梁小施双手捂住了耳朵,开始耍无赖。

"其实我这几天……"

梁小施伸手制止:"你去哪儿不关我事,我现在要睡觉了。"

她伸手关门,谁知道却被人抵住。

然后江曜的手就伸了过来,直接抓住了她的右手。

梁小施一头问号。

只见他手微微使力,便拉住了她的手指尖,也不敢多牵,就这么拉着,热度从两人的指尖开始蔓延,最后蔓延到了梁小施的脸颊。

她居然脸红了。

然后她听到突如其来的心声。

——"好饿好饿好饿,好想吃上次的面条。"

梁小施皱眉:"你以为你撒娇就能说服我?"

江曜不说话,只是手里力道更大了些,将她的手指握得更紧。

——"这几天姐姐生病了,我担心得不得了,一直在那边照顾她。她吃不下什么东西,你做的面条说不定她会喜欢吃。"

梁小施恍然,难怪这人整天不着家。

"姐姐家没人会做这个吗?"

"她家里没人,所以我去照顾她。"

梁小施皱眉:"为什么姐姐不和你一起住?"

江曜却闭紧了嘴巴,不再说了。

梁小施只能打起哈哈:"嘁,你早说啊,我这面条最适合生病的人吃了,我现在就去做。"

梁小施也顾不上那么多,正准备走,却发现自己的手还被人牵着。

"咳咳……"梁小施咳嗽一声,江曜也有些无措,赶紧松开手,摸了摸鼻子。

梁小施使劲搓了搓自己的指尖,转头警告他:"做饭可以,下次别搞突然袭击哈。"

良久,江曜才回了个"嗯"。

第二天,江曜带着一枚香熏蜡烛敲开了梁小施的房门。

"姐姐说面条很好吃,谢礼。"

蜡烛很可爱,香味也不错,梁小施一边说着别客气,一边接过蜡烛摆在了房间里。摆完才发现江曜还靠在门口,一直没有走。

"干吗?想进来参观?"

江曜还真歪头看了眼,然后定格在她角落的书包上。

"带上你的暑假作业跟我走。"

"嗯?"

"两分钟,不然暑假过后有你赶作业的时候。"

梁小施这才跳脚起来:"别别别,五分钟行不行,我得找下在哪里。"

等梁小施找到作业,江曜已经在藤架下坐着了。

因为害怕日头毒辣,石桌上方还架了把白色的太阳伞,也不知是从哪里翻出来的。

梁小施坐在江曜对面,看到桌面上有张计划表。

"我看了你的成绩单,理科是重灾区,按照计划,先从上学期开始补起。"

梁小施举手。

"请发言。"

"你没跟我开玩笑吧?"

"没有。"

"为什么?"

"没有为什么,我答应了姐姐和梁叔。"

梁小施的大脑还是处于宕机的状态,看着计划表发蒙。

"打开数学书,从第一节开始……"

日头从东边移到西边,整整一天,两个人都坐在这里学习,就差把凳子坐出一个洞了。

梁小施就像被吸干了精气,瘫在桌子上,吐气求饶:"江曜,能不能歇会儿啊？"

"还有一小节就完了。"

"啊！救命啊，江老师，江大少爷！你让我歇会儿吧。"

"江青天"铁面无私，头也不抬："不行，必须把这些学完。"

硬的不行来软的，梁小施猛地抬起头，双手合十哀求道："求求你了，让我歇会儿行吗？"

"阿曜。"

她故作柔软地吐出这两个字，江曜的眉毛突然动了下。

好像有效果！梁小施大喜，再接再厉，她用两根手指走到了江曜的书上，声音软绵绵的："阿曜，我就歇十分钟好不好，喝口水就继续。"

江曜猛地把书合上，成功打到梁小施的手掌，她"哎哟"一声。

"就十分钟。"

"好耶！我先睡会儿。"

"我计着时间呢。"

梁小施睁开眼，差点气吐血，咬着牙："江曜！你是个周扒皮吧！"谁知一说完，江曜便望了过来，眼神不善，气压也瞬间低了下去。

梁小施吓得往后缩了缩，抖着声音道："干吗？你还要打人啊，我刚刚只是……"

"你还是按之前那么叫我吧。"

梁小施皱眉："之前？我之前不是叫江曜吗？"

他不说话，梁小施看着他的头顶，终于反应过来："阿曜……你是说这个？"

江曜还是不说话，只是现在明显软了下来，仿佛头发都可爱不少。

梁小施被他这要求逗乐，玩心大发，忍不住上手摸了摸他的头发，故作深沉："哎哟！我们阿曜，是喜欢别人这么叫你是不是？哎哟，我们阿曜真可爱。"

江曜被揉得快发火了，挤出一丝微笑警告："还有四分钟。"

梁小施："……我睡了。"

然后她就真的睡了，趴在满是作业的桌子上，只给江曜留了个头顶，短短的发丝飘扬，好似比之前长了些，像毛茸茸的毛线团。

小姑娘的呼吸声渐渐顺畅，好像真的睡着了。江曜这才抬起头来，仔细看着眼前人。

她微微张着嘴，睫毛被风吹得颤了颤，小巧的鼻尖还沁了一滴汗。

"笨蛋。"

江曈不由自主出声，笑了出来。

桌上的两部手机突然振动了一下，有人发消息。

李大爷：@所有人 在干吗？无聊了。

曈：在补课。

他拍了一张梁小施的头顶发了过去。

李大爷：我天！小柿子都在学习了！你们是都要弃我于不顾吗？

李大爷：我不管！我也和你们共进退。@曈 在哪儿补课？带我一个。

第六章
学习使我快乐

梁小施醒来的时候正是晚上七点,正好梁肖生也回来了,看见两人坐在这里,赶忙把人喊进去吃饭。

梁小施像抓住救命稻草一般,收拾了东西就要跑。

谁知江曜还坐在位置上不动,拿着手机在看。

"你干吗呢?"

"看群里。"

梁小施一脸疑惑,打开群消息一看,气得差点没厥过去,江曜居然拍了自己的丑照发在群里。

"等等!"梁小施一把按住他,"你不会要告诉他们这里的地址吧。"

江曜顿住,赶紧删除聊天框的字,一脸正经:"怎么可能。"

"那就好。"

李大爷:@小柿子 @曜 人呢?别丢下我一个人学习啊!

梁小施忍不住翻了个白眼,让这人知道了,他肯定不会罢休的,倒不如带上他一起。

小柿子:@李大爷 明早九点,麦当劳见,带上暑假作业。

曜:七点。

李大爷:……晚安。

小柿子:……退群了。

其实按理说起来,这几个人里成绩第一是江曜,第二便是尹雪了,吊车尾的梁小施和李司文来补课还说得过去,尹雪居然也跟着来了,美其名曰有福同享。

几个人各点了一份早餐,占据了一张大桌子,准备就在这儿"安家"。

"兔子,这一章到底是什么意思啊?我看不懂。"梁小施趴在桌上干吼。

尹雪:"这里是这样的……"

是一些函数问题,尹雪仔细给她讲了一遍。可梁小施点了好几次脑袋,可偏偏到了做题就不会了,就又扯着尹雪掰扯。

纵使尹雪脾气再好也有点累了,推开她劝着:"哎呀,宝贝你先自己看看,我先把这张卷子做完哈。"

梁小施看出她的敷衍,翘着嘴巴:"哼!兔子你不教我,阿曜!"

小姑娘眼睛一亮,转头就喊起了旁边的江曜。

"阿曜,你跟我说说呗!"

这娇滴滴的声音比声卡还吓人,听得旁边两人一阵恶寒。

"咦,从哪儿学得这么恶心,江曜别理她。"李司文拿笔敲她。

"草稿纸给我,这个函数你先……"

江曜几乎没有迟疑,拿笔细细讲起来。他讲题时话多了些,还会把每个步骤写下来,一些可以拓展延伸的题型也会一并讲完,力求讲透,最后再把练习的题讲几道就差不多了。

梁小施也听得认真,最后终于成功解出一道题,心里一阵舒畅,就像猛地喝下一口冰可乐,又像比赛第一个冲过终点线,怎么呼吸怎么痛快!

"哇!原来学习的快乐是这样的。"

李司文人都看傻了,口中的吸管滑落。他皱着眉头抓抓自己的金毛:"连小柿子都会,那我肯定也会。"

他凑到江曜跟前,一脸狗腿:"阿曜,你也教教我呀。"

梁小施终于知道刚刚自己那副谄媚的样子有多恶心了。

"阿曜,你别理他。"

江曜果然没有理他。

"阿曜!不带这样的,咱都是朋友。"

江曜这才停下写作文的笔,抬起眼皮,懒懒的:"好好说话。"

李司文:"嗯?"

尹雪也帮腔:"江曜,你就跟他说说吧。"

李司文:"对啊,江曜。"

"行,笔拿来。"

"嘿嘿嘿,谢谢啊,老江。"他粗着声音,故意装怪。

江曜顿了顿,又道:"叫这个也行。"

李司文:"哈哈哈,我就知道你喜欢这个名字!"

几个人在这儿学习效率倒也高,来来往往的食客多少会注意到他们,但几人没有理会,也就是李司文的一头金毛吓走了几个小屁孩。

整整一天,大家完成了十几页的作业,江曜写完了三篇作文。

尹雪和李司文去厕所了,桌边就剩两人。

梁小施用下巴不停按着笔,累得话都不想说,只看着江曜一边写一边蹙起了眉头,黑笔流连纸间,便留下了一排排漂亮遒劲的文字,一如他现在的模样。

挺拔如小白杨,漂亮似水中月。

他笔下写"林花谢了春红,太匆匆"。

作文题目《暑假一日》。

很难想象一篇叙事文能用上这样的诗句,梁小施忍不住皱皱眉:"江曜,你怎么写什么都这么伤春悲秋的?"

他以前的作文被老师拿来在班上朗读过,也是这般让人听不懂,但偏偏语文老师很喜欢。

少年头也没抬,只看见他的头发被空调吹得飞扬,声音飘荡:"别管我。"

梁小施翻白眼,习惯了他口不对心,继续:"对了,我听说你们家开公司的,是做什么的啊?"

"梁小施,你是不是很闲?很闲我继续给你拿卷子。"

"……说说怎么了。"

梁小施伸直双腿,鞋底不小心碰到江曜的,她也不管,自顾自地摇来摇去:"你啊,能不能不要这么累,看起来跩得二五八万似的,其实心里面就是个小屁孩,咱们真诚一点可以吗?

"别人不知道,我还不知道吗?我是拿你当朋友,说这些是为你好啊。"

江曜停下笔,抬头看了她一眼,眼神里多了些动容。梁小施还以为他开窍了,只听他回。

"谢谢关心。"

"啧。"

等到尹雪和李司文两个人回来,时间也差不多了,江曜收着书包说明天时间照旧。

"还来啊?"梁小施和李司文叫苦连连。

"这才一天,作业都没写完呢。"尹雪劝慰。

"好累啊,学习也太累了吧,我不想来了。"梁小施又一屁股坐下去。

江曜好像知道她有这个反应一般,冷笑一声:"我就知道。"

"知道什么?"

"梁叔说得果然没错。"

一听到梁肖生,梁小施又站起来:"他跟你说什么了?"

江曜摆摆手,看似随意:"没什么,就说你坚持不下来,肯定比不过我。"

李司文笑:"废话,那小柿子肯定……"

"放屁!谁说我不行?我行!不就是解题吗!"梁小施拍拍桌子,豪言壮志,"我偏不让他猜中,我就让他看看!"

李司文后退几步，默默和她拉开距离："我可以退出吗？"

话音刚落，三个人同时望了过来，吓得他又一缩，默默拉紧了嘴巴的拉链。

江曜没想到这个激将法这么管用。

其实梁小施以前成绩还可以，只是自王秀云生病后，她便一直忧心，加上自制力不强，少了王秀云的管束，成绩就慢慢下滑了。

到了现在她又为了和梁肖生赌气硬憋了一口气，这整个暑假居然真的一直在学习，不知不觉就到了要开学的时候，他们就要升入高三了。

正式开学一个星期前，章之澍喊大家一起吃饭。

梁小施正和尹雪一起做完形填空，看见这个消息后，她忍不住皱眉："'腿毛怪'这一个暑假都去干吗了？都没怎么看见他。"

尹雪笔下一滑，看似轻松地回了一句："好像是罗真真考上大学了，他们去玩了。"

尹雪收拾东西："走吧，咱们去宰他一顿。"

梁小施点点头，两个姑娘往北街的夜市走去。

到的时候才发现除了几人，罗真真也在，她穿着热辣的背心和短裙，白皙的颈间戴着一串蓝色的爱心锁骨链，看起来野性十足。

梁小施、尹雪两个穿着背带裤的高中生忍不住怵了怵。

"兔子、小柿子！这儿！"章之澍挥手。

夜市早早就开始营业，烤鱼、火锅、串串应有尽有，每间店面间隔不远，全都用蓝色的棚子遮挡起来，食客就在里面围坐着，倒有点蒙古包的味道。

罗真真喜欢吃鱼，选了一家烤鱼店。

坐下来后，李司文才告诉梁小施这一顿是罗真真请。

梁小施挑挑眉，没说话。

江曜姗姗来迟，他穿了一件黑色的T恤，简单大方，最关键的是今天他还戴上了一副金框眼镜，鼻梁上的痣更添了几分书卷气，引得不少小女生频频注目。

"行啊，老江，今天你这打扮是抢我风头啊。"章之澍打趣。

"忘戴隐形眼镜了。"江曜回答简约。

罗真真看了他一眼，笑笑，十分大方："挺好，我走之前还能再认识一个大帅哥。"

"你还想认识大帅哥？"章之澍挑眉。

罗真真撑着眉骨，十分嚣张："怎么，你不许？"

她这么一说，章之澍便不再说了，伸手给她倒水。

罗真真拿起杯子敬大家。

"我敬大家,今天请你们出来吃饭呢,主要是想请你们帮个忙。"

众人也举着饮料,等她下一句。

女生拿胳膊肘顶了下旁边人,十分自然:"我读大学去了,学校不错,我不在的时候就麻烦你们帮我多监督一下他,让他好好学习。你们也要好好学习,考上好大学才是硬道理。"

罗真真好歹大一岁,一番话说得顺畅又合理,颇有成年人风范。

"好!真真姐,你真厉害!"李司文激情地捧场。

梁小施喝了一口饮料,也不怎么接话,只给了旁边的"金毛"一个狠狠的倒拐。

没说几句,两盘烤鱼端了上来,鲜香四溢。

大家一边吃一边说话,好不畅快。

尹雪吃了口配菜,突然伸手去夹那鱼头上的鱼眼睛,顺手就往章之澍碗里放。

谁知罗真真也夹了另一盘的鱼眼,两双筷子就这么在一个碗里相遇了。

小小的一个碗,现在有三双筷子,比春运的火车站还要拥挤。

两个女生一愣,对视一眼,气氛仿佛凝固了一分。

章之澍从小就爱吃鱼眼睛,尹雪无数次嘲笑他有特殊怪癖,但还是一次次把鱼眼挑出来给他。

看来罗真真也知道这件事了。

"啊,哈哈,谢谢,我一个人哪吃得了这么多啊,你们也吃。"章之澍抠抠脑袋干笑。

尹雪也觉得有些尴尬,连忙接话:"那什么,主要是我们几个经常出来吃饭,都知道彼此爱吃什么了,都是朋友嘛。"说完还觉得不够,又夹了一块土豆到梁小施碗里,"小柿子最爱吃土豆了,是吧。"

梁小施也很快反应过来,"哈哈"几声,接着演:"啊,对对对,那个……我们阿曜最喜欢吃鱼肉了,来多吃点。"说罢夹了一大块鱼肉到江曜碗里,笑得比蜜甜。

江曜最不爱吃的就是鱼肉,他懒得挑刺,但看着大家殷切的表情,最后还是"嗯"了一声。

这一桌人都被照顾了,就还剩李司文,他端着自己的碗,几乎凑到了江曜跟前。

然后就见江曜夹了一大块鱼头,慢慢放到了……梁小施碗里。

"吃这个,对脑子好。"

071

梁小施无语。

李司文："……只有我受伤的世界又达成了。"

没人给夹鱼肉，李司文很气愤，准备站起来自己夹，谁想到外面帘子一撩，热烈的晚风吹进来，又进来一大群人。

为首的就是一个大"金毛"，和李司文发色一样，只是这人身上还多了一堆五颜六色的文身，还有一颗闪得吓人的鼻钉。

梁小施眼皮一跳，这种打扮的人在她老家一律称为"街溜子"。

街溜子后面还跟着两三个人，无一例外都是一样的造型。

"哎哟，大刘哥来了，快坐快坐，还是老样子是不是？"老板迎上去。

那大刘哥叼着根烟，痞里痞气地点了点头，环顾四周一眼，眼神却在梁小施这边多停留了几下，看得他们连忙回过脸去。

"这几个杂皮什么意思？怎么一直盯着我们看啊？"章之澍低声。

"不知道，估计只是随便看看吧。"梁小施抬头去看，却发现那些人还看着呢，又赶紧转过来。

"不是吧，怎么还看？是认识谁吗？"

江曜自顾自地吃饭，懒懒道："别怕，吃饭。"然后又默默给梁小施夹了块嫩鱼肉，还挑走了一根鱼刺。

"对对对，没什么事儿，快吃。"李司文将杯中饮料一饮而尽，又赶紧倒了一杯，满满当当灌下去，却洒了一大半。

不过好在最后没什么事儿，这顿饭总算吃完，那之后众人便没再出来聚了。

高三开学第一天，任老师做的第一件事就是收作业。好在梁小施都完成了，自信满满交了上去。

第二件事就是宣布调整位置，这次是一次大换血，任老师为了让大家快速进入紧迫状态，又提出了小组学习的方法。

梁小施、李司文和吕筱诗分到了一组。

两个女生对视无言，脸上都写满了三个字——疯了吧。

"好了，大家还有什么疑问吗？"任老师站在讲台上问。

一只手举了起来，梁小施直接道："老师，我要和江曜一起坐。"

众人："嗯？"

江曜正在后排写方程呢，一听见自己的名字抬起头来。只见前面的小姑娘站起来，脊背挺直，像一株新生的柳树，阳光耀眼。

"老师，我成绩不太好，正好江曜同学可以帮助我学习。"她一脸理所当然，继续，"而且江曜同学眼睛近视，老是坐后面也不好。"

任老师:"他近视吗?"

李司文:"对啊,任老师,老……江曜同学暑假一直帮助我们学习,我们也习惯了。"

"这……"任老师还有些犹豫,"江曜帮你们当然可以,但是也要问他愿不愿意。"

"老师,我愿意坐到梁小施身边。"江曜举手。

众人:这一个暑假到底发生了什么?

于是乎,梁小施和李司文成功坐到了江曜身边,而尹雪是他们前面一个组的组员,四舍五入也算一起了。

"老江,又团聚了。"李司文伸出手掌。

江曜放下笔,轻轻拍了拍他的手掌,笑意浅浅。

梁小施撑着脑袋看着二人,然后也伸出自己的手挥了挥,笑得像个慵懒的猫咪。

"握个手吧,新同桌。"

江曜一看她这表情就知道她没安好心,冷哼一声,低下头去。

梁小施嘟囔一声"小气",也不再勉强,正准备放下手,谁知江曜便伸手握了上来。

梁小施愣住,瞪大眼睛看着他。

他指尖微凉,指腹碰到她的大拇指,触感柔软。

他笑:"你好,新同桌。"

与此同时,耳里传来少年略显嚣张的声音。

——"果然我就是这么让人离不开,没办法。"

如此自恋又狂傲,果不其然是江曜的心理活动了。

他早已松开手,梁小施的嘴角却不知为什么一直还挂着笑容,根本收不回去。她拿着本子凑到自己同桌跟前,悄悄摸摸的。

"江曜,你给我讲讲任老师说的这道题呗。"

江曜转过头来,似笑非笑,但就是不开口。

梁小施一脸疑惑,然后反应过来,试着又喊了句:"阿曜?你给我讲讲。"

"笔拿来。"他伸手。

梁小施:"……烧包。"

枯燥的数学题并不美好,美好的只是少年清浅的声音,还有那温柔明亮的眼神,像窗外热烈的阳光,催人成长,直至未来。

其实梁小施和李司文坐到江曜身边后的确收心不少,加上高三的气氛确实跟以前不一样,看着黑板上每一天的高考倒计时,每个人都屏着呼吸,默默地往前追赶,想要往前走一点,再走一点。

梁小施也不例外,被大家带着,上课听讲,下课完成作业,不会的就问江曜,仿佛已经成了习惯。

就这样过了一个月,全校月考,梁小施的成绩有了大幅度提升。

尤其是数学,平时只能考 80 分的成绩,这次居然刚好到了 100 分。

就连李司文都考了 80 分。

梁小施震惊了,全班震惊了,就连吕老师都震惊了。

"你说这个梁小施怎么会进步这么快,这都高三了哎,这可能吗?"

"那谁知道啊,我看她一天天都围在江曜身边问题,谁知道是真问还是假问。"

"但是这次数学题其实还有点难度,你看筱诗都只考了 110 分。"

"你们说她能不能别带上我,我们没有可比性,我这次是失误。"

这样的闲话层出不穷,梁小施听得耳朵起茧。

但她从不是任人搓圆捏扁的角色,每次都会怼回去,自信又坚定。

谁也没想到这样的话会传到其他地方去,就连章之澍都跑来问梁小施怎么进步的,是不是有什么神功。

梁小施很无语,一掌推开他:"一边玩去,这都是我努力得来的。我就奇怪了,李司文不也进步了,大家怎么不怀疑他?"

章之澍摇摇头:"人家老李只是从 70 分到 80 分,进步没那么明显。你就不一样了,都 100 分了哎。"

梁小施:"满分 150,谢谢……"

"可……"

章之澍话还没说完,梁小施就被叫走了。

办公室里,吕老师拿着大茶缸喝着茶,然后又把茶叶吐回去,放下茶杯,缓缓开了口。

"三班的梁小施和李司文是吧?"

梁小施点点头。

"叫你们来呢也没什么事儿,"他拿出这次的月考卷子,抻了抻,"就是这次考试你俩发挥超常,让我有些惊讶。"

李司文咧着大牙:"吕老师,我们会继续努力的。"

"梁小施,你告诉我,这道题你是怎么解的?"

梁小施垂眼一看,那是一道三角函数的题目,配合一个图形解题,考试时她想到了一个公式就代进去了,没想到还真做对了。

"就是代那个公式进去,再画一条辅助线就……"

这道题梁小施理解不深,说出来也有些底气不足。

吕老师笑了下,放下卷子,又开口:"哎,其实老师知道,现在高三了,你们也是着急了,都想学好是不是?但是这个学习不是一蹴而就的事情,更不是走歪门邪道就能解决的。你看现在这个分数虽然看起来好看,但是你们自己心里开心吗?"

一番话语重心长,带了几分老师的慈爱。

但仔细听来就有端倪,这话掰开揉碎了就是说他们这成绩不是真实成绩,是靠歪门邪道才得来的。

说白了就是作弊来的。

梁小施最先听出来,她梗着脖子:"吕老师,我没懂,我这成绩是我自己得来的,不是走什么歪门邪道。"

李司文也连忙接话:"是啊,吕老师,我可不是那种作弊的人,我都懒得作弊。"

"懒得作弊不还是说明你有这个想法吗!"

吕老师拍了拍桌子,拍得手腕上的表带都"叮当"作响:"你俩要知道,成绩不好没关系,老师不会歧视你们任何一个人,但要是作弊,这就是人品上的问题了,是很严重的!"

李司文脸都涨红了:"我没有作弊!"

梁小施背着手,只觉得耳朵发烫,双手不停绞着,使劲搓着,都快把手指搓出泥来了,嘴里却还是只有一句话。

"我没有作弊。"

以前在镇上的时候,梁小施成绩不错,加上为人爽快,老师同学们都很喜欢她,在班上多少能说上些话,成绩慢慢下滑后让老师教育了好几回,但也只是轻声细语地劝告,从没有这样。

后来到了一中,刚开始她还谨小慎微,想着大城市会比小镇上严格些,但其实任老师虽然看起来严厉,但每次也只是让自己罚罚站,不会拿这样的话说自己,更别说是当着这么多人的面了。

梁小施觉得自己那小小的自尊心在此刻全线崩塌。

偏偏吕老师没有停下来的意思,指着卷子:"梁小施,你自己说说你能考出这样的分数吗?"

梁小施感觉自己像被扇了一个响亮的耳光。

"怎么不可能!"梁小施终于忍不住了,眼神里写满了怨恨与不甘,"我没作弊。"

看到这儿,语文老师终于放了一直在这儿围观的"小平头"回教室了。他脚下跟安了风火轮一样,抱着本子就往三班门口冲。

正是下课时间,教室门口人来人往,"小平头"一下刹不住车,只得惊叫大喊"让开让开"。

但还是避之不及,成功"撞车"。

受害者是江曜,随之散落的还有一地的作文本。

"哎哟!我的腰啊。""小平头"哭诉。

"你撞鬼了啊,跑这么快。"有人骂他。

江曜揉了揉被撞到的肩膀,有些无语地去拉肇事者,然后又蹲下来捡作文本。

人本来就多,不赶紧捡起来就要被人踩了。

吕筱诗刚好经过,帮忙捡起来。

"哎呀,不是撞鬼,是办公室有人跟吕老师杠起来了,那气魄那风度,可太精彩了。"

吕筱诗捡完最后一本,递给江曜。

江曜接过,又给了"小平头",正准备离开,他对这些八卦一向没有兴趣。

只听"小平头"又开口:"你们不知道,梁小施把吕老师气得都喘不过气。"

"你说谁?"江曜停住,一把拉住"小平头"。

"小平头"一愣:"梁小施和李司文。吕老师怀疑他们考试作弊,正在办公室吵架呢。"

围观群众纷纷"嚯"了一声,吕筱诗扫了扫自己的辫子,漫不经心:"什么脾气啊,怎么能跟老师吵架呢,怪不得这两个转校生能玩到一起去。"

有人接话:"那不一定,吕老师都跟多少学生争执过了。吕筱诗,你也不能因为吕老师是你爸爸就这么武断吧。"

"我……哪里武断,那梁小施大家都说她是作弊,还会有错吗?"吕筱诗梗着脖子争辩。

谁知道原本一直沉默的江曜却突然转过头来,就这么直勾勾看着她。

江曜本身就长相清秀,加上一股高冷气息,最是招小女生喜欢,只是性格一直阴晴不定,大家不敢多说。

没想到他现在居然这么看着自己,吕筱诗心里突然浮上一丝丝骄傲,他说不定是欣赏自己刚刚那斗志昂扬的模样。

所以即使高傲如吕筱诗,此刻也忍不住悄悄红了脸。

只见他阴郁脸色突然变得灿烂,轻笑一声开口:"那我还说你是长舌妇,这有错吗?"

吕筱诗的脸色一下白了,嗫嚅着说不出话来。

谁也没想到江曜这个看似不管世事的人会说出这样的话来,他根本不是表面那般淡漠,他是暗处蛰伏的毒蛇,一旦咬上一口,便能致命。

江曜说完便转身离开,"小平头"在后面喊了句"你去哪儿"。

他头也没回,风掀起他的衣角。

第七章
幽幽绿茵处

　　任老师一回办公室就看见这场面。

　　卷子掉在地上,李司文站在吕老师面前,双手举过头顶,手掌上还托着一本书。

　　梁小施脸色发青,双手垂在两边,就这么看着吕老师。

　　"任老师,你回来得正好,你们班这两个学生我管不了,他俩不服我管教,我看啊,"他叹了口气,"以后我的数学课他们也不用来上了,另寻高明吧。"

　　任老师皱眉,朝吕老师假笑了一下,然后拖了把椅子和他坐在一边,厉声问怎么回事儿。

　　当事人还没来得及回答,门口便传来声音。

　　"他们没有作弊。"

　　是江曜,他信步走了过来,将每个人的表情收入眼底,面容还是淡淡的。

　　"你来干什么?不上课吗?"任老师也有些急躁。

　　江曜站在梁小施旁边,带来了一阵熟悉的洗衣液味道,那是淡淡的白茶和松柏的香味。

　　梁小施不知道为什么,突然就想哭。

　　"我是来解释真相的。吕老师,他们没有作弊。"

　　吕老师摆手:"行了,江曜,这件事你别来插手,我先不管她有没有作弊,我就说梁小施不尊敬老师。任老师你管不管?"

　　任老师又是一阵假笑,没来得及说话,只见江曜已经捡起地上的卷子,折好,然后递到了梁小施手里。

　　"拿好。"

　　梁小施看了眼他,伸手接过,两个人的指尖相触一瞬,像电流猛地窜过。

　　——"别怕,我帮你。"

江曜的心声此刻就像一针镇静剂打到梁小施心里,她剧烈跳动的一颗心终于平复下来,一口气也终于能吐出来,呼吸通畅不少。

梁小施把卷子放回桌子上,又梗着脖子站回原位,像一头驴。

"好了,梁小施,快给吕老师道歉。"任老师挥手。

"任老师,吕老师冤枉我,我为什么要道歉?"

梁小施语气平静不少,但依然字字有力。

李司文也放下手:"对啊,梁小施是气不过……"

江曜心里了然,条理清晰地开口:"首先他俩并没有作弊,这一个暑假我都在帮他们复习,加上这一次月考的考试范围就在我们的复习内容里,他们考出这个成绩并不意外。"

少年毫无惧色,一字一句:"老师们若不信,可以再给他们安排一场类似的考试,到时候用成绩说话。如果成绩如实,就请吕老师给他们道歉,相反,我们可以在全校面前给吕老师道歉。"

听闻此言,李司文瞪大了眼睛,好家伙,江曜这口气不小啊。

两个老师脸色难看似猪肝,都没有接话。

最后还是吕老师开口,答应了这个请求,时间就定在一个星期后,在办公室考试。

任老师完全不想把事情闹大,赶忙喊几个人回教室。

谁知江曜却不肯动,望着吕老师:"吕老师,为人老师最重要的就是尊重学生,一个星期后我等着您的道歉。"

一番话说得死板不留余地。

任老师这下是真的火大了,哑着嗓子骂:"够了!你们都给我回教室去!"

梁小施缩着脑袋,拉了拉江曜的衣袖要走,谁知他走了几步又停住,转过头来。

"任老师,我们是您的学生,希望您能相信我们,因为……我们也相信您。"

这话虽简单,却蕴含感情,听得任老师一愣,望着几个孩子的背影,最后默默叹了口气。

从办公室出来不到半天,梁小施、江曜、李司文在办公室的"壮举"已经传遍了整个班级,甚至整个年级。因为据吕老师所教的其他班级的人传话,那天吕老师上课没有多说一句话,甚至上到一半莫名发了脾气,拂袖而去,看来是真的气得不轻。

"我的天,你们几个也太猛了吧!"尹雪一口珍珠奶茶差点喷出来。

章之澍也点头惊叹。

梁小施咬了咬吸管,第一次愁容满面:"行了,先别说这个了,还是看看下次怎么考试吧。其实这次的卷子我也是一知半解的,到时候换了一张我不确定能不能再考这么好啊。"

"我也是。"李司文举手。

尹雪昂头,一语中的:"还能怎么办?拿着卷子学呗。"

众人一阵静默,好像是这个理儿。

"光在学校学肯定不够,还得另外开小灶。"梁小施分析。

"哎,上次老江在群里发的那个小亭子就不错,那是哪儿啊?"李司文提议。

"那可不行!"梁小施和江曜异口同声。

其他人:"嗯?"

梁小施、江曜对视一眼,然后又有些尴尬地收回眼神。还是梁小施反应快,接话:"那个地方离学校太远了。要我看去李司文家怎么样?反正李司文家离学校近,也方便。"

李司文一愣,指了指自己:"去我家,你确定?"

说干就干,第二天就是周末,几人收拾东西去到李司文家。

他家就在学校西边的一幢居民楼里,因为年久失修,墙体有些破,楼道也有些潮湿,众人掩着鼻子上了楼。

刚爬到了五楼,门还没打开,就听见里面传来一声响,还有什么掉落的声音,噼里啪啦,好不热闹。

"好啊,你再去打牌就别回来了,死在外边都没人管。"

如此明显的争吵声听得几人均是一怔,他们对视几眼,神色不太好看。

梁小施和江曜在最后面挤着,谁想到江曜突然抓住了梁小施的手掌,吓得她差点叫出来。

他踌躇的心声传来。

——"我们……要不要现在找借口走啊?"

梁小施也有些犹豫,转头看他一眼,点点头,她正准备拉拉前面的人,谁知李司文已经开了门,朝里面大嚷一声:"奶奶!您又怎么了?"

没人回答,只有一个年过六十的老爷爷戴着老头帽,夹着烟出来,拍拍自家孙子:"快去看看你奶奶,又摔碗啦!"然后就迅速走了。

李司文摆摆手进屋,其他人没办法,也只能跟进去。

一进门，李司文便冲进厨房，跟一个满头花白的老奶奶说了几句，说得那奶奶眯眯笑了，才慢悠悠地捡起地上的塑料碗。

李奶奶看不见李爷爷在跟前晃悠，心情尤其舒畅，好生招待了几人一番，后又嫌弃李司文房间太小，将他们带上了天台。

这一幢居民楼总共七楼，站在天台上视野也并不宽，只能看见附近的矮楼似星宿，一颗又一颗，高高矮矮地连接在一起，似乎只用一脚便能跨过去一般，有种行走在空中的不真实感。

因为前些天刚下过雨，地面还有些水坑，映出湛蓝色的天空。也不知谁在上面种起了菜，几个瓷花盆里种满了蒜苗、青椒，一片郁郁葱葱生机盎然。花盆旁边还有一个矮台，上面搭了一张四方的桌子，用碎花桌布围上，竹竿上牡丹花色的床单飞扬，只将这城市一角渲染得无比温馨，暖意绵绵。

"哇！老李你家这是世外桃源啊。"章之澍咋舌。

"真不赖啊！小李，有这么个好地方都不告诉我们！太不够兄弟了吧！"梁小施拿拳头捶他。

李司文佯装疼痛，然后才笑："嘁，我奶奶是看你们来了才让我带你们上来，别人休想。"

梁小施感受着从天边吹来的秋风，只觉得神清气爽。

江曜不知道什么时候走了过来，就这么看着她。

"你头发长了。"他开口，声音轻软。

梁小施睁开眼，一双眼像是盛满了山川湖海，那般宽广自由。

"你说什么？"

"没什么。"

他又转过头，双手插兜，秋风将他的刘海掀起，露出他优越的眉骨。

梁小施噘嘴，不再执着，挥手喊大家过来。

大家头顶穹顶，脚踩天台，站成一排感受着大自然的馈赠，心情无比舒畅。

"来朋友们，咱们几个也是有缘，不如就在这样的美景前宣誓，我们大家是一辈子的好兄弟！"李司文突然伸出手掌。

美景当前，情绪上头，做些犯傻的事情并不奇怪。

其他人对视一眼，纷纷抬手伸过来。

"好兄弟！"

"一辈子！"

几只手叠放在一起，最后就剩江曜，大家默契地看向他。

"干吗呢？快放！"梁小施着急。

江曜看她一眼,似乎纠结半天,还是把手覆了上去,盖住了她的。

"一辈子的好兄弟!"大家拼命吼出这一句,声音回荡。

与此同时,梁小施耳朵里还夹杂了一句江曜的声音。

——"谁要和你做好兄弟。"

梁小施:"嗯?"

趁着大家收拾书包的时候,梁小施才凑到了江曜身边低语:"江曜,你看我们谁不顺眼啊,为什么不想和我们做兄弟?"

她凑得太近,呼吸打在脸上麻麻的,江曜心里"咯噔"一声,连忙推开她:"别管我。"

梁小施:"啧。"

大家没忘记正事,围坐在一起开始学习,尤其梁小施,为了证明自己,格外认真。

李司文则忙多了,一会儿喝水,一会儿拿水果,在第三次被李奶奶揪着耳朵上来之后终于安生,坐在桌前写起了卷子。

李奶奶围着花围裙上来摘青菜,一边乐呵呵的,一边喊他们留下来吃饭。

"好嘞奶奶,就算您赶我们走我们都不会走的。"梁小施嘴甜。

李奶奶笑得弯了腰:"你小子会说话。"

梁小施一愣,吹吹短发:"奶奶,我是女孩子啦!"

李奶奶瞪大眼睛,又凑近看,"哈哈"笑了:"原来你走的中性风格,奶奶看错了。"

章之澍"哇"一声:"哇,奶奶您还知道中性风格,好潮啊!"

"那可不,我还知道你和旁边那男孩就是校草风格。至于我孙子嘛,"她白自家孙子一眼,"'杀马特'一个。"

众人:"哈哈哈!"

学习时光就在欢笑声中过去,几人最后就在天台上吃了晚饭,简单的四菜一汤,却吃得大家连连称赞。

夜幕中星光灿烂,梁小施建议大家休息一会儿,大家纷纷答应,撤了桌子并排躺在矮台上看星星。

九月底的天气还带着暑气,不知哪儿飘来的饭菜香气浓郁,伴随着不知哪家放的电视声,熟悉的《新闻联播》片头让人有了人间实感,几人就这么躺着,一时间没人说话。

直到……李司文悠长的呼噜声传来。

其他人"扑哧"笑了。

尹雪:"真好啊!哎,大澍你记不记得小时候有一次我们去露营,那天在草地上也是这样璀璨的星空,我到现在都忘不了。"

章之澍:"当然记得,那天晚上你一个人贪玩还差点走丢了,我们到处找,我都急哭了。"

"你哭了?"尹雪转头看他。

章之澍也回头,眼睛带着星光:"对啊,我以为再也看不到你了。"

男孩转头,又"嘻嘻"笑:"不过现在不会啦,小时候我是个爱哭鬼,遇到一点事儿就哭。"

他声音低沉,随着风声一起飘进了尹雪的耳朵,她突然觉得酸涩不已,鼻头红红的,却还是嘴硬。

"喊,谁要你担心。"

梁小施在尹雪旁边,自然感觉到她的变化,连忙伸手握紧她的手,以示安慰。

"好啦,其实今天来这儿我真的觉得好熟悉,好像又回到了我们镇上。"梁小施解围。

"镇上是怎么样的?"尹雪声音喑哑。

梁小施"嗯"了一声:"就是节奏很慢,所有人都慢悠悠的,时间仿佛静止了一般。"

小姑娘说着以前的生活,细细碎碎的,还时不时笑出声,让江曜也有些动容,忍不住开口:"我以前也去过绍云镇。"

"真的?"

江曜点头:"六七岁的时候,我外公还在那里,我去住了半年。"

一听到这个,梁小施起劲了,翻了个身,昂着脑袋看着他:"那你说说,我们镇上好玩吗?"

"还行吧。"

那时候江曜只有六岁,也正是淘气的时候,每天在院子里除了打盹儿就是跳房子,实在是无聊,直到他遇到了那个小女孩。

她扎着双马尾,声音爽朗似风铃。

说是姑娘,但她性格大方,天天吆五喝六的,甚至把一个小男孩追到大树上下不来,自己站在下面,叉着腰"哈哈"大笑。

"我当时看着她就在想,她怎么这么有精神?"

说到这里,江曜还缩了缩脖子,看起来是真害怕。

尹雪"咝"了一声:"我怎么觉得你说的这个女孩是小柿子呢?"

章之澍:"不是吧,这么有缘。"

当事人双方对视一眼,然后同时摇了摇脑袋。

"不可能,那小女孩虽然行事彪悍,但白白净净的,还有两个可爱的马尾辫,和她完全搭不上。"江曜如实回答。

梁小施:"……去你的!"

大家欢笑声阵阵,在这个秋日的美好夜晚,一切美好都有迹可循。

新学期新政策,新上任的校长大手一挥,提出了快乐学习、积极备考的理念,高三的晚自习减少到只剩一节,只是下午再多加了一节课。

众人:还不如不减……

不管怎么样,大家还是不敢懈怠,七点半结束后还会再去天台学习,毕竟备考时间只有一个星期,得争分夺秒。

因为情形特殊,考试安排在周日下午,就在办公室里。

谁知道星期五那天李司文却没来上学,连假都没请,任老师还来问他们。

梁小施有些担心:"这个李司文,不会是临阵脱逃了吧。"

"不会的。"江曜接话。

"对啊,他不像这种人。"尹雪回头,劝了梁小施几句,也不再说了。

说是说,星期五放学后梁小施还是背着书包去了李司文家,谁知他家也没人。她只能泄气往回走,刚下楼梯就遇见赶过来的尹雪和章之澍,尤其章之澍还是借了校牌出了校门。

"家里没人。"

刚出了小区,却看到李司文背着书包回来,一脸倦容,大白菜发型被风吹得塌陷,有点搞笑。

"李司文!"

几个人冲过去,差点把李司文扑倒。

"好小子,去哪儿了?让我们好一阵担心。"

几个人将李司文团团围住,转来转去,跟地球围绕太阳转似的。

江曜过来时看到的就是这个情景。

他站在旁边,看着两个小姑娘在男生身边嘘寒问暖,尤其梁小施,就差挂在李司文身上了,眼神里写满了担心。

此时此刻,他突然觉得,怎么看李司文怎么碍眼。

最后他信步上前,直接上手,伸手拉了把梁小施,把人拉到自己身边,不动声色地来了句:"下来,别摔着。"

梁小施一愣,看见是他才放下心,不过还是"哦"了一声,下一秒去拉李司文的衣袖。

"我看看,有没有缺胳膊断腿?"

然后江曜又伸手过来拉开:"别对人动手动脚的。"

梁小施:"啧。"

不过现在李司文顾不得这些,他累得要命,便让大家先到他家坐一下,他再仔细解释。

十分钟后,众人看到了一张黑白照片,一个中等身材的男人,眼神含笑,对着镜头带着尴尬的神色,最关键的是他的发型和现在的李司文一模一样。

"这是我爸。"李司文坐下,整个人陷入了阴郁里,"和我妈结婚前他就这样,流里流气的,后来收了心和我妈结婚,很快有了我。后来有机会入伍,他就去了,谁想到一去就没再回来。"

众人大惊,看向李司文,只见他笑了一下,继续:"听说是因公殉职了,但一直没找到人……"

姑娘们都多愁善感,听到这里已经湿了眼眶,两个男生也紧抿着嘴唇不说话。

"没过多久我妈就改嫁了。这些年我们一直在等他,好多次说找到他了,让我们去认人,结果一比对都不是。"

李司文抬起头:"这次说是江城有消息,我们急匆匆赶着去就没来得及请假。对不起啊,让你们担心了。"

眼前的李司文面容憔悴眼神暗淡,哪有之前张扬的样子,大家连忙摆手说没关系。

看他这模样,恐怕这次也是空欢喜。

这样一次次满怀欢喜去、失望而归的经历,也不知道他经历了多少次。

"所以你的头发是因为……"梁小施突然反应过来,捂住了嘴巴。

李司文抓了抓头发,有些羞涩:"挺像的是不是?我奶奶也说像,我就留着给她多看看。"

没想到是因为这个,众人只觉得像是被一块大石头堵住心口,迟迟说不出话来。

门突然开了,李奶奶提着菜篮子进来,一看这阵仗先是愣了愣,然后笑出声。

"孩子们来啦?正好留下来吃饭,奶奶做好吃的。"

听见这话，大家再也忍不住了，梁小施和尹雪直接扑到李奶奶怀里哭出来，就连江曜、章之澍都抹了抹眼泪，拍了拍李司文的肩膀。

李奶奶看着自己怀里的两个小哭包，"哎哟"一声："怎么了，怎么了？"

"没怎么，奶奶。"梁小施止不住眼泪。

"我们就是想哭。"尹雪哭出鼻涕泡。

哭这籍籍无名为国捐躯的战士，哭他身在他乡不能魂归故里，更哭这世间苦难磨砺，不能让母子团聚，哭这舐犊情深，父子一辈子只能阴阳两隔。

直到现在，大家才看见那老旧的门牌上面，还有一块"英烈之家"的牌子。它就像这永远不灭的战士之魂，在这阴潮逼仄的空间里，永远闪闪发亮。

考试那天任老师也在办公室，和吕老师一起看着两人完成了试卷。

周一第一节课下课后梁小施和李司文就被叫去办公室了。

梁小施考出92分的成绩，李司文比她少9分。

看着吕老师点着卷子在自己面前喋喋不休，梁小施觉得心底拔凉，绝望地闭上了眼睛。

整节课梁小施都趴在桌子上，萎靡不振。

江曜一直在做题，竟然也没说什么。

下课铃一响，吕筱诗站起来喊交数学作业，然后一组一组收过来，收到梁小施这组的时候停了下。

她看着梁小施这模样，忍不住开口："再考一次又怎么样？不会就是不会，事实不会因为机会重来而改变。"

梁小施面无表情，抬头看着她。

吕筱诗这个人，你说她讨厌吧，她多才多艺，在班上的人缘一直很好；但说她讨人喜欢吧，可这人在梁小施面前，从来都是带刺儿的，说出的话一字一句直击痛处。

李司文正憋着气呢，"啪"一声丢下本子："你什么意思？"

"你干吗啊？"吕筱诗吓得后退几步。

尹雪吓得棒棒糖都吐出来，赶紧拉住李司文，生怕他上手打人。

梁小施也撑着脑袋，皱眉："吵死了。"

其实她现在根本没心思吵架。

谁想到一只手突然伸了过来，直接给她戴上了卫衣帽，盖住了她的视线。

下一秒梁小施就被人拉了起来。

江曜的心声很简短。

——"跟我走。"

但他对着吕筱诗说出口的话却不饶人:"要嚼舌根去厕所,别来光亮的地方挡道。"

吕筱诗望着面前的江曜,他眉眼冷淡,一字一句却似利剑,刀刀致命。

江曜拉着人出了门。

梁小施随着他走,可感受着他手掌温热,不知为什么,心里只剩安定与温暖。

到操场的路不长,江曜一路都没开口,只是心里一直猛烈地输出脏话。梁小施倒也习惯了他这样的反差,笑出了声。

他们这一路大摇大摆的,吸引了无数人的目光。

江曜本身只是想拉着梁小施出来冷静冷静,根本没想过后续。

他抬头看了看起哄的人,居然有些尴尬地咳嗽起来。

被无数人围观的江曜,现在就像只缩在窝里的小猫咪,可爱又好笑。

梁小施还牵着他的手,听见他低骂一声:"……大意了。"

"你害羞个啥劲儿?"

梁小施取下帽子,把江曜护在后面,就像老母鸡护鸡崽一样,叉着腰朝上面大喊一声:"看什么看!没见过美女啊!"

说完她也不管他们,一屁股坐在圆台上对他笑:"别怕,都被我骂走了。"

江曜这才松开手,神色自然了些,当无事发生:"你去把考试卷子拿来,我看看。"

梁小施苦笑:"我怎么拿?"

"你不去我去……"

他还想说什么,谁知道吕老师夹着书从楼梯下来了,径直朝两人走来。

两人对望一眼,然后站直了身子。

吕老师在梁小施面前站定,咳嗽了一声:"梁小施,那个什么赌约废除吧,老师也是心急,其实没有恶意的。"

梁小施:"嗯?"

"李司文那里老师也已经说过了,只要你俩爱学习了比什么都好。"

突如其来的退步让两人都摸不着头脑,一时间没有开口。

两人静默,吕老师又咳嗽一声,转身离开。

"这算怎么回事儿……"梁小施皱眉。

江曜也摇头,直到很久之后,他们才知道这件事的其中奥妙。

谁也没想到，这件事远远没有结束。

星期四的中午，几个人在学校旁边的面馆吃面，章之澍被老师叫去办公室，含恨错过。

突然，"不学习就是和我作对"小组群里发来消息。

一棵大澍：我刚刚好像在办公室看到梁叔和你姐姐了。@小柿子 @江曜

一棵大澍：现在你家任老师正和两个人开小会呢。

梁小施嘴里的面条差点弹出来，开始剧烈咳嗽。

与此同时，两杯水递了过来，梁小施随手接了一杯，"咕噜"灌了一口。

江曜愣住，看了眼自己手上的水杯，又看了眼李司文，最后默默放下。

"急什么？吃完再回去。"

尹雪要给章之澍带饭，害怕待会儿冷了，赶紧催几人："江曜你也真是不着急，还是赶紧回去吧。"

梁小施点头，擦擦嘴起身就跑，跑了几步却发现江曜还坐着吃呢，又跑回来拉他。

"行啦！有什么好吃的，回去我再给你做。"

梁小施心急，竟然一下说漏嘴，还好其他人跑得快，没听见两人这悄悄话，更没看见江曜有些窃喜又羞涩的笑意，淡淡掩藏在少年的眼睛里，很快便没了踪迹。

其实梁肖生和江一漾是很少一同出现在学校里的，一来是江一漾太忙；二来是梁小施才转来一个学期，梁肖生想来学校都没办法。

所以，当两人听清楚任老师的弦外之音之后，都愣了半晌。

"不是，任老师你是怀疑我弟弟和他女儿……"

"这怎么可能啊，我女儿和小曜不可能啊。"

江一漾捋了捋自己的鬓发，笑得甜美："任老师，我想你是误会了，我弟弟很老实的，不会的。"

梁肖生也跟着点头："不如这样，这个事情可大可小，我们还是把两个孩子叫来了解一下。"

任老师："是这样的，我觉得咱们做家长的可以提前预防对不对，今天请你们来就是请你们多关心一下孩子的状况，没有最好，但如果有这个苗头就赶紧扼杀在摇篮里，不过就不用先告诉孩子们了。"

"我们已经知道了。"

梁小施开口，她身旁跟着江曜，两人都一脸严肃地走了进来。

不等他们开口，梁小施先声夺人："任老师你误会我们了。"

梁肖生："任老师你看，我女儿都说没有了。"

"哈哈，都是误会，不过我们两家关系是很好，可能让老师们误会了。"江一漾站起来，一把拉过江曜。

眼看事情就要解决，一旁的吕老师嘟囔一句："高三了还这么放纵他们，以后就等着哭吧。"

梁小施耳朵尖听了去，心里一团火蹿了起来，也顾不上什么了，直接呛道："吕老师，我知道你不相信我，考试污蔑我作弊，和同学关系好点就说我早恋，但我是你的学生，不是犯人，能不能不要随意给我的人生下定义啊。"

"污蔑你作弊？什么作弊？"梁肖生皱眉。

任老师站起来："没什么，都是误会，已经解决了。"

谁知梁肖生却十分认真，拉着梁小施问："小柿子你说，你老师说你什么了？爸爸在这儿，爸爸给你做主。"

从小到大，梁肖生几乎没有这样的时候，没有为她来过家长会，没有为她出过头，甚至没有见过几次她的班主任。

直到今天，他像一座真正的大山，挡在女儿的身前，坚定又响亮地说了一句"爸爸给你做主"。

梁小施鼻子酸，但她忍住了，只低着脑袋，嗫嚅着"老师说我作弊"。

梁肖生眼色深了些："所以梁小施，你作弊了吗？"

梁小施也抬眼看着他："没有。"

男人点点头，声音有些哑："好，那就好。"

江一漾看到梁小施这模样也有些心疼，"哎哟"一声："小柿子一看就不是作弊的孩子啊，老师也不能乱冤枉人吧。"

一字一句说得吕老师脸都红了，却还是硬着头皮："梁小施不尊敬老师，我可是什么都没说。"

一听吕老师这避重就轻的语气，梁肖生心里也懂了，看来污蔑这事儿是确有其事了。

他拍拍女儿的肩膀，转过头去："吕老师是吧，作为老师就应该身正为师，请您给我女儿道歉。"

话一说完，大家都蒙了，没想到他会提出这样的要求，尤其是梁小施，望着父亲的背影，说不出话。

任老师哪里看得下去这场面，赶紧拉住梁肖生："梁爸爸，你到这边来我跟你说一下。"

谁知梁肖生根本不吃这一套，轻轻甩开任老师的手站定，一字一句——
"我哪儿也不去，如果真有污蔑，请吕老师给梁小施道歉，不然今天我不会走。"

第八章
一帘幽梦

午休的第二次铃声响起,整个校园陷入了午后的静谧,操场上没了跑动的学生,广播站放完最后一首歌也悄悄关了麦,只有淡淡的余音,伴着轻柔的风吹进了办公室里。

其他老师吃完饭也慢悠悠回了办公室,只是一进门就看见这阵仗,都下意识多看了几眼。

吕老师就是在这样的目光之下道歉的。

他脸涨得像皮球,使劲握着保温杯,甚至没有看着梁小施的眼睛。

不过这样就已经足够,梁小施舒了一口气,向对面鞠了一躬,说完最后一句话——

"任老师,吕老师,不管你们信不信,我会努力学习的,我会向所有人证明,我有学好的能力。"

任老师笑得比哭还难看,喃喃着:"好好学习就好。"

操场上,四人并行。

江一漾惊叹:"没想到梁叔你是这么强硬的人啊,你怎么知道吕老师正在评高级职称啊?要不是你坚持说要告到学校,他肯定是害怕影响他的评级,否则我估计他还是不愿意道歉的。"

梁肖生一脸憨厚:"我就是刚刚来的时候在校门口的公示栏看到的,那个吕老师通过了初审。"

说完他又看了眼女儿,吞吐几句:"小柿子,以后你有什么事都告诉爸爸行吗?"

梁小施低着头,没说好也没说不好。

梁肖生一窒,眼神灰暗了几分。

江一漾拍了拍自家弟弟的肩膀,大大咧咧道:"哎呀,叔你担心什么,不是还有小曜吗?他俩在一个班有照应的。"

她笑颜如花,捏着下巴打趣:"而且我看你俩关系还真挺不错的,我看要不小柿子你给我们当妹妹好了,让小曜体会下当哥哥的感觉。"

话音刚落,梁小施还没说话呢,江曜率先开口了。

"那可不行!"

梁小施果然被吸引了注意力,凑上前去反问他:"怎么,你嫌弃我啊?"

江曜被她吓一跳,多少有点不自然,伸手推开她毛茸茸的脑袋:"离我远一点。"

梁小施:"我偏不!"

她跳来跳去,一不小心撞到江一漾肩上,后者忍不住叫了下。

"哎呀,不好意思,姐姐,没事儿吧?"

江一漾摆手,脸色有些僵硬,离她远了些。

"怎么了?"江曜凑过来。

"没事,就是不小心扭了下,涂点药就好了。"

她不肯再说,江曜也闭了嘴,只是脸色沉了下去。

把两个人送出校门,梁小施又嘴馋门口的钵仔糕,非要去买。买完她又看到旁边的书店,想着买几本辅导资料,既然许下了承诺,就要努力去实现。

正是中午的时间,空气里都弥漫了瞌睡因子,店里空无一人,坐在门口的老板撑着下巴昏昏欲睡中。

梁小施正纠结着"薛金星"和"王后雄"哪个好,小脸皱成一团。

转眼便看见江曜就这么站在自己身边,背靠着书架,表情淡淡的,眼神不知望向何处,像一堵墙般,厚实又静默。

"阿曜。"她突然又喊了这个名字。

江曜转头看她。

"我之前一直以为你是冷血动物,没想到不是啊。"她抱紧了书,也和他一个姿势,转头朝他笑。

江曜莫名地也笑了,似春水消融,新芽破土,充满了生命力。

"那现在呢?"

"现在啊,我才觉得你是个小太阳,特别温暖,不过只在我们面前绽放光芒,别人都看不见。"

两个人声音都很小,淡淡的余音围绕在两人之间。

江曜沉默一瞬,才道:"你的语言表达能力好差。"

梁小施:"……我谢谢你。"

她嘟嘴,继续:"不过我发现你最近有点奇怪,上次说不想和我们做兄弟,这次开玩笑让我当你妹妹也不愿意,我到底哪里惹你了?"

江曜调整了下站姿:"没有。"

梁小施哪里肯放过他，居然一把抓过他的手，狡黠一笑："我不信，让我来看看你在想什么。"

江曜吓了一跳，慌忙抽出自己的手，下意识道："听个屁啦，回去写作业。"

梁小施跑去结账："好啊，你现在都能开口说脏话了，你变了江曜。"

江曜站在原地，看着她一本正经地和老板砍价，模样娇憨，渐长的头发遮了眼睛。直到现在，他才终于在心里开了口。

——"梁小施，我是变了。"

吕老师的事情总算告一段落，大家悬着的心终于落回肚子里。梁小施也认了真，认真发挥了学习小组的作用，那可真是两耳不闻窗外事，一心只读圣贤书。

期中考快到了，这算是进入高三后第一次大考，不管是学生还是老师都紧绷着一根弦，整个班级的气氛凝重起来，就连下课都没多少人出去玩，一眼望去一片"低头族"。

章之澍就是在这个时候大喊了一声"尹雪"，吓得全班都抬起头来，尹雪更是连笔都吓掉了。

章之澍站在教室门口愣了："我是不是来得不是时候？"

尹雪低骂他一句，还是出去了。

"你发什么疯？"

章之澍剪短了头发，鬓角锋利，讨好道："好兔子，我跟你打个预防针，待会儿我班主任来找你，你可要帮我说点好话。"

尹雪："嗯？"

果不其然，五班班主任黄老师正在走廊，看见两人便叫了一声，直接将两人带回了办公室。

到了办公室尹雪还被任老师看见了，后者一脸迷惑。

尹雪连忙指了指章之澍，再指了指黄老师，一脸苦笑。任老师这才了然，不再说什么，出门去班级巡逻了。

五班班主任黄老师说了好一阵。

尹雪云里雾里的，最后才听明白："黄老师，您是说让我和我妈妈说一下，让她顺带管一下章之澍？"

"是的，我知道你们两家关系好，章之澍是个好孩子，他爸妈常年在外管不到，不能因为手机害了他啊。"

黄老师这样苦口婆心，尹雪怎么能拒绝，连忙点了点头，又和黄老师保证了几句，才把她说得放了心。

"期中考之前有假期。"黄老师从抽屉里拿出章之澍的手机，正准备递给他，却又变了道，转手给了尹雪，"尹雪你拿着，然后最好回去交给你妈妈，让她好好保管着。"

尹雪接过："好的，黄老师，我会的，老师辛苦了。"

刚出办公室，章之澍就像树袋熊一样凑过来了："兔子，快把手机还给我吧。"

尹雪头也不回继续走。

"兔子！"

她还是不答应，章之澍拉住她，板着脸："兔子！把手机给我。"

尹雪面无表情："你要手机干吗？"

他又笑了："你说干吗？我都好久没给真真打电话了。"

尹雪心里苦笑一声，面上却冷着："不给。"然后转身就走。

章之澍愣了，喊她一句："尹雪！我们还是不是朋友了？"

"不是。"

她回答得干脆，章之澍也起了气，冷哼离开。

那天尹雪回了家，跟妈妈说不吃晚饭了，然后就把自己关进了房间。

尹妈妈不解，使劲给尹爸爸使眼色，后者眨了眨眼，表示自己知道了。

尹雪放了书包，坐在书桌前发呆，眼睛却瞟见了自己和章之澍的合照。那是去年她生日时拍的，在一个草地上，身后是开得灿烂的木棉花，花意正浓，一如两人大笑的面庞。

没有其他人，只有尹雪和章之澍。

怀里的手机突然振动了一下，尹雪掏出来一看，是章之澍手机的微信消息，不知道是什么内容。

尹雪盯着手机屏幕，突然伸出了手，想要看看这手机里的东西。

或许是别人发来的呢？

尹雪一颗心像是被什么勒住一般，紧张得直发抖。

"闺女！喝牛奶吗？"

尹爸爸打开一条门缝，一声叫喊打断了尹雪的胡思乱想。

她吓得大叫一声，手忙脚乱地把手机藏起。

尹爸爸被吓了一跳，忙问怎么了。尹雪撒谎说学习太认真被惊吓到，这才把人骗了出去。

房门关上的那一刻，尹雪的泪便再也止不住了。她将手机丢进书包里，然后整个人猛地砸进床里。

害怕被爸妈发现，她连哭都是没有声音的。

她想，去年的生日愿望还是没实现啊。

那天章之澍端着她最喜欢的慕斯蛋糕，笑眯眯的："兔子，快许个愿吧。"

她双手合十,看了眼他,闭上了眼睛。

她内心的声音没人听见,只有自己知晓。

"我希望成为他最好的朋友,最亲近的人。"

这次月假总共三天。对于高三生,哪怕是一个小时的休息时间也是格外珍贵的,更别说是三天,大家高兴得快要飞起来。

当然,是在他们收到一沓沓卷子之前。

梁小施把卷子一股脑塞进书包,抱怨:"这哪是放假啊,这根本就是换了地方学习吧。"

尹雪转过头来,把桌肚里的小说递给梁小施。

梁小施也很默契,把自己这里的杂志递给她。

交换着看,获取双倍快乐。

"我这里还有《春芽》《意文》这种的,你要不要?"尹雪凑过来。

梁小施皱眉:"那种全是我看不懂的散文、诗歌啥的,多没劲。"

"难怪你作文写得这么垃圾,这种美文美句最能滋补作文题了。你看人家老江,"李司文努嘴,"我上次看见他桌肚里好多《春芽》,这就是满分作文的秘诀啊。"

梁小施"哒"了一声:"是吗?不过你们男生也喜欢这些吗?"

江曜刚好从外面回来,伸手拍她脑袋。

"姐姐刚刚给我打电话了,说待会儿放学她来接我们。"

他是看着梁小施说的。

八卦的味道散开来。

尹雪:"接什么?"

李司文:"接你们?"

梁小施脸色微变,悄悄在下面踩了江曜一脚,疼得他差点喊出声来。

"不是,是接我……"

尹雪和李司文:"我们可不聋。"

还好上课铃及时响起,才拯救了两人。

四十五分钟度日如年,下课铃的号角一吹响,同学们便跳起来,你推我挤地出了校门。

梁小施他们动作也很快,刚到校门就看到了江一漾那辆显眼的车。

江一漾换了身米色的风衣,鬈发第一次散开来,多了几分温柔的气质。

她的身边居然站着章之澍,两个人旁若无人地在聊天,见到几个人连忙挥了挥手。

095

尹雪和章之澍闹别扭的事情大家都不知道,两人只心照不宣地颔了颔首,略显生分。

十分钟后,大家到了江家。

"哎呀,真开心,和你们这些孩子一起玩我感觉自己都变年轻了。"江一漾领着大家往里走。

她笑:"反正你们放月假,大澍说他家里也没人,想去游戏厅待几天,我一想,哎呀,我们家的游戏房空着呢,这不巧了嘛,正好我也想和你们较量较量。"

"哈哈哈,姐姐你真好!"李司文如海狮般拍手。

江一漾摆手:"哎呀,一般一般啦。你们先进来,在客厅玩一会儿,我去给你们洗水果。"

几人跟着江一漾进门,还在惊叹江家的豪华时,江曜被一个人猛地拉走了。

梁小施把人拉到了门口,一脸惊慌:"完了完了,这下完了,你姐姐怎么都不跟我们商量一下啊?"

江曜却好似没听见一般,看着自己姐姐热情招呼的模样,轻轻回了句:"姐姐好久没这么开心了。"

梁小施也跟着望过去,摇了摇头,算了算了,已经这样了。

趁着大家在客厅看电视,梁小施钻进了厨房,江一漾正在切水果。

她十指不沾阳春水,都快把苹果切成丁了。梁小施轻笑一声,拿过她的刀,开口:"姐姐,我这么叫你可以吗?"

她手起刀落,去除了果核,将苹果切成月牙状,又去拿橙子,熟练地去皮。

"当然可以啦。小柿子你的刀工好牛啊!上次给我煮的面也很好吃,好能干!"

江一漾声音俏皮,鼓起掌来,像个小女孩。

梁小施有时候觉得,虽然年龄大了好几岁,但江一漾心里其实住了个比自己还小的小女生。

正切着,江一漾却突然对她说了声"谢谢"。

梁小施一愣,只听她继续:"因为你来了,才让小曜有了这么多好朋友,连带着我都沾了光,开心了好多。"

没想到江一漾会跟自己说这些,梁小施一下没反应过来,又觉得自己这么盯着人不礼貌,转过头去,声音微弱:"是我要感谢你们,让我和我……我爸住在这里。"

"嘻,梁叔在这儿工作啊,应该的。不过,"她望向窗外,"这个时候梁叔还没回来吗?"

说起这个梁小施才想起来自己的正事："对啊，姐姐，我来是跟你说，你别跟我同学说我住在这儿，我怕他们乱想。"

江一漾眨眨眼："会吗？"然后又点点头，"好吧，听你的。既然这样我让梁叔这几天去我那边吧，不然更说不清。"

梁小施感叹江一漾的善解人意，就差上手去抱她了，两个人又说了好一阵，笑声连连。

这边几个人还在客厅看篮球，男生们玩得畅快，尹雪坐在沙发上观察起四周来。

这里空间很大，四方通透，沙发是红木的，桌上除了古朴的茶具再无其他，甚至墙边还有一扇双屏檀木屏风，屏上百鸟展翅春花漫漫，写满了古典意味。

尹雪突然笑了，这风格的确很符合江曜。

章之澍刚看完一节，转头就看见尹雪这莫名的笑容，还以为她在笑自己，慌忙摸了摸头发，不自然地咳嗽几声。

尹雪闻声看过来，却发现章之澍的眼神，两个人心生尴尬，同时移开了视线。

江一漾和大家在游戏房玩了一阵便出来了。秋高气爽好时节，也不知是谁提议，想在前面的庭院里烧烤。

大家一拍即合，买食材拿工具，甚至生火都在半个小时内全部完成。炭火燃起的时候，天边刚露出一弯新月，颜色透亮，映得众人心里也亮堂堂的。

江一漾穿着围裙，夹着鱿鱼喊："要我说，你们今天就在这儿睡吧，反正房间多。"

男生们都一口答应，尹雪本还有些犹豫，但也不好扫了大家的兴致，只说打个电话跟父母说一声。

打完电话回来，大家已经坐在桌子上吃起来。桌上肉类、蔬菜都有，鲜香麻辣色泽红亮，看起来很有食欲。

"兔子，来吃啊。"梁小施给她让了一个位置。

尹雪摆手，看了看备菜区还有几串玉米，便拿了玉米去那边烤。

章之澍正在烤韭菜呢，看见她过来，沉默了下，还是伸手："拿来我帮你烤。"

尹雪却不肯："我自己来吧。"

章之澍不再坚持，两人面对面站着，烤着各自的食物。

梁小施看着两人，一口牛肉串下去："看出来没有，他俩有事儿。"

"什么事儿啊？"李司文看不出来。

"笨！好像是在吵架。"

她脸颊边沾着肉串的油渍,自己却浑然不知,还和江一漾科普那两人的恩怨情仇呢。

桌上的两个男生此刻却像通了想法一般,又是同时扯了纸巾递过来。

"擦嘴。"江曜道。

"我看你别叫小柿子了,叫小花猫吧。"李司文嫌弃。

梁小施转过头,咧嘴笑:"哈哈哈,不过一张就够了。"

她抽走了江曜手上的纸巾。

李司文撇嘴:"喊,不要算了。"

江曜收回手,故作淡定地低下头,然后在心里狂呼一句。

——"呜呼!一比一打平!"

这边正闹着呢,却听见那边惊叫一声,尹雪捂着手后退几步,章之澍丢掉了手上的韭菜,赶忙去扶她。

"兔子!哪儿烫到了?"他几乎下意识把她的手拿到嘴边吹了起来。

尹雪被他握着手,连烫伤的疼痛都顾不上了,想赶紧抽出手来。

"没事儿,没事儿。"

章之澍一下火了,提高声音:"尹雪,你再跟我客气一下试试!"

他这一声,把赶过来的梁小施都吓了一跳,连忙把尹雪拉过来:"好啦,吵什么啊,这伤要赶紧处理,走,我们去擦点药。"

梁小施拉着尹雪上了楼,猛然想起医药箱在自己房里,又担心尹雪看到什么,只好让她在二楼等着。

尹雪就站在二楼的窗户口,看着下面几人忙活。江曜和李司文围在章之澍身边,而他面无表情。

"唉。"尹雪叹了口气,突然看见隔壁的房间亮了灯,露出原貌,那鹅黄色的窗帘随风飘舞,好像有些眼熟。

"兔子!"章之澍在下面喊了她一句。

章之澍看着尹雪站在那儿,眼神却望向旁边的窗台,光亮闪耀,隐约能看见杆上晾晒的衣服,像彩色的花蝴蝶。

"这个……"

章之澍皱眉,似乎想到了什么,然后猛地反应过来,指着那衣服大喊:"这个……这个不是小柿子的衣服吗?那件毛衣,还有那条好丑的裤子!"

尹雪也恍然大悟,对提着药箱的梁小施大喊:"小柿子,这是你的房间吧?你真和江曜住在一起啊!"

什么叫作三堂会审,梁小施算是明白了。

此时此刻，她和江曜正坐在地毯上，尹雪、李司文和章之澍一人一边坐在两人上方，表情说不出的奇怪。

"好了，对方辩友，请你们开始狡辩。"李司文伸手。

尹雪拿笔记录："你们所说的一切即将成为呈堂证供……后面的记不住了。"

章之澍一愣，台词都被说完了，他只能拍拍手掌："开始陈述！"

梁小施和江曜都很无语。

江曜心一横，开口："好了，其实……"

"我来说！"梁小施打断，"其实……我……我是江曜的干妹妹！"

江曜："哎？"

其他人头顶闪过一排省略号。

"我们两家其实很熟，姐姐认了我做干妹妹，最近我爸出差了，我就在这儿暂住一段时间……解释完毕。"

一番话说得顺畅，一点没有说谎的样子，听得众人眯起了眼睛。

江曜满头黑线，站起身来："行了，说完了，你们还玩不玩？不玩了就从我房间出去。"

他故作冷漠，让大家不再纠结这件事。

众人往外走。

李司文从门口探出个脑袋："惊天大八卦啊！"

江曜："出去！"

李司文："得嘞！"

李司文和章之澍在游戏房继续血拼去了。

女生们则在江一漾带领下聚在一起学瑜伽，好不热闹。

江曜则一个人在房间里打字，戴上了耳机，完全沉浸在自己的世界里。

突然有人敲门，他回了个"进来"。

这是梁小施第二次进他房间，第一次就在刚刚，难免有些紧张。

"姐姐做的酸奶，通便的，叫我拿来给你尝尝。"

江曜嘴角抽了抽，也不知道她怎么这么顺畅地说出"通便"这两个字来的。

梁小施"哦"了一声，放下酸奶却没走，又坐了下来，静默良久，然后才小心翼翼地问了一句："你生气了？"

江曜皱眉："没有。"

梁小施嘟嘴，拿起书架上的《世说新语》翻了翻，看似随意："是不是大家吵到你了？我去叫他们小声点。"

说完她就要走，却被人叫住。

江曜转头，金框眼镜泛光，言语里多了些无奈："梁小施，我在你心里就这么不近人情？"

梁小施："哎？"

"大家都是朋友，我没生气，还挺开心的。"

"我还以为你因为我们住在一起这事儿被发现生气了。"

"害怕这事儿被发现的只有你，我一直都无所谓。"

梁小施呼出鼻息："肯定啊，人家还是个黄花大闺女呢。"

江曜嘴角抽了抽，不揭穿她。

梁小施百无聊赖，转了个圈，眼睛却看到了他桌上的一张照片。

那是一张老爷爷的照片，老爷爷坐在躺椅里抽烟袋，旁边有两只鸭和一只鹅，艺术感十足。

"哈哈哈，这个好可爱！"梁小施伸手拿了那照片，仔细欣赏起来。

江曜取下耳机，想要去抢却未果，最后也就算了："是我小时候给外公拍的。"

梁小施拼命忍住笑，叹口气："真好，那时候的日子真好啊，我妈妈那时候可疼我了。"

她看着照片陷入了回忆。

王秀云在世的时候对梁小施是极尽宠爱，她小时候招猫逗狗，经常惹得其他小朋友带着家长来告状，每当这个时候王秀云就会抄起秃噜的鸡毛掸子追着她满院子跑，让小孩的家长看不下去了，喊着"别打了别打了"。

"你知道吗，我妈妈查出生病的时候我正好升入高一，我妈担心我不适应新环境，经常走几里路来给我送饭，她明明那么不舒服却还是要来。我到现在都记得有一天中午，天气特别热，我在操场上吃冰糕，然后就看着我妈妈像一个小点一样，一步一步，她就这么走啊走，慢慢变大，最后完全出现在我面前。"

梁小施泪花闪烁："我当时就这么仰头看着她，阳光透过来，把她照得像天使一样金光闪闪。

"我就在想，我妈怎么这么牛啊，怎么一个人走过来了，她都不热吗？"

梁小施吸吸鼻子，又笑出来"结果她看见我第一句话说的什么，你知道吗？

"她说：'你怎么这么黑了？'"

梁小施说完就开始笑，笑着笑着就哭了，眼泪就像断线的珠子一样，怎么也止不住，滴在江曜新洗的地毯上。

"我好想妈妈……"

江曜没见过这样的场面，愣了几秒，然后才坐过去。看着她抖动的脊背，他的手抬起又放下，最后还是劝了一句："没事了，没事了。"

梁小施沉浸在悲痛中，死死抱着那个相框，断断续续："我……我和我妈连一张合照都没有。"

她哭得撕心裂肺，似乎要把所有情绪都倒出来一般。

江曜也动了情，鼻头一酸差点也落下泪了。

再顾不上其他，他直起身子，将梁小施抱在了怀里，像哄孩子那般，一下一下拍着她的背。

"不哭了，小柿子不哭了。"

也不知是不是他的声音有魔力，还是他的肩头太过温暖，梁小施吸了吸鼻子，竟然慢慢止住了哭声。

江曜却也不动，还在轻轻哄着。

梁小施哭得胸膛起伏，现在才慢慢平静下来，两个人就这么待着，没有人开口，温情似水，流动在空气中。

也不知道过了多久，梁小施觉得有些僵硬了，想开口说话，却不知道说什么。

江曜脸色也有些异样，嘴唇嚅动几番也没说出来，最后一想，干脆牵住了她的手。

下一秒江曜有些尴尬的声音就传进来了。

——"哎，也不知道她哭完没有。"

——"我也不知道怎么哄啊。"

——"没声音不会是睡着了吧？好想上厕所！"

等到这句话出来，梁小施终于"扑哧"一声笑了出来："好了，你快去上厕所吧，我没事了。"

江曜看着她的核桃眼，有些羞涩地摸了摸后脑勺，然后道："那你等我。"

"嗯。"梁小施点头。

然后梁小施就真的乖乖地坐在地毯上等江曜出来。

江曜回来时看见她已经放下相框，坐在地毯上吃她端给他的酸奶。

江曜很想说不要在地毯上吃东西，但想想还是算了，他也坐了下去，就在梁小施的旁边。

梁小施问："洗手了吗？"

江曜无语。

"今天我哭你不许说出去，可不能让他们知道了，不然他们要笑死我。"

"知道了。"

江曜也很乖，看着她一口一口吃酸奶，突然就觉得心软不已，就像吃到了一颗棉花糖，又甜又糯。

"其实……你也很爱梁叔对不对？"他突然开口。

梁小施愣住，斜他一眼："说这个干吗？"

101

"没什么,就是觉得你是个好女儿。"

梁小施冷哼一声:"那是他对你好你才这么觉得,他都没怎么管过我,我怎么可能爱他?"

依旧嘴硬,江曜眼神暗了,却不再说话。

"其实你根本不知道我为什么不喜欢他,也不可能知道。"梁小施耸耸肩膀。

说起这个,江曜终于问出了自己一直以来的疑问:"梁小施,为什么只有你能听见我的心声,同样是牵手,为什么我却听不见你的呢?"

梁小施"咝"了一声:"也是哈,这是为什么?"

"你把手给我,我们试验一下。"

江曜朝她伸手,她便握住了他的指尖:"能听见。"

"另一只手。"她道。

两只手都牵上了。

"还是能听见。"

梁小施:"江曜,你闭上眼睛试试,能听见我现在想什么吗?"

江曜遵命,可惜还是不行,只能听见窗外的风声,还有尹雪和江一漾在楼下的嬉笑声。

梁小施不死心:"十指相扣试试。"

梁小施闭上眼睛又睁开,有些无语:"你能不能不要再碎碎念了,我知道你听不见我的心声了,一直念我耳朵都痛了。"

江曜:"……这能怪我吗?"

江曜就像个提线木偶,一会儿被人牵手,一会儿和人击掌,一会儿站了起来,双手平直打开,成了个"大"字形。

然后江曜就看见梁小施像个毛孩子一样冲了过来,然后狠狠撞在了自己怀里,更准确地说,撞在自己的胸口上,女孩的清香也一并袭来,如空气将人紧紧包围。

听不听得见她的心声江曜不清楚,但他的确能听见自己如擂鼓般的心跳声。

"拥抱好像不管用啊,没声音啊。"

她还在他怀里各种倒腾,江曜的声音又僵了几分,声音喑哑似烟熏过一般。

"梁小施,你先放开我。"

第九章
像雨像雾又像风

游戏里，李司文又被章之澍打爆了，二阶堂红丸顶着和他一样的头发，"嘭"的一声倒下。他低啐了一声，甩手道："不玩了，不玩了。"

章之澍笑他玩不起，继续一个人玩。

听着门关上的声响，他又没有心思玩了，想着什么时候去找下尹雪。

李司文出门上厕所，楼下尹雪和江一漾还对着电视看偶像剧《何以笙箫默》，两个女生哭得稀里哗啦，纸巾丢了一地。

他挑挑眉，正想着梁小施去哪儿了，却在转角处看见了江曜的房门虚掩着，里面传来声响。

也不知道为什么，他往前走了几步，然后猫着身子看了眼。

这一看就看见梁小施和江曜两人抱着，江曜的表情有些窘迫，耳朵都红了。

李司文不知道该怎么形容自己现在的感觉，想立马去社交平台上问问。

——意外撞见自己的两个好朋友抱在一起该怎么办？

于是乎，李司文思想斗争了大概……三秒吧，然后敲了敲门："老江，出来打游戏。"

再进去时，两人已经一人一边坐好，岁月静好。

梁小施站起来："晚安。"

江曜也跟着，拉过李司文："走，我带你和章之澍去房间。"

被拖着的李司文："……我只是想上个厕所。"

江曜："不，你想睡觉。"

总而言之，闹腾了半天的江家终于熄了灯，少男少女们怀着各自隐秘的心思，与今晚的月色一起投入了梦乡。

江曜是被一阵敲门声和争吵声吵醒的，他睁开眼睛，一个鲤鱼打挺跳起来。

他对争吵声很敏感。

楼道的灯已经打开，楼下的大厅灯火通明，有些刺眼，他忍不住遮了遮眼睛，再睁开就看见江一漾在下面站着。

她身边还有一个男人，一身条纹西装，面容硬朗，只是那一双鹰眼有些骇人。

103

男人双颊泛红，身子也微微摇摆，不停地往江一漾身上靠。

他好像……喝醉了。

江一漾穿着睡裙，有些窘迫地推开他："怎么喝得这么醉？"

男人还没回话，手已被人拉开。江曜把江一漾护在身后，声音冷硬："要发酒疯就出去，别在这儿撒野。"

谁知那男人看见是江曜，竟然扯出一个笑容，声音也讨好了些："是江曜啊，我和你姐姐的事情不用你管，赶紧去睡觉啊。"

江曜对他恶心不已，又要开口，却被江一漾制止。

她拉了拉江曜，秀眉挤成一堆，劝慰道："好啦，没事，他只是喝醉了，没什么事儿的，你先回去，家里还有人呢。"

她眼神流转，望了望楼上。江曜也跟着望过去，只见其他人也不知什么时候醒来，默默地站在楼上看着，脸上写满了担心。

梁小施更是鞋子都没穿，站在楼梯上，随时要冲下来的样子。

江曜的脸色更黑了，他们姐弟俩的狼狈模样被他的朋友们尽收眼底。

这种滋味并不好受，像是被枪眼堵住了太阳穴，令人焦躁难安。

可那男人根本不管这些，他一把又拉住了江一漾，力道之大，江一漾直接叫出了声。

"放开她！"江曜又冲上去。

"滚远些！"男人终于露出真面目，咬着牙一把推开江曜。

也不知道是不是酒精的缘故，他的力气比常人更大，直接把江曜推倒在地。

这下梁小施憋不住了，冲下来扶他："江曜！"

楼上的几个人也跟下来。

江一漾被人拉着往外走，却还在意这边，慌忙转头："没事儿，小曜，你带着同学们回去，我没事儿，听话。"

江曜坐在地上，手心火辣辣地疼。他清楚地看见，姐姐的眼里有泪花。

"好了，我走，你别拉着我，弄疼我了。"江一漾使劲挣扎着。

男人却不管不顾，就这么拉着江一漾出了门。

外面不知道什么时候下起了小雨，只见一辆黑色的车等在门口，车灯大亮着，照得黑夜跟白天一样亮，雨丝绵密，似一根根针飘下来。

江曜看着江一漾的背影，咬咬牙又冲了出去。

梁小施也顾不上其他跟了出去。

尹雪也咬着嘴唇，喊了声"小柿子！"，就起身正准备走，却被章之澍拦住。

他眼神清明，摇摇头道："咱们别再去了，小柿子一个人够了。"

这变故来得突然，大家都没反应过来，但都能明白章之澍的意思。

有时候，装作不知道比知道更有用。

"我去拿毛巾，万一他们回来要擦。"李司文想得周到。

尹雪点头，对章之澍说："大澍，你在这儿看着，他们回来就告诉我，我去煮姜汤，外面雨可不小。"

章之澍"嗯"了一声，大家各自去忙了。

天空好像破了一个大口子，雨越下越大，雨丝变成雨滴，一颗一颗砸在地上，砸在江曜的眼睛上、脸上，那么肆无忌惮，那么无所畏惧。

江曜跑不动了，只能看着黑车越走越远，车屁股闪耀的红灯好似在向他宣战。

雨打芭蕉风卷残云，深秋的天气越来越冷了。

梁小施只穿着一件睡衣，此刻却好像感觉不到冷一般，只盯着眼前人不说话。

江曜被雨淋得全身湿透，大口大口地呼吸着。

这是梁小施第一次看到这样的江曜，像一片破败的落叶，被雨冲刷、被风肆虐，更被人无情地踩了一脚，飘落在水沟里。

梁小施哭了，刚开始只是默默地流泪，到后来就哭出了声音，像小猫嘤咛，最后干脆号啕大哭，跟婴儿一样。

江曜终于转过头来看她，眼里蓄满了泪水。

梁小施大喊："江曜！"

江曜还是不说话，嘴唇抿得死死的。

"江曜，你冷不冷啊？"

少年低着头，并不回话。

"江曜！"她又喊，嘴里淋进冰冷的雨水。

梁小施一颗心剧烈跳动着，好似要跳出胸腔。

"江曜！我们回家吧！"

然后江曜就笑了，他笑起来雨水便从他脸颊流到下巴，然后掉在地上，汇入一股股水流，不知道流到哪里去了。

"回家。"他说，然后朝梁小施走过来。

梁小施抹了把泪水，热乎乎的。她捏捏五指，想去牵他。

谁知他却避开了，还是那个笑容，只是看起来苦楚不已。

"就这次，别再听我的心声了。"

梁小施望着他，呆呆地点了点头。

两个人深一脚浅一脚地回来了。章之澍看到他们便朝里面大喊一声"回来了",吓得几个人赶紧把东西放在门口,然后匆匆上楼回房。

说是回房,几个人却趴在门口听声儿。

两个人湿漉漉的,一看这些东西,心里都已了然,尤其江曜,神色变换了几分,却还是拿着干毛巾擦了擦头发。

"喝点姜汤吧。"梁小施穿上拖鞋,端着碗过来。

辛辣热烫,两个人同时长舒了一口气,然后就是长时间的沉默,只有墙上挂钟的钟声"嘀嗒"作响。梁小施看了眼,凌晨三点。

"你回去睡吧,"江曜开口,"顺便……帮我跟他们说声抱歉。"

"他们不会在意的。"梁小施接得很快。

江曜不再回话,闭上了眼睛,看起来疲惫不已。

没听到梁小施动身的声音,江曜又睁开眼:"怎么还不走?"

"我陪你。"她几乎下意识地回了这句。

说完她又觉得别扭,抓抓短发:"我是说,反正兔子都睡了,我现在回去也会吵到她,还不如就在这儿。"

梁小施也不知道自己这理由有没有破绽,只是看江曜看着自己,后又收回眼神"哦"了一声,才放下心来。

那天晚上五个人没一个睡得安稳。

尹雪在床上翻来覆去,李司文、章之澍盘算着怎么帮江曜。

江曜更别说了,他从来就没睡好过,客厅留了盏暖灯,灯色影影绰绰,能看见梁小施在餐桌上睡着,小脸灰白。

"傻瓜。"江曜低骂一声,拿了一张毯子,轻轻盖在她身上。

也不知道是不是动作大了些,小姑娘嘤咛一声,动了下脑袋,半边脸被压出红印子,短发被汗水打湿粘在两侧。

最为显眼的,还是嘴边那亮晶晶的口水。

纵使心情再不好,江曜也忍不住笑出了声。

他抽了张纸巾,轻轻替她擦了擦,然后将湿发浅浅撩开。

梁小施皮肤很好,顺滑又软弹,江曜只觉得指尖细腻无比,润到了心底。

刚抽回指尖,梁小施却突然又动起来,双手往前挥了挥,嘴里还振振有词,好像是做梦。

不过江曜没听清她的梦话,因为他现在完全被某处吸引。

他看到梁小施的右手无名指下方有一点点疤痕,一点连着一点,不像是旧伤,好像是……牙印。

江曜心中一动,却又不敢相信。

他伸出手指摸了摸,那凹凸的触感证明了这就是牙印。

江曜一颗心像飘在空中，止不住晃动，眼前梁小施的模样好像和记忆里的某个人重合了。

屋外的日头似一颗蛋黄，裹着金黄色蛋液的阳光破云而出，天终于亮了。

几个人围坐在桌边一起喝牛奶，但明显都心不在焉。

"如果你需要，我可以帮你。"李司文认真道。

章之澍说："要我看，我们还是报警吧。"

这个时候，章之澍反而是最冷静的那个。

他们还是学生，说到底是斗不过成年人的，报警才是最明智的选择。

谁知江曜只是摇头，嘴唇嚅动几番："不用了，这件事我们会处理的，谢谢大家。"

当事人都这么说了，他们也只得作罢。

事发突然，大家识趣地赶紧离开了江家。

梁小施也迅速收拾好了书包下楼，只见江曜站在院子里，望着那棵大槐树发呆。

"走，咱们去找姐姐。"

江曜却并不搭腔，转头看她："梁小施，你手指上的疤痕是怎么来的？"

梁小施一愣，摸了摸那疤痕，满不在乎："这个啊，这是小时候有个'小豆干'咬的。那小子看着小，力气还真大，小时候咬的现在还有印记。"

她自顾自地说着，根本没注意到江曜的眼神，从黯淡到慢慢明亮，最后眸子里只有她一人。

"怎么了……我脸上有什么东西吗？"

谁知江曜却转身，拿了一架折叠梯过来，靠在了槐树上。

"你……"

江曜不管不顾，爬上梯子，有些颤颤巍巍地抱住了粗壮的枝干，然后一屁股坐了上去，指甲使劲抠着树皮。

"上来。"他喊。

梁小施虽然不解，但还是三下五除二上了树，和他并排坐着。

在树上视野辽阔，透过枝叶能看见蜿蜒的林间小道，天空湛蓝如洗，连接到远方的高楼大厦，前面公园的人工湖澄澈明亮，还有不少人慢悠悠地散着步，一片宁静致远的景象。

"哇，好漂亮！"

"梁小施，我在绍云镇的那半年就是这样度过的，每天黄昏时就坐在树上，等我爸爸妈妈来接我，可是最后也没等来。"

江曜被送到外公那里时刚好六岁,他懂了些事,看着妈妈上车的背影突然喊了一句:"妈妈!你还会回来接我吗?"

江母背影一僵,良久才点了点头,驱车离去。

外公很好,陪着自己玩,给自己讲故事,走哪儿都带着自己,他笑着说:"小曜真乖啊!"

每当这个时候江曜都笑,越笑越想爸爸妈妈,想姐姐。

他不知道自己会不会在这个小院子里跳一辈子方格子,吃一辈子绿豆稀饭,更不知道当初爸爸妈妈念在耳边的离婚到底是什么意思。

他问过外公,外公只是吸了口烟袋,然后叹道:"小曜乖,小曜乖。"

江曜有些烦躁,他知道自己乖,可这么乖又有什么用?依旧没人来接他。

那之后江曜便不怎么爱讲话了,外公问一句他便答一句,剩下的时间就是爬到树杈上,有些时候是打盹,有些时候是扯树叶玩。但更多时候是发呆,他就这么坐着看着远方,一天又一天,从天亮坐到天黑,每日如此。

"那后来呢?"梁小施问。

江曜呼了一口气,好似心里通畅许多:"然后我就等来了姐姐。"

她背着自己的书包,还拿着江曜当时最爱的拖拉机玩具,一边走一边挥舞,高兴极了。

"小曜!姐姐来接你了!"

外公本不答应,但江一漾说这是父母的意思,又让外公把两人送到了客运站,看着上了车才算放心。

就这样,十六岁的江一漾带着七岁的江曜又回到了榆城。

"就像你看你妈妈一样,我当时觉得我姐姐就是世界上最牛的人。"

江曜罕见地用了"牛"这个词,表情神气。

梁小施却心疼得要命,她咬咬牙,一把抱住他,把脑袋埋在他肩颈,似乎这样便能感受到他此时此刻的心境。

江曜差点被推下去,慌忙稳住身体保持平衡,伸手拍了拍她的脑袋。

"小柿子,你和我做个约定吧。"

梁小施声音闷闷的,答道:"好。"

榆城入了冬,温暖便一去不复返,十二月的天气阴冷,早上还下了几粒冰碴子,装饰得路面湿滑不已,雾气袅袅。

清晨雾重,天还未完全亮透,只有学生们夹着脑袋,一拨一拨地来往着。

梁小施把自己裹进羽绒服和围巾里,只露上半边脸出来,急匆匆地往学校赶。

期中考之后，学校加强了对高三的管理，早自习提前了二十分钟，时间这下真的是越挤越多。

她又起晚了，江曜早已经到教室了，她刚到教室就打了铃，喘着粗气呼吸，顺手拿起桌上的卷子做起来，也不管是哪一科，反正都得做。

大家也都弓着腰，背单词的背单词，写卷子的写卷子，大家都没有什么要说的，脸色好像被这高三压得不对劲了。

直到尹雪在做眼保健操的时候宣布了一个消息。

梁小施正在那儿轮刮眼眶呢，一听这个消息，立马睁开眼睛，低声问："真的吗？你十八岁生日啊？"

尹雪点头，咧着小兔牙笑："这次我期中考成绩不错，我爸妈给了我好大一笔经费呢，咱们去好好玩一玩！"

众人大喜。

榆城郊区有一块地方，草丛茂盛，青松翠绿，中心还有一个天然的寒云湖，深冬时节湖面便迁来了成群的水鸟。这水鸟据说还是国家二级保护动物，引来游客围观，鸟儿振翅高飞，带起湖面一片片水幕，与天边的赤云遥相呼应，只让人连连感叹。

"落霞与孤鹜齐飞，秋水共长天一色。"

李司文豪气十足地念完这句诗，下一秒一坨鸟屎便成功降落在他的"大白菜"头上。

其他人："哈哈哈哈哈哈！"

"行了，别装了！快来吃点东西。"尹雪喊他。

众人带齐装备，与背包客们一起在这片草地露营。因为是公共营地，游客也众多，采草的、野炊的、放风筝的应有尽有，甚至还有人弹起了吉他，直接办起了小型音乐会，气氛热闹非凡。

"这一路上走走停停，顺着少年漂流的痕迹。"

《起风了》唱得人触动心弦，场内也一片生机盎然，自由奔放。

"朋友们，"梁小施举杯，"我建议大家共同举杯，感谢兔子带我们来到这么一个好地方！"

"谢谢兔子！"

李司文举手吆喝："等会儿，我说都这时候了，大澍怎么还没来啊，不会是迷路了吧？"

江曜回头看了眼散落的人群，又看了眼手机："他五分钟前发的消息说马上到。"

"要不去找找吧？"梁小施担心。

尹雪却跟没事儿人一样："别担心，应该是接人去了。"

"谁啊？"

话还没开口，她就看见人了，章之澍和罗真真并肩走了过来，笑意盈盈。

李司文都看傻了："真真姐……更漂亮了。"

罗真真还是扎着高高的马尾，只是妆容更加大胆，淡蓝色的眼影搭配绯红的唇色惹眼，一件小香风羊羔绒外套和浅蓝色牛仔裙，优雅与时髦共存，让人移不开眼。

还是那个让人看了一眼就忘不了的罗真真。

两人坐在餐布边，和众人打招呼。

罗真真笑，对着尹雪："也是有缘，我临时有事回榆城一趟，没想到是你生日，不介意我来吧？"

"当然不介意啦。"尹雪摆手，俏皮得很。

夜色渐渐暗下来，周围树丛里都闪起了细小的彩灯，在盈盈夜空下尤为亮眼。

吹完蜡烛许完愿，大家把生日礼物拿给尹雪，尹雪一一谢过。

罗真真莞尔一笑："送给你，成年快乐，尹雪。"

她递过来一条手链，是绛紫色的珠子，色泽均匀，晶莹剔透，一看就知道是好货。

众人低呼一声，尹雪更是不敢接，还是章之澍劝了几句，说真真是好心，手链也贵不到哪里去云云。

尹雪这才接下了。

梁小施看着那珠子，心里默默嘀咕：对你们来说当然不贵，可对别人就不一定了。

后面大家越玩越兴奋，也有些忘形了。罗真真甚至借了别人的吉他，在草地上唱起了歌。

山风凛冽，少女如花。

尹雪将自己抱得更紧，对梁小施说道："小柿子，你看她多美好，难怪他……"声音越来越低，直至听不清。

渐渐地，天黑了下来，不少人已经离开，只有几顶帐篷散开来，像草地上散落的无序的棋子。

因为这些年来这儿的游客众多，所以这边便修了一个公共厕所，罗真真顺着尹雪指的方向,准备去上个厕所。

章之澍和江曜一起鼓捣帐篷。

梁小施和尹雪在收拾残局。

"兔子,怎么章之澍没给你生日礼物?"

尹雪头也没抬:"估计还没到吧。"

看来是早就知道他会送什么了,梁小施"哦"了一声,不再说话,只看了眼罗真真的背影,微乎可闻地叹了一口气。

而这边,罗真真刚从厕所拐出来就愣了,面前左右两条道走哪边呢?

她皱眉,只听右边似乎有人在说话,便毫不犹豫选了这边。

谁知道这条道走着走着就看见了熟人。

只见李司文在前面一个小树丛边,正和一群人在说话。夜色浓厚,有些看不清那群人的面貌,只是感觉气氛有些压抑。

罗真真还在犹豫要不要去看一看时,那群人就朝着这边过来了。

"大刘哥,你听我说,她和我没关系,是我好兄弟的好朋友。"李司文去拉那大刘哥的手臂,语气里也带了哀求。

那大刘哥手上还拿着烤串的钎子呢,模样油腻,一把就甩开了李司文,直接把人摔到了地上。

"没事儿吧?"罗真真喊。

"我说美女,走,跟哥几个玩玩啊,我们那边有好酒好肉,可比你们这些小打小闹大气多了。"

罗真真当然知道眼前这人打的什么主意,她一边恶狠狠地骂,一边往后退,想要退出这个偏僻的角落。

可那群人怎么会让她如愿,只见那大刘哥一双肥腻的大手一伸,直接就拉起了罗真真的手,恶心得她快吐出来。

"放开她!"

倒在地上的李司文怒目圆睁,随手捡了块石头爬起来就朝人砸了过去。

这边梁小施和尹雪等得有些焦急了,江曜和章之澍去捡石头压帐篷了,罗真真上个厕所居然一去不回了。

就连李司文都不知道去哪儿了。

"我们去看看。"梁小施当机立断,拉着尹雪就往厕所走去。

谁知在厕所喊了半天也没人,夜深露重,寒风瑟瑟,吹得树影斑驳,像是什么鬼影在闪动。

"她不会……"

尹雪心中浮起不好的猜测，正准备打电话给章之澍，只听拐角处传来一声惊叫。

两人对视一眼，赶紧冲了过去。

再说李司文这一石头根本没砸到大刘哥，被人轻松躲过，反而李司文因为惯性刹不住脚，直接撞在石头上破了头，鲜血直流。

罗真真这才惊叫出声。

"你们干什么！"一声怒吼响起。

大刘哥一愣，转头一看，忽而又笑了。

"今天还真是好运气，来了三个美女。"

其他几个流氓也配合地笑了几声，甚至朝两人走来。

梁小施一颗心都快飞出来，但还是故作镇定，塞给尹雪一根树枝，自己手上则死死捏着石块，在空中挥舞着。

虽说毫无章法，但至少能震慑几分。

那群流氓果然退了几步，梁小施满头大汗，推了推尹雪，低声道："快去把真真姐带过来。"

尹雪也抖如筛糠，不过还是借着夜色缓缓移动到了罗真真身边，猛地一把拉住她的手。

"快跑！"

两人动作迅速，但还是没逃过大刘哥的眼睛。只见他眼睛一眯："想跑，没门儿！"

一个手刀就悬在二人头顶，尹雪瞪大眼睛，几乎是下意识地抱住了罗真真，挡在了她身前。

谁知预想的疼痛并没有袭来，反而是章之澍的脸放大在眼前。

他张开双臂环住尹雪，紧紧闭着双眼，用身躯护住了两个女生。

"章之澍！"

章之澍只觉得后颈像是断了一般，疼痛顺着脖颈蔓延到全身各处，让他意识有些涣散。晕倒之前，他看见满脸泪水的尹雪，还有一脸惊慌的罗真真。

江曜赶过来的时候，梁小施手上的石头已经掉了。她一屁股坐在地上，面对着逼近的流氓，抖着声音："马上就会来人的，你们别太嚣张，这边是露营区，这么大的动静肯定会引人过来，到时候进局子的就会是你们。"

"这边黑灯瞎火的，谁来管你？"其中一个流氓显然要聪明些，蹲下身子与梁小施直视，脸上露出猥琐的笑容，伸出手去碰她。

谁知一脚突然飞出来，直踩到那流氓脸上，踢得他一屁股坐到地上，"哎哟"一声。

江曜有些没站稳，扶着双膝，恶狠狠地骂出一句。

"江曜。"梁小施差点哭出来，猛然就放下心来，虽然可能还是打不过，不过只要他们在一起，那就什么都不怕。

她拍拍屁股站起来，不知道从哪里捡到一根铁钎，挡在二人面前。

江曜面容沉静，只是寒风吹得他发丝凌乱，他默默将梁小施护在身后："我已经报警了，警察马上就到。"

"你骗谁呢？这儿是郊区！出警哪那么容易？"大刘哥走过来，一副天不怕地不怕的样子。

江曜冷笑："你是不是忘了，这边是公共营地，今天的游客不少，你怎么能保证这些人里面没一个警察呢？又或者说，你怎么保证这里面没一个热心群众呢？"

梁小施眼睛一亮，帮腔："就是！说不定还有拳王，到时候一拳一个。"

江曜盯她一眼，又默默把她的脑袋按了回去。

大刘哥还在犹豫，只听树丛里不知道有什么动静，好似有人的脚步声，夹杂着细细碎碎的说话声过来。

江曜抓住机会："我们都是学生，你们不会不知道伤害学生是什么罪吧？"

"大刘哥，咱们还是赶紧走吧，好像真来人了。"有人害怕了。

江曜又拿出手机，亮出屏幕："自己看看我到底有没有报警！"

手机上赫然显现着110的界面。

那大刘哥咬着牙，看了眼树丛晃动的灯影，甩下一句狠话离开。一群人浩浩荡荡，动作很快，就连天上的月亮都为之抖了几分。

月色凉透，鸟雀无踪，那一阵脚步声和说话声还一直回荡在空中，不曾停歇。

梁小施看着江曜钻到树丛后，把架在上面的两个手电筒取下来，最后再把自己的手机录音关掉，默默蹲到她面前。

他眼眸比夜星还要亮，鼻尖渗出了几滴汗，一张脸堆满了担心与不安。

少年伸手抚了抚小姑娘的额头，指腹轻轻摩挲着，好似笑了笑，淡淡地说了一句："没事儿了。"

梁小施猛然觉得，眼前的江曜就像一阵风，看似无形又轻柔，却将她紧紧包裹，不留一丝缝隙。风过无痕，只留下了温柔的轻抚，带着热热咸咸的味道。

"江曜……"梁小施终于放下心，只剩下满心的委屈，终是抱着他哭起来。

自己那点三脚猫功夫果然还是上不了台面，还得要脑子聪明啊。

江曜紧紧抱着人，这才发觉她后背已经湿透。

他忍不住闭上眼，也一阵后怕，因为这边地处偏僻，没有多少人过来，他和章之澍回来后发现众人都不见，虽然心有疑惑，但也不敢贸然带着其他人一起过来，万一几个人是玩得忘了时间，他们也不好和别人交代。

但为了防止最坏的情况，江曜还是做了准备，其中就包括几个手电筒、一个110报警截图，还有一段群众吵闹的录音，没想到还真的派上了用场。

李司文觉得头痛欲裂，脑袋好像都要炸开一般。

他用力睁开眼，却差点被炽热的灯管刺瞎眼睛，又赶紧闭上。

鼻尖环绕着消毒水的味道，耳边还有吵闹的声音，是尹雪和罗真真。

"这可怎么办啊？我怎么和伯母交代啊？"

罗真真也开口："章之澍，你别吓我，你快变回来。"

听到这些李司文一下就清醒过来，终于想起刚刚所发生的一切，大刘哥一群人在欺负罗真真，然后好像小柿子和兔子也来了，那章之澍也来了？

"章之澍！"女生哭喊着。

李司文彻底傻了，脑子里"轰隆"一声，好似火山爆发，他弹跳起来想要下床，谁知一沾到地面就腿软了，竟直直跪了下去。

梁小施撩开帘子看到的情景就是如此，她眼皮一跳，丢掉水壶去拉李司文："你干吗呢？刚醒怎么下地呢，快上床。"

谁知李司文却根本不依，使劲想要站起来，嘴里还念念有词："我要去看大澍，我要去看他！"

"你看他干吗啊？"

李司文双眼通红，咆哮一声："我要去看大澍！"然后又软了声音，止不住摇头，"是我害了他，是我对不起他。"

梁小施都被他搞蒙了，摸摸脑袋："李司文，你不会以为章之澍……"

李司文还在哭，梁小施实在没忍住，一巴掌打在他背上，骂道："你想什么呢？章之澍好好的，只是后脑勺鼓起好大一个包，她们到现在还在笑呢。"

原来是一场乌龙，李司文抖着嘴唇，好像在确认梁小施所说的是真是假，在她保证所有人都还全须全尾之后，他终是忍不住了，一屁股坐到地上，长舒一口气，然后就是一声痛哭："小柿子，是我错了，是我对不起大家，我真的错了。"

第十章
我是如此相信

李司文以前不爱学习整天晃荡,那时他的绰号叫"大金毛"。

他的想法很简单,反正自己学习不好,还不如抓紧时间潇洒,不做点难忘的事情以后怎么回忆青春呢。

可惜他这人一根筋,想得到头,却想不到尾。

跟着大刘哥吃香的喝辣的,时不时去学校门口堵个人放个狠话,风一吹,他脖子上的假金链子"啪嗒"作响。

李司文觉得拉风极了。

直到大刘哥塞给他一把水果刀,叫他跟着去收拾个人。

李司文摸着那把冰冷的刀,第一次感觉到害怕。

直到最后那场架也没打成,李司文却已经萌生了退缩的想法。

那段时间他跟着奶奶去检验了父亲的DNA,虽然最后还是一场空,但是他看着负责人指着英烈的遗物,神色严肃。

"我们一起给他鞠一躬吧。"负责人说。

李司文硬着脸色,深深鞠了一躬,眼泪就这么砸下来。

就是从那儿回来之后,李司文便下定决心要浪子回头。他跟大刘哥说退出,一次未果,便说第二次、第三次,到最后大刘哥也作罢。

李司文欣喜不已,虽然知道自己与这群人是结下了梁子,但也没办法了,赶紧办了转校来了一中。

"在营地碰到大刘哥真的是意外,他们知道我要好好学习,笑了我一阵。我想着也没什么,谁知道他们看到了真真姐……"

罗真真眼神淡然,拍拍他以示安慰。

章之澍也摸着自己头上的大包哀叹:"好了好了,你也别自责了,都是那群流氓的错,不关你的事,你好好休息。"

"其实我没什么事儿,就是有个口子。我们还是赶紧坐车回去吧。"

听江曜开了口,没头没尾道:"报警吧。"

"不能报警!"李司文反应比谁都快。

"为什么?你头都快开瓢了。"梁小施义愤填膺道。

李司文却啜嚅着嘴唇,学着当初江曜的语气:"谢谢大家关心,不过这件事就算了吧。"

大家不说话了,气氛沉闷,不一会儿都各自离开了病房。

江曜却没动,倚在门框看着李司文。

"你……"

江曜动动脖子:"你是专门找他们的是不是?"

李司文:"嗯?"

他走过去,语气肯定:"你上次说要帮我,所以这次遇见了他们就想着我上次的事儿,不过他们没听你的,反而对女生耍流氓。"

"你……你怎么知道?"

江曜笑了笑,用力拍到他肩膀上,又生气又感动。

李司文道:"报警了你们就知道了,所以……"

"李司文,谢谢。"江曜伸出一个拳头。

李司文也笑了,伸出拳头与他相碰:"客气了,老江。"

"但这样的事以后别做了,要真出了事儿怎么交代?"

"嘻,我孤家寡人一个,怕什么。"

江曜挑眉:"那说不定,你要有事儿梁小施得伤心死。"

李司文"喊"了声,满不在乎:"我们谁有事儿她都会伤心死。"

回程的大巴上,车上的人昏昏欲睡。

罗真真在旁边睡着了,章之澍把自己的衣服披在她身上,摸了摸自己的口袋,东西还在。

他起身往后走了走,居高临下地喊梁小施:"你,坐后面去。"

梁小施:"凭什么?"

"叫你去就去,老江旁边空着呢,快去。"说完他直接把梁小施拉了起来,自己一屁股坐在了尹雪旁边。

梁小施气呼呼地坐到了江曜身边,只见他戴着耳机,正在闭目养神。

仿佛感受到梁小施的怒气,江曜睁开眼,取下自己的耳机放在她耳朵里。

梁小施突然心跳漏掉一拍,然后耳机里就传来声音——

"《新概念英语》第三册。"

梁小施翻了个白眼,睡觉。

而这边,章之澍已经把平安符拿给了尹雪:"兔子,第十八个平安符了,你可要保管好。"

尹雪摸着符上的丝线，"平安"二字闪耀，她笑着点点头："谢谢。"

"我俩还客气啥。"

她抬起头，继续："顺便再帮我谢谢罗真真。"

"不用谢了。"章之澍挥手，"我走啦。"

"等等。"

章之澍转头，一脸不解。

尹雪哽住，嘴唇嗫嚅，怎么也问不出口。

你当时挡过来的时候是为了我还是为了她？

可怎么都问不出来。

尹雪摇了摇头，看着章之澍坐回去，给人理了理头发，极尽温柔。

挺好的，尹雪想。

一个小时后到达目的地，几人都有些累，约定好待会儿学校再见便分手了。

尹雪一回家就定了个闹钟睡觉，谁知道没被闹钟叫醒，却被一个电话喊醒了。

"尹雪吗？"

是罗真真的声音，尹雪一下就坐了起来："怎么了，有什么事儿吗？"

罗真真笑："我正在高铁站，准备回学校了，章之澍刚走。"

尹雪"哦"了声，却又不知道说什么，还好罗真真继续开口了："尹雪，你很在意章之澍吧？"

一丢就是一个重磅炸弹，把尹雪直接炸蒙了。

尹雪像是被胶水糊住了嗓子，发不出声音。

罗真真："我这个人憋不住事儿，总想解决好，我这边跟你说清楚了我心里也舒坦。"

尹雪第一次认识到这样的女生，这样直白又洒脱。

"真真姐，那我也说实话，章之澍拿我当妹妹，至于我，"她顿了顿，似乎想了想才道，"我心中有数，你别担心。"

语音播报声音响起，列车要开了。罗真真起身，也不再多说："好了，尹雪，生日快乐，欢迎来到成年人的世界。"

挂了电话，尹雪还保持着那个姿势，最后才喃喃一句：

"欢迎来到成年人的世界。"

当然了，成年人也避免不了高考，自习课上安静的教室里只有"唰唰"的翻页声和落笔声。

117

任老师守自习，他在手机上下着象棋，琢磨着给李司文家里打个电话。

他又无故旷课了。

正准备打呢，一声"报告"响起，吸引了众人的眼光。

"哇！"

就连任老师都没忍住推了下眼镜，梁小施更是张大了嘴巴。

只见李司文站在教室门口，头上还包着白纱布，一个寸头亮眼，衬得他眉眼锋利不少，一身简单的黑棉袄和牛仔裤，见证了他的"杀马特"风格终于走向正常。

如果非要形容，以前的李司文就是理发店里飘逸的理发小哥，而现在摇身一变，则变成了漫漫荒漠里高大挺拔的哨兵。

这变化，不是一言一语能说清的。

同学们震惊了，任老师也震惊了，夸他："这样子才有男儿气概。"

尹雪也傻了，摇着梁小施惊呼："我的天哪！小柿子，我不会是眼花了吧，小李居然长这样？"

"看见了看见了，我两只眼睛都看见了。"梁小施也甩甩脑袋，眼睛都看直了。

正看着呢，一只白皙的手突然伸了过来，直接挡住了梁小施的眼睛。

"干吗？"

少年懒懒的："不干吗，看看你近视了没有。"

"……我眼神好得很。"梁小施吐气。

旁边人便不接话了，直到好一阵他才用两个人能听得见的声音回应。

"那你自己旁边坐这么大个帅哥都看不见……"

梁小施一愣，没想到他自夸起来这么丧心病狂，眼珠一转，低下头。

不一会儿，一张破烂的小字条被推到江曜肘边，他眉毛一挑，默默打开。

  好吧，实事求是，还是你更帅一点。

那天晚上，江曜因为这张字条脸红了一晚上。别人来问，他通通以太热了搪塞回去，也不管现在是不是寒冬腊月的时节，总之热就是对了。

不过李司文的变化也只不过是大家紧绷生活里的一点小插曲，不到半天，大家便不再关注他的样子，继续埋头扎进了无穷无尽的卷子里。黑板上的倒计时也越来越快，梁小施时常觉得刚一眨眼新一天，再闭眼这一天便没了。

十二月底，离元旦还有几天。

结束完这次月考，依旧有三天的月假，几个人约好去李司文家学习。

李司文依旧被奶奶骂走:"你来帮忙就是添乱,赶紧看书去。"

李司文计谋没得逞,看着众人低头奋笔疾书,突然苦笑一声:"你们说我会不会考不上大学啊?"

章之澍正和一道题酣战呢,随口道一句:"不会的,加油。"

尹雪也附和地点头,做完一道完形填空对起了答案。

只有梁小施抬起了头,拍拍他的肩膀:"别这么说,不管结果,咱们都得尽力去做。你看我现在,在二本徘徊,但我还是要往一本去努力。"

李司文看着梁小施,没说话,最后拿出了自己最擅长的科目,低头做起来。他做着做着就"哟"了起来,跟被烫到了嘴巴一样。

其他人皱眉。

还是江曜推过去一个本子,上面写着公式和解题步骤,然后继续低头和力学题目奋战。

李司文看了眼本子,笑出声,终于不再发出奇怪的声音。

当天晚上李奶奶又留了大家吃饭,席间还高兴地喝了几杯,脸蛋通红。

期间李司文也飘了,想要尝一口,被奶奶一筷子敲下去。

他"哎哟"一声哀号:"奶奶您下手也太狠了,我到底是不是您亲孙子啊?"

谁知说完这句,李奶奶脸色却变了变,突然伸手摸了摸李司文的头,边摸边笑。

李爷爷:"老婆子你干吗呢?"

"滚!"老人骂完又看了看自己的孙子笑了笑,笑着笑着就笑出了泪花,"好看,我孙子这样好看。"

李司文也愣住:"奶奶。"

李奶奶继续,又仰头喝了口酒:"李司文,你别学你爸当初那个打扮,你爸是浪子回头金不换,最后是为国捐躯,是要记在老李家的家谱上的!你要学就要像现在这样,积极向上清清爽爽的,听见没有!"

这话一出,连梁小施都听明白了,原来李奶奶一直知道李司文为什么那么打扮,只是不说。

"奶奶,我……"

"孙子!"李奶奶手一挥,又指了指在场的几个,"还有你们,都算奶奶的孙子孙女,你们听好了。"

大家莫名其妙放下筷子正襟危坐,听老人发话。

"人啊,这一辈子要为自己而活,不要相信任何人,不为了任何人,不为你那个早逝的爹、改嫁的娘,也不为我这讨人厌的老婆子,更不为我这赌钱窝囊的老伴,而是要忠诚自己的心。"

老人眯了眯眼,笑得皱纹堆起来:"孩子们,要永远为自己而活。"

一番话情真意切,又振聋发聩,大家愣了很久,直到李奶奶端起酒杯,对大家说了一句:"孩子们,元旦快乐!"

江曜第一个反应过来,他捏紧杯子最先回应。

"元旦快乐,奶奶。"

其他人这才反应过来,一句接着一句,或许很久以后大家都不记得很多事情,但今晚李奶奶的一字一句,却像璀璨星河一般,永久存在,也永远有意义。

因为梁肖生去了江一漾那边帮忙,所以梁小施和江曜选择坐公交车回去。

李家离公交车站还有些距离,二人走路过去。梁小施拿着软糯的烤红薯,烫得直吹气。

江曜双手插在裤兜,跩得跟二五八万一样。

周围走过三三两两的行人,笑声飘到好远;两边的商铺灯火通明,歌声传来。

"也许会有一天,世界真的有终点,也要和你举起回忆酿的甜,和你再干一杯。"

梁小施听得摇头晃脑,心里和蜜一样甜。

不知道为什么,她总觉得这样的日子不会再有。

这样清风朗月的天空,日日充盈的氛围,以及……她悄悄看了眼江曜,默默加了句,以及这般明媚的少年,都极为难得。

"阿曜!"梁小施叫了声,把手上的红薯分了一半给他,笑弯了月牙眼。

"愿我们都珍惜当下,活出当下,干杯!"

江曜缩了缩脖子,与她碰了碰红薯。

"小柿子,干杯。"

任老师骑着自行车突然刹到两人面前,哑声问:"干吗呢你俩?"

后来两人就被抓住了十分钟的政治课,又是要以学习为重、晚上了注意安全云云,听得两人只想赶紧逃跑。

也不知道是不是因为这件事,任老师好像盯住了两人一样,后来几天,放学后便老是把两人留下来,不是讲题就是做卷子,最后才让他们踩着月色回家。

穿过这个街角就是公交车站,两人一边讨论今天的题一边走,突然被眼前的黑影吓了一跳。

"好久不见啊!"男人声音奸诈,在黑夜里尤为骇人。

"谁!"梁小施下意识问了一句,下一秒却被江曜护在了身后。

大刘哥从黑暗里走出来,昏暗的灯光下一脸横肉,露出恶心的黄牙和耀眼的鼻钉。

"记不得我了?上次我可是被你们骗得好惨啊!"

江曜护着梁小施往后退,面上却镇定:"上次的事情我们没报警,这次就不一定了。"

因为夜色已晚,街上万籁寂静,平时享受宁静的梁小施现在却觉得头皮发麻。

"报警?你们报啊,我什么都没做呢。"大刘哥耸耸肩膀,又露出了阴狠的表情。

他这个人最恨被人骗!

所以,他们走不了。

黑暗中,梁小施捏紧了拳头。江曜却突然掰开她的手指牵了上来,他的心声传来。

——"待会儿我数'一二三',咱们就往反方向跑,你去找人帮忙。"

梁小施满头大汗,本想说不行,但是情况紧急,她根本开不了口,只能使劲抓了抓他的手心。

江曜却没管,沉声问:"你想怎么样?要多少钱?"

大刘哥冷哼一声:"你一个学生的钱我还不稀罕要。这样吧,"他往前走了几步,将二人又逼退几步,"你跪下来跟我道个歉,咱们这事儿就算了了。"

极尽侮辱的要求。

梁小施咬牙,低声对江曜道别答应他。

"好。"他开口,"不过我跪了,你就要放我们走。"

"那是自然。"

梁小施心里一跳,喊了声江曜,谁知他却不听,丢下书包正准备跪下去。

两人的手一直没松开。

浑蛋!

梁小施脸涨得通红,想着只要江曜跪了自己就冲上去和这王八蛋拼了,管不了那么多了。

谁知江曜双腿弯曲,慢慢往下跪时,心声又传了过来。

——"就现在!跑!"

梁小施眼皮一跳,松开他的手正要回头,却看见江曜在千钧一发之际,直接一拳打在大刘哥的要害处,因为距离得当,竟然是一击即中。

"啊!"一声尖厉的痛呼划破天空。

那大刘哥痛得差点自闭,大骂一句脏话,直接从怀里掏出一把军刀刺了过来。

"想害我，我杀了你！"

江曜还低着头，没能注意到，反而是梁小施被那军刀的反光闪到眼睛，几乎是下意识地冲了过去。

"江曜！"

梁小施扑了过来，她只感觉一道冰冷的感觉划过头皮，一种窒息的感觉随之而来，眼前除了江曜震惊的脸色，还有丢了自行车冲过来的任老师。

任老师跑得太快，眼镜都掉了。

下一秒江曜便红了眼，抬起膝盖又朝那大刘哥一击，力道之大，直接让大刘哥手抖掉了军刀。

"让我来！"

任老师以迅雷不及掩耳之势，又是一拳正中大刘哥面门，将人击倒在地，"哎哟哎哟"叫起来。

危机解除，几个人却还喘着粗气，心跳如擂鼓。

江曜一把将梁小施拉起来，摸摸他脑袋和脸，紧张得说不清楚话，嘴唇都在颤抖。

"没事儿吧，你怎么样？"

梁小施都被他晃晕了，赶紧举手："别晃了，我没事儿，就是……"她伸手摸了摸后脑勺，只感觉一手清凉，"就是秃了。"

她的后脑勺没有被刺中，只是头发被割到，像毛糙的荆棘丛。

江曜这才松了一口气，表情不知是哭还是笑，转头去看任老师。

只见任老师一屁股坐在大刘哥身上，朝两人喊了一句，得知他们无碍后打了110。

临近晚上十一点，街区派出所灯火通明。

梁小施坐在审讯室的椅子上，和江曜一起。

他们在等任老师。

"梁小施。"江曜突然开口，声音像吸了铁，低沉又性感。

"嗯？"

他望着天花板，呆呆道："你冲过来的时候在想什么？"

梁小施愣了下，反应过来他说的是刚刚自己为他挡的那一刀。

"我当时啊……就想着江曜这张脸可不能被划伤啊，不然可就太可惜了。"

她故作轻松，居然还有心思笑。谁知旁边人却一直绷着脸，让她都笑不下去了，只能干笑几声，摸了摸自己的后脑勺掩饰尴尬。

"好啦，我没什么事儿，你别有心理负担。"

小姑娘歪着脑袋凑到他面前，眨着一双眼睛装可爱。

江曜伸出好看的手，朝着她的脸而来。

梁小施突然心跳加快，屏住了呼吸，脸颊也像烧开一般。

谁知他却一把抓起了小姑娘头顶的头发，轻轻往上拉了拉，笑得开怀："这样就更像小柿子了，哈哈哈。"

梁小施翻了个白眼。

正打闹着呢，任老师出来了，给两人端来水，两人赶紧接过。

"谢谢任老师。"

任老师摆手，也心有余悸："没事儿，这流氓估计有几天局子要蹲了。你俩啊，天天能不能让我省点心？"

任老师叹了口气，让两人坐下，细细开口："马上高考了，先给我把高考过了再说！"

这话说完，两人莫名其妙对视一眼，然后赶紧收回眼神。

"梁小施还有你，更要把心思放在学习上，你这段时间的努力我都看在眼里，上次……"他顿了顿，继续，"吕老师那事儿是我武断了，我应该相信你，那张卷子你虽然只考了92分，但是每道题的解题思路都是正确的，这是抄不来的。"

梁小施听着，突然就明白了当初吕老师怎么会做出让步，原来是任老师从中斡旋。

"任老师，谢谢您。"梁小施眼神明亮。

此时此刻，任老师不像老师，反而像一个温柔的父亲，他笑了笑："是老师对不起你，老师应该相信自己的学生。"

气氛温情之际，梁肖生气喘吁吁地赶来了，又是忙上忙下，和任老师说了好一会儿才把两个孩子接回家。

一路上梁肖生都没说话，情绪不知是好是坏。

到家只过了半刻时分，两碗海鲜小馄饨便端上了桌，热气腾腾，鲜香满溢。

梁小施也没说话，拿起调羹吃起来，一口下去爆汁，肉质鲜美。

是梁肖生的手艺。

"小曜，手拿给我。"梁肖生拿了医药箱过来，给江曜破了皮的手背上药。

"你们是要学习，但是也要注意时间啊，我这段时间在一漾那边也忙，忽略了你们，我该来接你们的。"

"没事儿的，叔，我们没什么事儿。"

梁肖生手抖，哑着声音："谢天谢地没事儿，不然……我怎么跟你姐姐交代啊。"

男人垂着脑袋,两鬓的银发好像更白了。

梁小施吃完最后一个馄饨,有些没好气地说:"我去洗个头。"

却被梁肖生叫住:"还有你梁小施,你多大的胆子,居然赶去挡刀?平时张扬也就算了,那可是刀!"

他疾言厉色,梁小施只觉得头皮发麻,心中也不知是愤怒还是委屈,可能都有,也可能都没有,总之她咬着牙,转身吼了一句:"我怎么样不用你管!"

梁小施气呼呼地走了,梁肖生愣了,而后才叹了口气,眼神灰暗。

一旁的江曜坐观全程,也忍不住开口:"这么担心她怎么不好好说呢?"

自己的心思被看穿,梁肖生有些尴尬,叹了口气。

"小曜,我是真不知道拿她怎么办了,她对谁都好好说话,偏偏和我是这个样子,我……我也不知道我说些什么她才会开心。"

江曜只能眼神劝慰。

而二人身后,梁小施躲在楼梯口,听着二人言语,也吞了吞口水,把脑袋埋在了手掌里。

她想哭,却哭不出来。

临近睡觉的时候,江一漾来了,梁小施听到她和江曜说话的声音,赶紧冲了出去。

"姐姐!"

"小柿子!"

只见江一漾穿了一件宽松的卫衣,看不出窈窕的身形,将鬈发拉直了,柔顺地贴在肩上,朝着梁小施挥了挥手。

梁肖生给江一漾端来一杯燕麦片,江一漾却反常地摆手说不要。

"梁叔,真的太谢谢你了,咱们别的也不说了,给你加工资!"

"行了一漾,还跟我客气啥,我这也是去晚了,还是他们任老师及时出手才把两个孩子保护好。"

江一漾点点头,又一把拉过梁小施,一脸疼惜。

"小柿子,听说你为了给我们小曜挡刀了,我看看,谢谢你啊,谢谢。"

梁小施傻笑,伸手去拿水果,谁知拿了个空。

"我去洗,你们说。"

梁肖生往厨房走去。

"我也去。"

江曜也起身,转头看了眼江一漾,后者眨了眨眼,用眼神催促他快去。

客厅就剩两人。

江一漾和梁小施聊了几句,便开始进入正题。

"想起当初遇见你爸爸时,他就一个人在天桥底下。"

"天桥?"

"对啊!"江一漾拿出手机翻相册,"当天是我生日,喝多了点,想找个代驾,没想到遇到了你爸爸,我们就认识了。"

江一漾翻出一个视频,视频前半部分是拍的美食和派对,后面就是遇到了梁肖生的部分。

梁肖生穿着破烂的军大衣,脸上黑乎乎的,抱着一床烂褥子在桥洞里睡觉。

梁小施捂住了嘴巴,眼泪瞬间就下来了。

"那时候腊月寒冬多冷啊,我就问你爸爸会不会开车。他说会,我就让他载我回去。后来我才知道当时他工作的工地因为包工头贪污,发不出工资,他几乎白干了半年,后来就一直在等消息,工作也没了,只能在桥洞里睡。"

梁小施抖着声音:"可……这些他从来没跟我们说过。"

"你那时候那么小,哪还记得这些?梁叔手艺好,人又老实,我当时正愁着没人照顾小曜,就让他来我家里工作了。"她掰着手指,"这么一算,也有四年了吧,岁月不饶人啊。"

此刻梁小施脑子就像马蜂窝一般,一直"嗡嗡"作响,一会儿是梁肖生视频里的样子,一会儿是他刚刚落寞的眼神,最后是母亲那张遗照,一一闪过。

"其实梁叔挺不容易的,照顾小曜尽心尽力,从来没请过假,我才按市场价两倍的工资给他。"

梁小施转头看了眼厨房里忙碌的男人,想起每次王秀云收到汇款时的欣喜,不由得捏紧了指尖。

江一漾看梁小施这个样子也明了了,这种事情外人说到实处就够了,剩下的就靠他们自己化解了。

众人又说了几分钟,江一漾说困了,便回房要睡。

"我把你最喜欢的香熏给你拿来了。"梁肖生起身。

"你等会儿,我有话要说。"梁小施开口。

江家姐弟很识相,一前一后离开了。

说是有话,可看着对面的父亲,梁小施却怎么都开不了口。

"小柿子。"

"你……"

两人异口同声,梁肖生伸手,示意她先说。

梁小施吸了口气:"那什么……我今天没事。"

125

"没……没事就好。"

"我就是……想问，姐姐上次是怎么回事，你应该知道吧？"

梁小施硬生生地把想问的话憋了回来，换了个话茬。

他们之间生疏了太久，想说的话也开不了口，只能扯些别人的事充数。

谁知梁肖生听到这话却突然变了脸色，眼神有些不自然，最后挤出两个字："家事。"

看来是问不出什么了，梁小施嘟嘟嘴巴也不再问，她脑子似糨糊，摆摆手道："好吧，我去睡了。"

她往前走了几步又停住，终于吐出那个字。

"爸。"

声音不大，却是从心底发出来的，那晚梁小施摸着自己秃了的头发，心情终于舒坦了。

第二天去上学，梁小施醒得很早，眼下有一圈淡淡的青色。

她迷迷糊糊地去开车门，谁知道江曜也来开，两人的指尖不可避免地碰到了。

像碰到滚烫烙铁，梁小施眼皮一跳，抬眼看他。

"怎么了？"他问。

梁小施摇头，不敢看他："没什么没什么，我去那边。"

然后她上了车，把自己紧紧缩成一团，避江曜如野兽。

江曜："嗯？"

最后一节是英语课，花蝴蝶一般的柳老师大手一挥，决定给三班放电影。班级欢呼一声，拉窗帘、关灯、分零食一气呵成，早早进入观影状态。

柳老师一抬头，美目微怔："好家伙……"

梁小施早早就搬了椅子和尹雪、李司文坐在一起，几个人桌上摆着各色零食，在屏幕发出的光照耀下，小姑娘笑弯的眼睛尤为漂亮。

一般这个时候江曜都是选择做作业，不过今天反常，他端了椅子坐到最后一排靠着墙，然后拍了拍梁小施。

"来这儿坐。"

"我不，我就在这儿。"

江曜也不恼，看看尹雪和李司文，眼神明显。

"赶紧去吧您！"

"对啊，别磨蹭了。"

影片是《阿甘正传》，影片开始，昏暗之中传来大家的窃窃私语。

江曜背靠着墙，肩膀挨着梁小施。

梁小施不知怎么的，有些紧张。

"你为什么躲我？"

"没有啊。"

江曜转头："梁小施，你骗不了我。"

四周是大家喧闹的声音，而此刻的宇宙中心，只剩下江曜，还有他那双清朗又会说话的眼眸。

梁小施觉得自己在下坠，除了身体，心也是。

"江曜，你有忘不了的人吗？"

江曜一愣，下意识看了看她手指上的印记，笑了。

"有，一个白白嫩嫩、有着长长辫子的小女孩。"

梁小施神色有异，一听他说小女孩便想起来："是你曾在我们镇上遇见的那个女孩？"

"是的。"江曜憋不住笑。

梁小施心里也不知道怎么想的，又气又烦，一脚踢翻他的椅子。

"笑什么！"

江曜："哎？"

第十一章
许个愿吧

那次电影看完后,高三生又迎来一次月考。

月考完就有月假,三天假期足以改变很多事,补完五张卷子、看完两本小说、救活一株山茶花,以及确定一件很重要的事情。

梁肖生给梁小施买的东西到了,她屁颠屁颠拿回来。

江曜刚取完杂志回来,一进门便朗声喊了句梁叔,却被突然蹿出来的"东西"吓了一跳。

说是"东西"是因为怪异,怪异到江曜愣在原地。

"怎么样?好看吗?和我搭吗?"

梁小施戴着一顶黑色的直刘海假发,眨巴着眼睛。

"你……"

"行,我知道了,不好看,你等下我,我换一个。"

江曜转头看了眼桌上,第一次张大了嘴巴。

桌上是各色各样的假发,黑色、黄色,甚至还有绿色的,鬈发、马尾、短发应有尽有。

"这个呢?"

梁小施戴上一顶羊角辫的假发,神情天真。

一看他这表情,梁小施瞬间泄了气,趴在桌子上咕哝:"好难啊,我现在的头发太难看了,只能买假发戴,怎么戴哪个都丑啊。"

她小模样逗趣,江曜忍不住笑了笑,蹲在她身边。

两人的距离突然拉近,梁小施往后退了退,却被江曜一把按住了头顶。

"你这样也没人说你啊。"

他看了眼桌上的假发:"不过如果你非要戴的话,我觉得选一个和你原来差不多的就可以了,好看。"

梁小施此刻也不知道江曜说的什么,好像他身上散发出的气息带着甜腻的樱花香味,让人眩晕。

"梁小施?"

"啊……我没做梦。"梁小施甩甩头,"江曜,你没骗我吧?"
"当然。"
"让我听听!"
小姑娘速度很快,一把抓住江曜的手听起来,他果然没说实话。
不过这次梁小施居然没恼,反而是猛然红了脸,像甩烫手山芋一样甩开了江曜的手,抱着一大把假发,连滚带爬地跑回了自己房间,只留江曜在原地无奈地发笑。
他的心声一字一句,就这么传进梁小施的耳朵里。
——"好丑的假发,不过她很可爱。"
不出意外,那天晚上梁小施又梦到了江曜,是客厅里他蹲着的那一幕。
这就导致了梁小施又失眠了一晚上,看向江曜的脸上又多了些幽怨。
江曜觉得很委屈,但他不说。

返校后,上自习,柳老师坐在讲台上给大家批改作业,大家低头做作业,气氛和谐。
"江曜,上来一下。"
众人抬头,望了眼江曜,看他起身上去,站在老师的旁边。
梁小施从数学题里抽离出来,就这么看着两人,不知道在想什么。
只见柳老师拿着英语卷子给江曜点了点,江曜似乎听不太见,弯了弯身子,把耳朵凑了过去。
她手中的红笔挥了又挥,说得很激动。
谁知她一不小心,却将红笔画到了江曜的脸上,就连校服上都没避免,一道红线显现。
"哎呀。"她低呼一声,几乎是下意识拿手去擦。
江曜也反应很快,立马站直身子摆手,表示没关系。
柳老师一脸歉意,摆摆手让他出去,估计是让他去洗洗。
江曜点头出了教室。
是。
到家已经晚上八点,梁小施洗完澡,刚出浴室就听见江曜在楼梯口打电话。
"嗯,挺好的,稳定在六百五十分左右。"
"你上次想吃的那个蛋糕我买了,一直放冰箱,没来得及拿给你。"
"好,注意休息。"

江一漾"嗯"了一声,挂了电话。医院的灯光太刺眼,她忍不住拿手背盖了盖眼睛,默默叹了一口气。

车在医院外面等着,江一漾坐上车,又来了一个电话,那边人问她检查情况怎么样。

江一漾冷冷的,只答挺好的,然后就挂了电话。

窗外灯火通明,广场上笑声温暖,她却一阵阵发冷。

这边江曜挂了电话,默默站了一会儿,虽然姐姐说没什么事儿,可他总有些惴惴不安。

"姐姐吗?"

江曜吓了一跳,一根手指推开小姑娘的脑袋,也不言语。

梁小施哪受得了这委屈,又像小狗一样凑上来,上手去扯他睡衣。谁知他速度飞快,根本追不上。

下一秒江曜的房门就关上了。

吃了闭门羹,梁小施正准备回房,楼下的梁肖生喊了她一声。

梁小施下楼,桌上是她念了好久的新运动鞋。

"之前你不是说这种鞋好跑步吗?我给你买到了。这次月考你又进步了,奖励给你。"

梁肖生指了指那鞋。

梁小施面露喜色,摸了摸那鞋,良久才说了句"谢谢"。

"跟爸爸还谢什么,行了,你赶紧去睡觉吧,我去给你端杯安神茶。"

梁小施开心得嘴角都要咧到耳根,余光看到梁肖生开了冰箱,她突然凑了过来,果然看到冰箱里有块蛋糕,皮卡丘造型,可爱到失语。

"这是……"

"这个啊,这是一漾最喜欢吃的蛋糕,小曜给她买的。"

梁小施点头,拿手指点了点,咕哝一句"怪可爱的"。

"你想尝尝?"

江曜不知道什么时候下来了,手上端着咖啡。

"我没有!"

江曜洗了杯子,甩甩手上的水,伸手端出那蛋糕。

"吃吧。"

梁小施眼睛一亮,不敢相信地看了他一眼。

梁肖生打了个哈欠,把茶端出来,叮嘱二人少吃点,便回房去了,就剩二人坐在餐桌前。

小蛋糕就在眼前,梁小施双手拄着下巴,看着对面的人。

"我吃了,姐姐怎么办?"

他不说话,直接拿刀把蛋糕切了一半,推了一半给她。

"你一半姐姐一半,快吃吧。"

少年眼神带了些希冀,撑着脑袋看着眼前人,好似在期待她吃完的反应。

蛋糕没吃到口,梁小施却觉得心里已经比蜜甜了。

这种感觉是从所未有的,因为一个人一会儿能飞上天,一会儿又掉入深渊,好似自己的情绪全由他掌握,由不得自己。

"赶紧吃。"

"这个气氛,我要不要许个愿啊?"

江曜歪头,笑了笑:"如果你想的话。"

梁小施"嘁"了一声摆手,酸了吧唧的事情她才懒得做。

江曜就这么看着她吃。

"江曜。"

"嗯?"

"你说我留长发好不好啊?"

"为什么?"

"因为……有人喜欢长发呗。"

一月中旬,料峭寒风吹白了天空,飘起了雪点子,将大地装扮得又多了几分清冷。

期末考试结束了,学生们涌着一腔热气,准备迎接高中最后一个寒假。

"985准毕业生"群聊又热闹起来。

一棵大澍:寒假打游戏,有约的吗?

李大爷:约不上,要回老家。

小柿子:加一。

李大爷:约一波啊?@小柿子

兔子:玩什么玩,我妈给你报了补习班。@一棵大澍

一棵大澍:勿扰,已下线……

梁家父女离开之前,给江曜留下了接近半米的单子,里面吃穿用度写得详尽,生怕一个寒假回来他就没了一般。

梁肖生给江一漾打了电话,各种叮嘱,后者也很大方,说让他安安心心陪梁小施回趟老家。

一老一少这才安心地出了江家大门。

再度回到绍云镇,梁小施心情却有些说不上来的闷。

梁肖生把屋里的家具都搬出来，用水管冲洗了一遍，最后在地坝晒干。

冬日里的阳光尤为珍贵，梁小施把被单拿出来晾晒，一边抖一边说话。

"妈，我每次都要盖这个碎花的被单，不让你洗，你气得啊。"

她踮脚去够竹竿，成功地把碎花被单晾好。

"我现在喜欢吃菠菜了，妈妈，我还能不能吃到你做的菠菜粥啊？"

梁小施摸了摸被单，一股熟悉的香味沁入鼻尖，那是妈妈的味道。

以前有妈妈在，便觉得一切都还早，任何事情都有人扛，可……现在她已经不在了。

梁小施越想越伤感，最后任眼泪淌下来。

李司文就是在这个时候过来的。

"小柿子！走啊，去我家吃荞麦饼啊！"

李司文家在清园河对面，梁小施不想走路过去，从仓库推出自己的旧自行车来。

"骑车去。"

和园大桥桥面宽广，新铺的沥青路上蹚过农人的赤脚、孩童的脚丫、女人们的软鞋，以及现在疯狂转动的车轮，旧自行车"吱呀吱呀"，奏出最美妙的乡村合奏。

"李司文！再骑快些！"梁小施喊。

"好嘞！"

过了桥再走一段路，就在公路旁边，李奶奶正在扫地，看见二人皱纹都笑没了，招呼二人进来。

荞麦饼、瘦肉粥、芥菜疙瘩，甚至还有一壶酿好的樱桃酿，看得梁小施眼睛都直了。

"赶紧吃，小柿子，别跟奶奶客气，待会儿再带点儿回去给你爸爸。"

"谢谢奶奶。"梁小施不客气。

李司文看她这狼吞虎咽的模样，忍不住哂笑："看你没见过世面的样子。"他嘴上嫌弃着，可还是一个一个给她夹菜，总觉得她这满足的模样不多见，得多看会儿。

"谢谢啦，小李。"

"不客气，梁老板。"

两人一问一答，逗得李奶奶直打嗝儿。

"哎哟，你俩啊，要我说啊，小柿子你这么可爱，来给我当孙媳妇好不好啊？奶奶吃的管够。"

李司文吓到。

梁小施说笑:"真的啊,奶奶,我可要当真了。"

李司文反而认真起来,别过脑袋,说:"别别别,我可受不起,我家都得吃垮。"

"喊,你倒是想得美,谁要跟你在一起。"

李司文手里的筷子一下掉了。他轻咳一声掩饰尴尬,又开口:"对了,大年初二镇上有灯会,要不要去看?"

梁小施眉毛一挑:"去啊!不然……我们把江曜他们也叫来吧!"

李司文顿了顿,"嗯"了一声,又道:"到时候我有礼物送给你。"

"好哥们儿!"梁小施捶他。

李司文还是笑。

梁小施带着东西回家后没看到梁肖生,也不再管,把东西分了一份出来,往山上走去。

山脊披上了茶白色的雪带子,光秃秃的植被让这一带显得更加荒凉,不知哪里传来的野鸡叫声让气氛沉闷。

梁肖生跪在亡妻的墓前,一边烧纸,一边唠叨:

"小柿子现在乖好多,成绩也进步了,你放心吧。

"对我也不那么凶了,懂事了。

"孩儿她妈,我有时候在想,如果我那时候不那么忙,如果那时候我没有急着超速,会不会就不会发生事故,或许就能赶回来了,你也……"

男人抹了把眼泪:"你也不至于一个人孤零零地走,小柿子或许就没那么恨我了。"

"是我对不起你!我看着你一个人躺在那儿,恨不得跟你一起走啊……"

他哭得声泪俱下,手抖得点不燃蜡烛。

"啪嗒"一声,身后梁小施提的食盒落在了地上,她站在原地,眼泪凄凄。

那天晚上梁家的灯彻夜未灭,梁家父女对着王秀云的遗照敞开心扉,或痛哭或怒吼,甚至还一起包完了年三十的饺子。

两人一人一碗,吃得干干净净。

"爸,对不起啊。"

"闺女,是我对不起你。"

…………

辞旧迎新又一年。

只是可惜，大家都来不了灯会，梁小施在门口甩完炮仗，迎着呛人的烟雾跑进门。

她在群里发了红包，大家抢得很快。

江曜没有领。

梁小施打了电话过去，无人接听。

"怎么回事儿？"

没办法，梁小施只得给他私发了红包，红包寄语只有四个字。

"柿柿如意。"

第二天江曜也没回电话，梁小施抓抓头发，穿着大红棉袄去找李司文。

灯会在晚上最好看，现在只是有一些简单的布置，还有满街的年货、小吃，琳琅满目惹人注目。

"你说他会有什么事儿吗？"

李司文急着吃糯米糍，只叫她放宽心。

旁边有老人画糖人，李司文拉着人过去，写了两人的名字。

梁小施接过，暂时开心了一瞬。

"走！去看礼物！"

李司文钻进一条巷子，轻车熟路般，最后抱着一束比他脑袋还大的花束出来。

"哇！"

"小柿子，送给你。"

李司文露出大牙笑，笑容比手中这一束小雏菊还要亮眼。

梁小施张开双臂去接，小脑袋差点埋进花朵里。

寒冬并不适合小雏菊生长，所以李司文拿来的是一束风干的花。

虽然是干花，但由于保存得当，花朵依然靓丽，还用了橘色的包装纸围着，温柔细腻。

"你什么时候弄的？"

李司文昂头摆手："也就是秋天的时候养出来，最后一株株风干保存的，很简单啦，你喜欢就好。"

"真不愧是我梁小施的朋友，你这人能处！"

再后来，那束小雏菊跟着梁小施回了家，就放在房间的花瓶里，像满天星。

那天的灯会璀璨无比，梁小施和李司文开了群视频通话，邀请大家一起看。

江曜依旧没接。

"哇，那个鲤鱼灯好漂亮！"

"这个银色雪花片也太精致了吧。"

章之澍:"老李,那摊上的小黄鸭夜灯你帮我带一个回来。"

李司文挥挥手,表示全包在自己身上。

他买完回来却没看见梁小施,心里一阵慌乱,连忙喊了几声。

梁小施就站在一个布艺摊位前,盯着一个个五颜六色的香囊发呆,好似定住了一般。

她就这么站在那儿,娇小的身影好似融进了身后那一片灿烂如海的花灯里,轻盈如浪花,那样轻盈自由,又好像马上要消失一般,看不真切。

李司文站在原地,没有动弹。

江曜打电话过来时,梁小施正在睡觉。

"喂。"

"是我。"

梁小施一下清醒过来,"唰"地坐起来:"江曜!你干吗啊,怎么不接电话?"她声音里有着自己都未察觉的颤抖。

那边的人似乎在笑:"没看到,不好意思。"

"你还笑!"

"我没笑。"

梁小施娇嗔一声,突然不知道说什么,黑夜里心跳声响亮。

"阿曜。"

"嗯。"

梁小施开了夜灯,把怀里的热水袋抱得更紧,只觉得温暖不已。

"你有什么新年愿望?"

那边没什么反应,只有浅浅的呼吸声。

"梁小施,留长发吧。"他突然说。

然后又是一瞬静默。

江曜开口:"你留长发好看。"

梁小施一顿,回了个"好",而后想起什么。

"阿曜,等我回来,我有礼物给你。"

江曜答应了。

也正因为这句承诺,梁小施催着梁肖生早点回榆城,美其名曰回去学习。

梁肖生也担心着江家姐弟,两人便提早回去了。

谁知江家大门居然紧闭着,内里也毫无生机,完全没有人生活的痕迹。

梁小施太阳穴突突地跳,冲进江曜的房间一看,东西都还在,甚至他的杯子里还有水。

"两个人的电话都打不通,这是干吗去了?"

梁肖生急得来回走,又吩咐梁小施问下班上同学,自己则去江一漾那边和江家公司看看。

不出意外,尹雪、章之澍都没见过江曜,梁小施就连"小平头"都联系了,依旧一无所获。

"这个寒假老江就没和我们联系过,不会走亲戚去了吧?"

"不会的,姐姐的电话也打不通。"

几个人脸色难看。

一筹莫展之际,章之澍提议先报警。

"先等我爸电话吧。"

正说着电话就来了,梁小施赶紧接通,越听心越冷。

没有,都没有,家里没有,公司没有,电话和微信也没回。

梁肖生最后还是报了警,警察收集了信息便让人回去等消息。

这一等,就不知道是什么时候。

江家姐弟不见了。

江曜消失了。

某天,语文老师正在复习《春江花月夜》,说到"江畔何年初见月?江月何年初照人"时,抽人起来回答这句话的意境。

"江曜,你来说。"

喊完这个名字,班上静了几秒,才有人回道:"老师,江曜已经半个月没来上学了。"

语文老师这才"哦"了一声,又一声叹息:"这个江曜到底怎么回事儿,这都什么时候了,唉。"

这个话题草草揭过,老师继续讲课,大家也都低下头,昏昏沉沉地记笔记。高考迫在眉睫,没有人有时间去关心一个消失了半个月的人。毕竟,没有什么比高考重要。

江曜不见后,李司文就坐到了梁小施旁边。

此刻他一脸倦容,看了眼身旁人,她头发已经长好,悄然齐颈,原先还有些圆乎乎的脸蛋已经塌陷下去,多了几分瘦弱。

小柿子蔫了。

她刘海遮住了眼睛,伸手去抹了抹,却越抹越不舒服,使劲搓了搓。

"你……"

李司文刚想说些什么,下课铃却响了,下一秒就见梁小施瘫在桌子上,课桌上堆砌的书山把她挡得严严实实,像围墙一样,出不来,也进不去。

梁小施把自己埋进书本里，以此麻痹自己。

尹雪转过身子，早就猜到如此，不再说话，拉着李司文去给她带饭了。

否则，这人连吃饭都不愿意动。

放学回到家，梁小施先把作业完成了，又复习了一会儿理科卷子，时针走到了十一点。

她照例起身，到江曜的房间，打开窗子通风，一边给阳台的几盆盆栽浇水，一边说着今天在学校发生的事。

"快要一模了，我的物理成绩还是不上不下，要是你给我补一下就好了。"

"任老师今天又占体育课了，哦，我们已经没有体育课了。"

房间里静静的，只有梁小施的声音。

她一边擦着灰尘，一边低语："江曜，王八蛋，你去哪儿了？"

四下无人，霁月清尘，她骂人的声音格外响亮，最后只化为一阵呜咽声，听不清楚了。

睡觉之前，梁小施依旧听见梁肖生在外面打电话，或许是打给派出所，又或者是其他人。

可从未有过好消息。

江曜消失的第二十五天，有人来到江家。

更准确来说，是一群人。

当时梁肖生并未在家，梁小施被这群人高马大的不速之客吓了一跳，抄起了手边的扫帚。

"哪儿来的丫头片子？滚远些，江一漾回来没？"为首的墨镜男凶神恶煞。

"你们是谁？再不出去我报警了！"

梁小施吓得发抖，却还是咬着牙挡在众人面前。

那墨镜男哪想跟梁小施废话，咬着牙一把将她推倒在地："滚开！我还想问你是谁呢？给我进去搜，看看江一漾回来没有。"

说完那五六个男人便直接破门而入，直往二楼而去，甚至有人直冲江曜房间而去。

梁小施尾椎骨生疼，却还是咬着牙站起来。她的手机在楼上，现在肯定拿不到了。

没办法，她望了眼厨房的燃气报警器，顿时心生一计。

那群人一个房间一个房间地找起来，动静之大。

"没找到！"

"没有。"

墨镜男狠狠啐了一声，骂道："这人到底藏到哪儿去了，启哥知道了又要发火了。"

刚准备撤，一股浓烈的刺鼻味道传来，众人皆是"咦"了一声。

下一秒，梁小施便捂着湿毛巾冲出厨房，随着一阵剧烈的报警声响起，瞬间回响在整个房子里。

是燃气报警器。

"你们别想跑！"

梁小施捂着口鼻，挡在了大门处，眼神里是说不出的决绝。

墨镜男吓了一跳，三步并作两步冲到梁小施面前，一巴掌眼看就要挥下来，屋外面一群人已经赶了过来，喊着快开门。

梁小施之所以敢这么冒险，就是因为她知道，只要报警器一响，物业工作人员在两分钟内一定会赶来，这样就能把这群人困在这儿。

这个时候便能看出身材瘦削的好处了，梁小施几乎跟泥鳅一般，就在那墨镜男的眼皮底下开了门，"哧溜"一下冲了出去，大喊了几声救命。

物业来的人不少，梁小施憋气憋到心脏生疼，耳边还是那尖厉的报警声，只觉得头都要炸了，一冲出来就瘫倒在地，大口大口喘着粗气，望着花圃里的山茶花出神。

梁小施再度醒来时，梁肖生已经在她跟前，眼圈通红，看来是哭过了。

"怎么哭了？"

"还说呢，你这个娃娃，胆子也太大了，怎么敢跟那些人搏？万一他们……你让爸爸怎么办？"

梁小施吸了一点点燃气，还是有些憋闷，忍不住咳嗽几声，询问那些人的去向。

梁肖生沉着声说他们已经被警察带走，再怎么也有个私闯民宅的名头，肯定要拘留几天了。

"对了，他们没带走什么吧？"

"那倒没有。"

梁小施这才松了一口气，皱着眉道："他们是来找一漾姐姐的，爸，这些人到底是谁啊？你知不知道啊？"

梁肖生看了她一眼，似乎做了很大的决定，然后才缓缓开口："他们是周晚启的人。"

"周晚启？"

"他是一漾的老公。"

梁肖生来江家四年，见周晚启的次数也屈指可数。

梁肖生刚来时江一漾就已经和周晚启结婚一年，但梁肖生每次去周家照顾江一漾时，都不怎么遇上他。

毕竟周晚启不经常在家。

即使遇见了也说不上话，梁肖生总是低着头，然后抬起头就能看见周晚启的眼神。

阴鸷冷漠。

梁肖生不喜欢周晚启，但这是江一漾的家事，他也不好多说。有时候问上几句江一漾便不愿意说了，他也就没办法了。

梁小施静静听完，心里不知是什么滋味。她猛然想起那个雨夜，那个酒气醺醺的男人。

等等，那天早上……

梁小施脑子像火山一样炸开，岩浆滚烫，很快染红了她的脸。

她抖着声音："我想起来了，我想起来了。"

几乎是跳下床，梁小施来不及穿鞋，趔趄着往外跑去。

"小柿子！"

梁小施几乎是跪在了那花圃前，伸手去抚那些干瘪的山茶花，花瓣泛黄，叶子也掉落在地，满地凄凉。

"对不起啊，我忘记了，我忘记你了……"

梁小施眼泪直淌，终于想起了当初和江曜的那个约定。

"如果有一天那几株山茶花蔫了，你记得帮我照顾好它们。"

"好，我一定会的。"

梁肖生冲过来，看到这个场景人都傻了，蹲下来抱着梁小施安慰。

梁小施抹了把眼泪："爸，把这个花挖出来。"

梁家父女是连夜赶到墨城的。

知道梁小施担心，梁肖生直接给她请了几天假，带着她去找江家姐弟。

"小曜这孩子真是有心思，谁能想到他把这些东西都埋在土里了。"

梁小施眼下泛青："里面有一张警察的名片，你打电话了吗？"

"打了，张警官认识一漾，其实一漾消失后他们就在悄悄调查周晚启了，只是一直没什么动静。他们一有消息就通知我们，我们先去小曜给的那家医院看看，说不定他们就在那里。"

"好。"

梁肖生咬牙，狠狠砸了下方向盘，骂道："狗东西，早就知道这个周晚启不是什么好东西。那个张警官跟我说之前他就专门跟进过一漾这个案子，周晚启这个人渣,居然真的敢动手!"

梁小施脑海里浮现出江一漾畅快可爱的笑容,只觉得后背一阵发凉,难以想象她背后竟然忍受着这样的折磨。

窗外夜景模糊,不知什么时候下起了毛毛雨,裹挟着暮春的寒冷,黑夜好像越来越深了,前路看不清楚。

日出时分,万籁俱静。

从护士站问到病房号,两人直奔而去。

病房设施简朴,一张床、一张桌面就算完,旁边还有一张折叠起来的陪护床,台面上放着一副眼镜。

梁小施认出来,那是江曜的眼镜。

江一漾穿着病号服躺在床上睡着,她面容已不再似当初那般耀眼明亮,而像气球一般瘪了,两颊深陷。

"一漾。"

梁肖生抖着声音走到她面前,已经是老泪纵横。

这些年江一漾待他真诚,他心里也早已把这个女孩当成自己的女儿,如今看到她这个模样,心里也酸楚不已。

梁小施也捂住了嘴巴,往后退了几步。

不知道为什么,她不敢相信眼前这一切,也不敢去面对。

她冲出了病房,漫无目的地往走廊跑,过道上的目光全都不管,她只想冲出去。

尽头是一扇百叶窗,左右两间病房都没人,梁小施停住脚步,把窗子打开,大口大口呼吸着新鲜空气。

明明才一个月,江一漾怎么会变成这样?

她都如此模样,江曜岂不是……

梁小施不敢想,她眼圈泛红,死死咬住嘴唇,余光却看到了一个熟悉的身影。

清晨的医院人烟寂寥,雾气堪堪蒙住万物,焦黄色的熹微给楼下的喷泉镀上了一层金光,几个病友在下面锻炼身体,说话声清脆。

江曜就是其中一个。

他不似孩童那般阳光,也不似老人那般孱弱,只是那般站着,仿佛周围都与他无关,像一缕清尘,立即挥发不见。

突然一个女人走上前来,手里抱着一个瘦弱的小女孩,四五岁的模样。

江曜低头,从早餐袋子里拿出一根彩色的棒棒糖递给小女孩,点了点头。

小女孩"咯咯"直笑,和江曜挥手再见。

江曜道了句再见,转头欲走,可一抬头就看见了梁小施。

四目相对。

"江曜!"

谁知江曜迅速低下了脑袋,转身就走,似乎并不认识梁小施一般。

梁小施反应很快,赶紧下楼追了上去。

论跑步,江曜从来不是梁小施的对手。

"江曜!你别跑!"

梁小施冲了上来,最后终于在长椅处逮住了他。

仅仅一个月,这人仿佛瘦了一圈,跟一片树叶一样,风一吹便能飘起来。

"你躲什么啊?你知不知道我多担心你……我整宿整宿睡不着觉,我想你是不是有什么事,我害怕你有事……"

她有些语无伦次,手紧紧抓住他的手臂,生怕他又跑,最后干脆牵住了他的手掌。

江曜熟悉的心声又一次传入耳中。

——"我知道。"

"你知道你还跑!"

梁小施有些羞愤,跺了跺脚,使劲拉了拉他,干脆让人转过来。

江曜没办法,转过身来。

直到那一刻,梁小施才明白,为什么江曜一见到自己就跑了。

第十二章
裂缝里的阳光

江曜六岁之前是非常幸福的。

江父江云平是典型的才子,建筑设计专业毕业,有胆量有野心,还未毕业就眼光独到,认识了行内的贵人,毕业后抓住了机遇,做起了当时还不算热潮的庭院设计行业。从最开始接一些简单的小单子,到后面慢慢有了自己的团队,能拿下整个楼盘的整体设计,加上他本人踏实肯干,逐渐拥有了自己的事业版图。

他和吴清怜结婚后更是如虎添翼。吴清怜也是高才生,她本身心思细腻,总能在事业上给丈夫提出宝贵意见,偶遇挫折之际也能给予丈夫绝对的支持与依靠。两个人相扶相持共同走过,最终让江清庭院设计在榆城站稳了脚跟,虽说不是千万富贵,可在业内也逐渐成为一座大山,让人仰望。

江曜自然也是在这样安逸舒适的环境下长大的,有父母有姐姐,受尽万般宠爱,但他算不上骄纵,最多带了些少爷脾气,本以为日子会这样幸福下去,直到他六岁那年。

江一漾已经上初中,因为读了市里最好的寄宿初中,不经常回家,家里就只剩三个人。

年幼的江曜并不能感觉到父母之间微妙的变化,只是知道很少争吵的父母开始三天一大吵,两天一小吵,一吵架父亲就会摔门而去,而母亲便抱着自己哭,一边哭一边抹眼泪。

江曜心里难过,却不知道怎么办,只能默默祈祷父母赶快和好。

终于有一天吴清怜说要带他去看江一漾,江曜喜滋滋地跟着去了,没想到这一去就去了绍云镇老家,和外公待了大半年,最后还是江一漾把他接了回来。

江曜本以为这是新开始,没想到却是噩梦的开端。

过了半年,江云平和吴清怜的关系没有半点好转,反而越发恶劣,江云平开始彻夜不回家,一回来就窝在房间不吭声。

吴清怜亦然,本来温柔的她变得冰冷生硬,动不动就爱发脾气,一发脾气就爱砸东西。

那个时候，江曜很容易受惊，即使在梦里也容易惊醒，听到争吵声或者破碎声就忍不住全身发抖。

就这样颤颤巍巍过了几年，江曜十岁生日那年，江云平和吴清怜破天荒地一起给他庆祝了一次生日，一家人坐在一起吃了一顿饭。

那天晚上江曜睡得很安稳，临睡前他拉着江一漾问："姐姐，我们是不是又有家了？"

江一漾笑："傻弟弟，你一直都有家。"

第二天阳光和煦，江曜带着吴清怜的叮嘱去上学，走了几步又转过头来，上前抱了抱她。

"妈妈，谢谢你们，昨天我很开心。"

吴清怜的身子突然抖了抖，她伸手搂住儿子，两行清泪淌下，最后还是什么都没说。

江曜是在学校吃中饭的，那天食堂是他最爱的糖醋小排和照烧鸡肉，他多吃了两碗饭。

谁知道还没过完午休，江曜就被老师叫去了。

老师面露难色："江曜，你先回家一趟吧，你家……出事了。"

江家的庭院挤满了人，门外还有一排警车，警笛声震耳欲聋。

江曜背着书包，就这么站在门口，看着江云平浑身是血地被抬了出去，他神色灰败，一双眼睛瞪得圆圆的，好似要把眼眶瞪裂。

那时候的江曜还不知道什么叫死不瞑目。

他身边有一个年轻的鬈发女人，杏目圆脸，一张脸几乎哭得扭曲，泪水滑过脸庞，留下两道难看的黑印子。

"云平！云平啊！"女人一边追着担架跑，一边嘶吼着。

江曜还站在原地，甚至被那群人撞了下肩膀，猛地后退几步。

有围观群众叽叽喳喳讨论。

"哎哟，我听说是老公带着小三回来离婚，结果就吵起来了。"

"可不是嘛，这家太太挺不错的啊，这老公和小三真是脸都不要了。"

"哎哟，那女的出来了出来了。"

江曜一愣，顺着声音望过去，只见吴清怜被两个警察押着带了出来。她低着脑袋，头发被吹得散乱，手腕上是"叮当"作响的手铐。

"作孽哟。"有老人拄着拐杖叹息。

吴清怜被人押着出来，看到了江曜，突然停下了脚步，叫了他一声。

江曜眼前一片花白，不知道是不是泪水糊住了眼睛，就连耳朵也不太好使了,明明张了嘴巴回应母亲,他却什么都听不见。

吴清怜笑,笑得五官都错位了,她伸手摸了摸他的头:"儿子,对不起啊,妈妈要走了。"

江曜神情木然,摇了摇头,伸手拉住母亲的手。

"你好好听姐姐的话。你是男子汉了,要坚强,保护好姐姐知道吗?"

江曜说不出话来,只觉得脑子一阵钻心的疼痛,眼前母亲的样子也逐渐模糊,一阵黑暗侵袭,然后他就什么都不知道了。

夜幕降临,墨城的天气比榆城要冷些,从窗边吹来一阵阵冷风,带来了些许消毒水的味道,这是专属于医院的印记。

江一漾已经醒了,坐在床边吃着江曜带来的粥,一口一口,动作很慢。

"烫。"

江曜敛眉,轻轻吹了吹,又喂了上去。

两人脸色都不好,毫无血色,像安静易碎的瓷白雕塑,无人敢打扰。

"我们不是故意不联系你们的,只是他控制欲太强,加上那天晚上我们发生那样激烈的冲突,如果再被他发现,我和小曜应该都不会有好日子过。"

江一漾口中的"他"自然是周晚启。

一阵静默,梁家父女突然不知道说些什么。

"姐姐,你为什么要跟那个人渣结婚啊?"

梁小施没忍住,谁知刚问完这句话,江曜就望了过来,眼神清冷。

梁小施没有回避他的眼神,反而是继续与他对望着。少年清冷的眉骨间多了一抹印记,那是一道大约五厘米的疤痕,并不狰狞,带着些许淡粉色,从眉中延伸到眼角,只差分毫,就划到了眼睛。

今天江曜回过头那一刻,梁小施几乎像被雷击中,瞪着眼睛不敢相信。

"你……"她抬手去碰那疤痕,却被那真实的触感吓了一跳,眼泪"唰"一下滚出来。

难怪,难怪他要跑。

江曜也被她这样子吓到,连忙上前安慰,拍了拍她的肩膀,嘴唇嗫嚅几番,却还是只能挤出两个字来。

"别哭。"

梁小施沉浸在回忆中,就越发恨那个周晚启,恶狠狠地捏紧了拳头,却听见江一漾终于开了口。

"还能为了什么?总不可能是因为爱吧。"

144

其实江一漾和周晚启的初见还算美好，当时她十九岁。

在吴清怜的庭审现场，江一漾第一次见到他。

江云平意外去世，吴清怜成了嫌疑人。

审讯过程中，吴清怜供认不讳，承认是江云平带着第三者回来和自己谈判离婚时，三人因为财产分割问题发生了口角。

推搡过程中，吴清怜一不小心将江云平推下了楼梯，这才造成惨案。

案件清晰，证据确凿，法院很快做了判决。

吴清怜因为过失杀人判处三年有期徒刑。

审判结果出来的那天，周晚启还和吴清怜说了几句话。

后来江一漾才知道周晚启是周园庭院工程公司的公子哥，周园和江清两家公司有生意往来，一定程度上，两家算是相帮相扶的兄弟公司。

江一漾当时对周晚启并无多想，因为家中变故，她暴瘦二十斤，整天奔忙于学校和看守所，多少有些麻烦，那时周晚启帮了些忙。

就在判决下达一周后，她收到消息，吴清怜在看守所自杀了。

那天是大寒，榆城少见地下了雪，江一漾带着年幼的江曜站在路边，任肆虐的风雪覆盖住全身，两人很快就融入了白茫茫的天地间，路上行人匆忙，几乎没人在意他们。

一场大雪后，江家彻底破裂。

江清也陷入前所未有的危机，当初和江云平合伙开公司的股东们，跑的跑散的散，只剩几个年老的，还想着怎么分割江清。

就连几个主心骨的设计师也都因为江家的丑事纷纷离职，江清几乎在一夜之间被掏空，风雨飘摇。

江一漾还在读大学，对于这些也是一知半解，尽管日夜不分地拼命，却还是处理不好公司事务，最后终于把身体熬坏，住进了医院。

周晚启又出现了，照顾病中的江一漾，给她提建议，甚至还提出要借钱给她。

一字一句一言一行，无一不君子。

当然，周晚启也没有掩饰自己对江一漾的心思，但他没有逼迫，只说让她好好考虑，扬言如果两人能开花结果，以后江清就能和周园合并。即使不能合并，周园也会尽力帮江清一把，让其起死回生。

雪中送炭。

江一漾不是傻子，并不相信王子拯救公主这一套，但她太年轻，且确实因为周晚启的细心呵护动了心。

就这样考查了一年，江一漾和周晚启结了婚。

周晚启也没有食言，两人结婚后便将两家公司合并，避免麻烦，公司名称还是叫江清庭院设计公司。

因为这件事，江一漾对周晚启又多了几分感激与依赖，她本以为自己找到了真正的家。

起初是这样，直到结婚后江一漾才察觉到不对。

周晚启这人说好听点就是事无巨细温柔体贴，说难听点偏执控制欲极强，和江一漾结婚后几乎管束了她所有生活，什么时候出门、去哪里、和谁一起、什么时候回来，都要和他一一报备，稍有不顺心的就会大发脾气。

江一漾起初还安慰自己是他太爱自己了，以后就好了，谁知事情越来越不对劲。

结婚一年后，周晚启手上的一个大项目丢了，他在公司的威信力大跌，整个人变得阴郁不已，脾气阴晴不定，甚至沾染上酗酒的恶习，一不开心就缠着江一漾。如若不从，他便是拳打脚踢，毫不留情。

江一漾吓坏了，不是没想过离婚，只是每次周晚启都会道歉，并且保证不会再有下一次，她才一次次心软，直到了现在。

梁肖生执意要留下来照顾江一漾，江一漾也不好拂了他的好意，便让江曜去休息。

"酒店就在对面，我和小柿子一人开了一间房，你先去我的房间休息，你姐姐这儿有我呢。"

江曜还有些不舍，江一漾说了好久才让他放心离开。

梁小施在护士站了解江一漾的情况，越听眉头皱得越紧。

"啊，你来了。"

江曜点点头，两个人往外走，一时间谁也没开口。

突然，梁小施的手机响了响。

"等待亲人回家"群聊发来了消息。

李大爷：@小柿子 现在什么情况啊？江曜安全吗？

兔子：@小柿子 你在哪儿？

梁小施捏着手机，正斟酌着怎么回答，李司文直接打了一个群聊视频电话过来。

梁小施慌乱地接下，那边几个人居然都没睡，全都凑进来询问情况。

"哎呀，别担心，江曜……没事。"

"他在哪儿？让我们看看。"

江曜背对着梁小施站着，背影坚挺，但拒绝意味明显。

梁小施心里又是一阵酸楚，摇摇头："他已经睡了。放心，我一定把他带回来。"

大家这才放了心，又说了几句注意安全的话才挂掉电话。

这边挂了电话，江曜已经大步往前走去，梁小施沉着脸跟了上去。

到了房间，江曜转身直接关了门。

梁小施一顿，愣在原地。

他不想让人看见，尤其是她。

"江曜，开门。"

无人应答。

梁小施咬咬牙，扬了声音："不让我进来，我今天就在这儿等着。"说完就直接蹲在了门口，低头摸着地毯上的花纹，轻轻哼着不知名的调子。

也不知过了多久，门"吱呀"开了，江曜站在门口，看着小姑娘转过头来，"嘻嘻"傻笑了一声。

像无尽黑夜盛开的一朵烟花。

江曜心一下就软了，让她进来。

梁小施不扭捏，径直坐到他旁边，默默打开手机插上耳机，塞了一个在他耳朵里。

一曲终了，梁小施转头看他："阿曜，我等你告诉我。"

江曜没回话，手掌却缓缓拉上她的。

梁小施一愣，却把手抽了回来。

"我不要听你的心声，我要你亲口说。"

今天一天，江曜几乎都未曾开过口，即使说话也是几个字，仿佛又回到了当初她刚来的时候，冷漠封闭，不近人情。

"没事，你想说的时候我……"

"之前我不是故意不接你电话的。"江曜终于开口。

耳机里换了天地，歌手低闷的声音唱着：

"我仍然会冷静聆听，仍然坚守于身边，与你进退也共鸣。"

寒假那几天江曜原本是不打算去周家的，但江一漾担心他一个人，非把他叫过去。

前几天都没遇见周晚启，直到第三天他听见两人谈话。

"这是我的孩子，你现在天天往外跑，出了事怎么办？"

"周晚启，我是你的老婆，不是你的犯人！"

"啪嗒！"

147

是茶杯破碎的声音。

"江一漾,你别得寸进尺,你是不是想出去找野男人?"

"放屁!"

眼看两人越说越过火,江曜急忙冲了出去,护在了江一漾的面前,恶狠狠地骂了一句。

谁知周晚启看他来了反而更来劲,上手推搡:"胆肥了啊,你个小毛头给我滚开点。"

两人之间的大战一触即发,还是江一漾奋力拉住了江曜才阻止了这次打斗。

只是江曜的手机也因此摔坏,错过了梁小施的电话。

第三天拿到手机后江曜便回了一个过去,挂了电话他坐在沙发上,太阳穴止不住地跳。

"小曜?"

江一漾开了灯,穿着睡衣坐过来。

"姐。"江曜给她让位置。

"我是因为怀孕了睡不着,你小小年纪还失眠啊?"

江曜低头看了眼她微微隆起的小腹,轻声:"姐,你真要留下孩子吗?"

"怎么,你不想当这个舅舅?"

少年摇头:"不是,是他生下来会受苦。"

两个人都静默一瞬,无人开口。

"打掉吧,姐。"

江曜少有地发表意见,江一漾叹了一口气:"这孩子要是没了,我估计他会发疯。"

话音刚落,一声冷笑就传来。

周晚启几乎是冲了过来,一巴掌甩在了江曜脸上。

江曜被打得偏过脑袋,江一漾立马站起来护住他:"你疯了?"

"我打他又怎么样?想害我的孩子,我就打他!"说完他竟还要去打,直接跳上沙发,一把拉开江一漾。

江一漾被他一扯,直接跌坐在地,肚子隐隐作痛,但她顾不上那么多,周晚启正按住江曜,后者拼命抵抗。

江一漾站起身,慌乱中拿起手边的烟灰缸,直接往周晚启背上砸去。

周晚启痛得低呼一声,下意识去抓她的手,也被激红了眼,又是一个巴掌甩了过去。

江一漾哪受得了这个,被打得后退几步,一下坐在了桌子上。

"江一漾,你有没有良心?你就知道护着你这个狗屁弟弟!我天天在外面累死累活到底是为了谁?"

男人满脸怒意,龇牙咧嘴地掐住了江一漾的脖子:"你也不想想,当初你们家那烂摊子如果不是我,谁理你?啊,你们两个说白了就是杀人犯的孩子,还给我耀武扬威故作清高是不是?"

人的情绪到了极点,什么话都说得出来。

江一漾奋力挣扎着,挥舞着双手去打他。

谁知就在这时,她看到周晚启背后的江曜站了起来,他一脸阴鸷,像藏在暗处的鹰,手中拿着那个东西折射出刺眼的亮光,闪了她的眼。

江一漾甩甩脑袋,猛然想起去世的母亲,她手腕间的手铐就是这样耀眼。她脑海里又回想起自己去绍云镇接江曜的时候,他仰着脑袋叫自己姐姐,天真可爱。

江曜也不知道自己在想什么,只是看着江一漾被掐着,通红的脸色,痛苦万分,每一次挣扎似乎都在呼喊——救我。

他的脑子就跟要炸开一样。

见此情景,江一漾拉着周晚启,两个人滚了滚,滚到了地上。

江一漾力气使大了,脑袋直接撞上了桌腿,"嘣"的一声。

周晚启这下也反应过来,连忙跳起来,啐了一口,骂骂咧咧地去对付江曜。

两人的纠缠看得江一漾心都快跳出来,大喊住手。

"小曜,听姐姐话!别打了,姐姐带你走!"

听到这话,江曜恍了神。

谁知就在这时,周晚启已经夺过江曜手中的利器,随手一挥,江曜的眉间便盛开了一朵血花,血腥味迅速蔓延开来。

黏腻的血很快糊了江曜的眼角。

江一漾差点晕过去。

她倒吸一口凉气,再也没有犹豫,抄着手中的烟灰缸往周晚启的后颈砸去。

周晚启白眼一翻,直接晕倒在地。

此刻的江一漾却格外冷静,她伸手去拉江曜,抖着声音道:"走,小曜,姐姐带你走。"

江曜捂着眉骨,转头看着昏迷不醒的周晚启,脑子里却只想着一句话。

"不能死,周晚启不能死。"

更深露重,酒店淋浴间不知哪里出了问题,"滴滴答答"滴着水,在这夜里谱写下悲伤的乐曲。

江曜仰头看着花灯,双眼无神:"然后我们就连夜来了这儿,以前我们来墨城住过几天,这个医院还算安全。"

"姐姐肚子里的孩子没保住,我要留在这儿照顾她。"

梁小施的眼泪已经流干,只是觉得胸闷难忍,再一开口,才发现自己的声音也哑得像破锣。

"如果我没想起那个约定,如果我没来呢?"

江曜转过头,突然揉了揉她长长的发丝,笑容融进了以往的张扬与嚣张。

"没有如果,我知道你一定会来。"

他那双眸子似星空般广阔,比以往多了些沉稳与哀愁,诉说着他内心的悲痛与无奈。

梁小施伸手覆上他眉间的疤痕,淡淡的。

"你相信我吗?"

江曜一愣:"相信。"

梁小施笑,点了点他的眉骨:"这个,很好看,很帅气。"

"阿曜,你是我的小英雄。"

江曜的睫毛肉眼可见地颤动了一下,眼波流转,仿佛没想到她会说出这样的话。

梁小施咧嘴笑,问他累不累。

"累。"

"累就躺下吧,我陪着你。"

江曜的确累坏了,他这半个多月几乎没有睡过一个整觉,现在梁小施在身边,他只觉得心安不已,很快就睡着了。

梁小施心里终于有了真实感,趴在床边也闭上了眼睛。

安全就好,其他的都无所谓。

只要我们手牵手,一切就都有希望。

在墨城的第五天,张警官打电话来说已经找到周晚启了,他被拘留了。

"这次情况不一样,他导致你流产,并且对你和江曜都造成了伤害,只要你坚持,是可以告到他的,就看你愿不愿意了。"

当时江一漾坐在床上,看着旁边江曜和梁小施一起写作业,寸寸阳光从窗户里洒进来,一切都那么明媚美好。

她突然就释怀了,以前总想着息事宁人,想着忍忍就过去了,想着就这么过完这一生也算足够,但自江曜奋不顾身要保护姐姐的那一刻起,她就改变了。

她要快乐,要自由,要弟弟和自己都无拘无束,再不担惊受怕。

"张警官,我要告周晚启在我们婚姻存续期间对我实行家暴和拘禁。"

挂了电话,江一漾突然觉得心情通畅。

"小柿子,你们准备什么时候回去?"

梁小施一愣,抬起头来:"姐姐,你赶我走啊?"

"当然不是啦,我是怕耽误你学习。"

"这个啊,没事儿啊,我不是有江曜吗?"她好哥俩地拍了拍江曜的肩膀。

江曜挑了挑眉,没说话。

江一漾被两个孩子这模样逗乐,自然也知道弟弟完全有这个能力,笑了几声:"哎哟,我说你俩啊,感情这么好,我说要不然小柿子真做我干妹妹好了,这样大家都是一家人了。"

"不行!"

梁小施和江曜异口同声,神色严肃。

江一漾:"你们反应这么大干吗?"

梁小施:"咳咳,没事,我去刷个脸。"

江曜:"那什么我去洗个牙。"

也不知是不是心理因素,江一漾的身体好转很多,三天后医生就建议出院了。

几个人也不拖沓,一来是江一漾需要回去解决和周晚启的纠纷,二来两个孩子确实需要回去上学。

在药房拿完药,梁小施和江曜回到病房,却发现两个不速之客。

"我不会撤诉的,你们不用再说了。"

"爸妈,这是我最后一次这么叫你们了。你们的儿子害我失去了孩子,我不会原谅,告诉你们我在这儿只是碍不住你们苦苦哀求,你们要是来求情的就走吧。"

江一漾面对着两个老人,脸上还有些惨白。

周母一米五的个头,此刻神态顺从:"一漾啊,好歹你和小启这么多年夫妻,你忍心吗?"

"您问问我肚子里的孩子忍不忍心?"

一句话堵得两人哑口无言。

反而是周父脑子转得快,立马道:"江一漾,你可想好了,现在你们江清有这个规模都是我们周园帮衬的,公司说到底还在我儿子手里,你这样做是不想给你自己留条后路吗?"

这番话果然比苦肉计有用,江一漾脸色一变,往后退了退。

"谁会让一个犯罪嫌疑人打理公司?等判决下来了,您觉得您儿子在公司还有多少话语权?"

江曜开口,站在了江一漾面前。

"姐,你身体不好,先坐下。"

周家父母明显没想到一个毛头小子会出来说话,他们是知道江一漾有个弟弟的,只是当初那个小娃娃什么时候长成参天大树了?现在居然也敢和大人说话了。

不过姜还是老的辣,周父冷哼一声:"判决到底是什么现在还不知道呢,我儿子是人中龙凤,你们真以为他离了你这女的活不了?"

周母也点头,之前那副伪善的嘴脸已经完全破裂,咬牙道:"可不是嘛,你嫁到我们家四五年了,蛋都没下一个,还好意思告我儿子,我还没告你呢,让我们周家断了香火。"

"这次的孩子估计也是假的吧,不知道怀了哪个的野种!"

战场突然就从公正的法庭现场到了农村的路口吵架直播,画风转变让人猝不及防。

江家姐弟都是斯文讲理的性格,猛地被这么一骂都愣住了,尤其是江一漾,脸都涨红了,却说不出话来。

梁小施这个暴脾气忍不了了,撸起袖子,指着二人的鼻子开口了。

"我说我在这儿也看半天了,你们两位好歹也是个长辈,怎么狗嘴里吐不出象牙?怎么,中午大蒜吃多了,专门出来恶心人的?"

她喋喋不休,直接堵住了周母要开口的嘴巴。

"也是,什么样的人生什么样的蛋,能生出这么一个人渣来,也难怪你们为老不尊了,仗着年纪大就到处放屁。还'延续香火',你儿子是个什么货色自己不知道吗?这里是医院,我劝你们早点去找个茅厕,那里适合你们,少来污染新鲜空气了。"

"告他家暴都是轻的了,你们要是再在这儿撒泼,指不定我就找几个人写些帖子放到网上去。到时候看大众的唾沫怎么喷,喷不死你,淹死你!"

噼里啪啦一通骂完,梁小施爽了。

"你……"周父气得脸都大了一圈,指着梁小施说不出话来。

"你什么你！这里是医院，护士姐姐，这儿有两个闹事的，打扰病人休息，赶紧叫保安。"

她扯着嗓子喊，没想到还真喊来了人，赶着周家父母出去。

江一漾看着离去的两人，紧紧握着拳头，还是朝他们喊了一句：

"我不会撤诉的，这个婚，我离定了！"

直到坐在回榆城的车上，梁肖生才听到了梁小施刚刚的壮举，他脸色黑了黑，嘴角抽动几番。

江曜说："梁叔，你别怪她，她也是……"

"哈哈哈哈！真不愧是我的女儿，你这个嘴啊，还真是随了你妈啊。"

梁小施一撩头发，自豪不已："可不是，爸你没看到我刚才的样子，帅翻了。"

"可惜了可惜了，我该给你录下来。"

江曜："……还真是不是一家人，不进一家门。"

大约中午十二点回到榆城，江曜本想在家再陪江一漾几天，后者却不肯，硬要他下午就回学校。

江曜只得答应，于是下午就和梁小施回了学校。

还好任老师大致知道了他的特殊情况，把人叫到办公室说了大半天也就算了，嘱咐他剩下的时间抓紧，考个好大学应该不成问题云云。

从办公室出来，江曜看见在走廊站成一列的几个人。

几人表情严肃，身姿昂扬，跟迎接领导一样。

"好了，我没事了。"江曜扯出一个笑容。

几个人这才放下心，急忙冲上来，又是捶又是打的。

"臭小子，你让我们担心死了。"

"对啊，没有你都没人带我打游戏上分了啊，老江。"

"老江啊！"

李司文开始"哭丧"，然后就被梁小施一拳捶开："滚远些，别挤着他了，没事儿吧？"

江曜："没事儿。"

梁小施："任老师跟你说什么呢？这么久。"

江曜抬头看了眼操场的升旗台："任老师让我去誓师大会上做学生代表。"

"是吗？还有个是谁啊？"

153

"吕筱诗。"

誓师大会是高考前一个重要的动员大会,一中一向重视仪式感,对于这个更是重视,参会人员都要参加排练,江曜也不例外。

梁小施一行人坐在校道上的香樟树下等人。

李司文无聊地吹树叶,看着江曜和吕筱诗在舞台上对词,慷慨激昂地输出中。

"这都练了好几天了,累不累啊?"

尹雪点头:"他俩还挺默契。"

梁小施望过来一个眼神,吓得尹雪赶紧闭了嘴。

李司文吐掉树叶,看了梁小施一眼,眼神晦涩,正准备说点什么,却发现她站了起来,朝舞台跑去。

"我觉得还是遮一下吧,到时候要照相的。"

"对啊,也不是别的意思,为了美观。"

他们在讨论江曜眉骨上的那道疤,其实梁小施买了很多祛疤的药,每天按时按点地给他涂,现在那道痕迹已经消散很多,但细看还是看得出来。

吕筱诗捏着稿子,开口:"好了,其实我觉得……"

一旁站着的江曜,看着众人七嘴八舌地讨论着,突然觉得好笑。

以前自己在班上独来独往,根本没人在意,现在多了一道疤,倒是谁都看得见了。

只是他从来不在意这些,更懒得去和这些人争,只是懒懒掏了下耳朵,转眼一看,一个人影如一阵风似的已经冲了上来。

"遮什么遮?你们懂不懂尊重人啊?"

梁小施跳到台子上,拍拍手掌,昂头对那几个人开口。

别人不知道,她却是知道的,自从江曜回校后班上就传着各种各样的流言,说什么的都有,正因为这个疤,有人说他是去打架才留下的,还蹲了一个月局子。

梁小施气得要命,正愁没处发泄呢,这些人就撞枪口上了。

"哎,梁小施你插什么嘴啊,这是我们的事,耽误了我们排练,你负得起责吗?"

有人附和:"对啊,遮不遮是江曜的事,你是他的谁啊?"

看到梁小施吃瘪,吕筱诗心里莫名舒畅,接过话头:"我们没别的意思,只是为了誓师大会着想,说到底还是听江曜的。"

她转头:"江曜,你说呢?"

江曜却根本没回过神,而是歪头看着梁小施,顺便还替她拿下了头顶的树叶,温柔似水。

　　"我听她的,她说什么就是什么。"

第十三章
流星啊

誓师大会结束后,高三学生陆续撤离,他们还得继续上自习。

因为刚刚激情澎拜的演讲,大家都眼圈通红,抹着泪水。

梁小施和尹雪动情深,走在路上都还在抽泣。

"行了,怎么还哭啊?丑死了。"

李司文递上水。

梁小施接过,啐了一句:"你个铁石心肠的懂什么?"

尹雪"嗯"了一声,接过梁小施喝过的水,赶紧补充下流失掉的水分。

梁小施吸吸鼻子,转身等江曜。

他和章之澍落在后面,不知道在说些什么。

"真要来?"

江曜点了点头,拍了拍他的肩膀,两个人往梁小施那边走。

梁小施双手环胸,懒懒的:"你俩啥时候这么要好了?"

"我们……"

章之澍话还没说完,被一阵广播声打断。

广播站在这个时候会准时营业,大多都是说些新闻、放些歌,因为今天誓师大会,点歌台也多了类似《我相信》《最初的梦想》的歌曲。

"接下来这首歌,是一位同学送给高三 (3) 班的江曜同学的,她希望你乘风破浪会有时,直挂云帆济沧海,《夏天的风》送给大家。"

歌声就像耳边的风,吹过校园的每个角落,也吹动了大家的八卦之心。

几人已经走到教室外面,迅速有人围了过来。

"好家伙。"

"可以啊,老江,这才上台一次就有崇拜者了啊!"

"不过你刚刚在台上的确帅到有点过分了,我咋看见那些女生盯着你连哭都忘记了,一脸花痴样。"

江曜倒没什么表情,他转头看了眼梁小施,一脸"不关我事我什么都不知道"的表情。

梁小施笑了笑，她突然觉得江曜这副无辜的表情更好看了是怎么回事？

李司文："怎么了，老江，人家这歌送的，你没表示啊？"

江曜用手撑了撑眉骨："不好意思我耳聋，听不见。"

梁小施："哈哈哈哈哈哈。"

不过通过广播站为别人点歌这事也正常，很快就没人再说了。大家看着墙上的倒计时，心越来越沉，越发安静。

二模考试前，梁小施几个人在外面吃饭。

这家店是校外的网红店，不少学生都来这儿吃，逼仄的空间里挤满了人，饭菜的香气和涌动的热气往脸上扑，配合着音响里的流行歌，大家的心都有些躁动。

几个人围坐一桌说话，突然从角落站起来一个女生，双马尾、大眼睛，怯生生地在江曜面前站定。

"江曜你好，我是上次给你点歌的人，我叫夏媛媛，能交个朋友吗？"

江曜看了她一眼，没说话。

其他人看向梁小施，后者懒懒散散的，靠在了椅背上，好像在看戏。

夏媛媛咬咬嘴唇，从兜里拿出一个胸针来："请你收下。"

那胸针是向日葵形状的，整体呈金黄色，做工精致，色彩夺目。

江曜还是不说话，气氛有一瞬间的凝滞。

梁小施放在下面的手被人猛地捏住，急切的心声响起。

——"干吗呢？想想办法啊！"

原来镇定如江曜，其实内心早就慌了，梁小施"扑哧"一下笑出来。

周围人都在窃窃私语，梁小施不开玩笑了，开口："不好意思，江曜同学说他不需要这个。"

夏媛媛："哎？"

梁小施："啊，对了，他说他不太喜欢那首歌，别人唱得更好。"

夏媛媛："你……你是谁？他为什么不自己说？"

梁小施："哦，他是个哑巴。"

江曜无语。

再笨的人都能看出江曜和眼前这女生关系不一般，夏媛媛只得捏着胸针悻悻离去。

等人走了，梁小施想抽回手，却被江曜按住。

梁小施瞪他一眼，却听到他嚣张的心声。

——"你才哑巴呢，给我夹一个鸡翅。"

没办法，梁小施只能一手被他拉着，一手去给他夹菜。

因为两人坐得近，下面的小动作没人注意到。

李司文还在打趣刚刚的夏媛媛，突然发现自己的鞋带散了，他放下筷子，低头去系鞋带。

明明没系多久，他再抬头却发现自己面前的红烧狮子头都被吃完了。

"哈哈哈哈，谁叫你手速这么慢。"梁小施幸灾乐祸。

平时这个时候李司文肯定会大手一挥大喊再来一盘，可今天却直勾勾看着她回了句："我……的确是挺慢的。"

吃完饭，江曜说了句他要搬家。

章之澍："老江要来和我一起住宿舍啦？"

梁小施倒是不惊讶，这事儿前些天她就知道，江一漾在打官司，但她这些年把财政大权都交给了周晚启，所以现下有些为难，还是江曜提议先把房子卖了以解决燃眉之急。现在最主要的就是告倒周晚启，其他的都可以以后再说。

梁肖生也同意，决定带着梁小施租房出去住。

梁小施以为江曜也会跟他们一起住的，谁知道……

梁小施心里闷闷的，像堵了一团棉花。

搬家那天，大家都去了，尹雪抱着梁小施的一大堆衣服嘟囔："小柿子你这是在这儿住了多久啊，这么多衣服。"

"我……"

江曜数着自己的书："她一直都住在这儿啊。"

语出惊人，几个人都长长地"哦"了一声。

章之澍："啊哈！你俩当时还不承认。"

尹雪："什么干妹妹，小柿子你花词儿挺多啊。"

章之澍："可不是，我说……"

他说了一半觉得不太对劲，这样的好戏怎么好像少了一个人。

"哎。老李呢？他怎么没在？"

几人一愣，找了一圈都没看到人，最后还是尹雪指了指外面的院子："在那儿呢。"

只见李司文坐在院子的花坛边，正在奋力搬花。

章之澍皱眉："老李这几天咋了，咋这么安静？"

众人面面相觑，都没说话。

正把几株紫罗兰移植出来，李司文擦擦汗，抬眼看到梁小施走过来。

"你怎么一个人闷着不说话？"

李司文摇头:"没有啊,我这不是搬花呢,我一个粗人就得干粗活。"

梁小施白他一眼:"这叫什么话?什么是粗人?什么是细人?"

李司文看她生气了,忙打哈哈:"我开玩笑的。"

"你记不记得寒假我俩去灯会那天,我一下看灯看入迷了,结果一脚踩进下水道里,你还往前冲呢,都没注意到我掉下去了。

"后来你拿着手电冲过来,像只惊恐的大青蛙。"

梁小施双脚碰了碰,一脸悠闲:"哎,那几天真快乐啊!"

梁小施陷入快乐回忆中,这边李司文却好像没听见似的,眼睛只看着门口的江曜进进出出,突然冒出一句:"你很在意江曜吗?"

梁小施现在正生江曜的闷气呢,忍不住冷哼一声:"哼,他啊,不过你问这个干吗?"

李司文转过头来,眼睛里沾染了些笑意,又问:"我是说,我和江曜,你觉得谁更重要?"

梁小施眉头皱得更深了,伸手摸他额头:"小李,你咋了?发烧了?"

李司文的寸头长了些,衬得他五官柔和不少,此时此刻的表情更是称得上温柔至极。

"你们都是我的好朋友啊!"

梁小施最后给出了答案。

李司文一愣,看向她的眼睛,似乎想探究更深的答案,但最后还是作罢。

"梁小施,我送你的雏菊还在吗?"

"那个啊,在老家啊。你忘了啊,还在我的花瓶里。"

李司文没说话,低头看两个人靠在一起的鞋子。

正说着,那边尹雪和章之澍已经走过来,挥手喊他们。

梁小施也乐得站起来,拍拍李司文的肩膀:"走啦,小李,应该收拾得差不多了,走,请你们吃烧烤去。"

小姑娘站在阳光下,金光灿烂绽放,比雏菊还要漂亮。

李司文终于站起来,一把搂过她肩膀,吊儿郎当道:"行,今天绝对把你俩吃垮。"

二模成绩下来了。

梁小施的排名直接掉了一百名,本来她的成绩能上好一点的二本学校,现在这分在二本尾巴上,她有些着急。

"今天还去找江曜补习吗?"尹雪问。

梁小施整理着错题,脑子发昏,摆了摆手。

尹雪知道她心情不好,也不再多说,只让她回家小心便自己先走了。

晚自习下课已经半个小时,除了梁小施,教室里空无一人。

这道数学题怎么都不会,梁小施终于急得哭出来。

"为什么不来找我?"

江曜的声音突然响起,吓得梁小施赶紧抹了泪,抬眼看他。

他应该是回过宿舍了,戴了一顶章之澍的渔夫帽,一双眼睛藏在帽檐里,看不出喜怒。

梁小施被他看穿,却偏偏嘴硬,偏过头去:"你别管我。"

"我不管你谁管你?"

他似乎变得霸道了些,直接拉过她就要走,再不走,教学楼要熄灯了。

梁小施虽在闹别扭,但拗不过他,只能被拉着走。

夏夜多蝉鸣,暑风凉如水,校园里万籁俱静,只有些许住校生还在小卖部和打水间逗留,传来阵阵说笑声。

男生宿舍前的廊亭幽静,两个人借着路灯看题。

"这道题是你定势思维了,你换个角度去看,从这里加一条辅助线就迎刃而解了。"

他三下五除二就将一道棘手的难题化解,看得梁小施又无奈又好笑。

"烦死了,为什么你一说就简单了?"

她仰头:"啊,考试的时候我能不能牵着你的手考啊。"

江曜拿手拍她脑袋:"笨蛋,哪有这样好的事情,还得靠自己。"

梁小施当然知道这个道理,娇哼一声,自顾自地低头看起来。

一道声音突然炸开:"谁呢?谁还在那儿?哪个班的?"

完蛋!

两个人对视一眼,默契地蹲下身子,钻到旁边的草丛里。

巡查的老师拿着电筒照了照,没看见人,又转身走了。

草丛里探出两个头来,一脸如释重负。

梁小施更是吓得脸都白了,拧了一把江曜的胳膊:"快回宿舍吧,我也要回去了。"

江曜却按住她的肩膀,逼她与自己对视,一脸严肃:"还闹不闹脾气了?"

"不闹了,不闹了。"

"以后有不会的来问我,"他眼神幽深,喉结上下滚动一番,又道,"别一个人哭。"

梁小施一顿,然后才笑:"好。"

"江曜。"

"我在。"

"我们一起加油吧,你等等我。"

耳边卷过一阵呼啸的风,不知是哪栋楼传来一阵某男生的歌声,悠悠从窗口飘到天空中,大白嗓此时此刻却格外动人。

"好。"江曜答。

后来,梁小施总会想起高三这段时光,每个痛苦难熬的日子里,似乎都有他坚定的声音,清脆却有力量,支撑着自己走下去。

谁知道第二天任老师气冲冲地到了班级,肚里的火冲到了喉咙口,但还是言语隐晦地提醒了"某些人",希望他们珍惜最后的时间,不要糊涂了,更不要被巡查的老师抓到把柄。

此时此刻,"某些人"正凑在一堆解题,仿佛没听见上面人的怒言。

"嘿!梁小……"

任老师话还没说完,有个声音突然响起:"任老师,你踩到我卷子了。"

任老师低头,只见一张65分的卷子正被自己踩在脚下,他的火又瞬间从喉咙喷到天灵盖。

"李司文,不是我说你,都说男生理科好,你看看你这成绩啊,这以后你要去干啥啊……"

任老师继续喋喋不休,李司文点点头,也不知听进去没有。

他再转头看了下"某些人",他们依然在解题,神色认真,像一个安静的磁场,无人能破坏。

努力会有回报,只是需要时间。

三模梁小施发挥还行,成绩慢慢爬上来,她这才松了一口气。

已经是五月下旬,高三生们还有最后一次狂欢——拍毕业照。

拍照前几天班级里就已经涌动了,大家都在商量穿什么衣服摆什么姿势,还有害羞的小女生聚在一起,思忖着要和特别的人一起留一张合影纪念。

梁小施倒是没什么心思,最近江一漾官司进展并不顺利,周晚启花高价请了律师,庭审陷入了僵局。

她坐在男寝楼下等江曜,她知道他心情肯定不好。

"相亲相爱一家人"群聊发来了消息。

李大爷:在哪儿呢?马上拍毕业照了。

兔子:@小柿子 @曜 快来,李司文帮你们拖时间呢,任老师都要发脾气了。

一棵大澍：@所有人 待会儿别走，我带了相机来，咱们拍一张合照。
梁小施正准备回，江曜下来了，看起来情绪还好。
梁小施递给他一瓶水，看他喝完两口，问了句"还好吗"。
"没事儿，先去照相吧。"
两人这才往操场走去，刚到就听到任老师扯着嗓门吼，李司文在他旁边打哈哈。
等僵硬地拍完毕业照，就是大家自行组合拍，大家低呼一声散开来。
章之澍背着相机，像一阵风似的冲了过来："朋友们来照相啊！"
尹雪取下草莓发夹，嘟嘴："我不上相。"
"谁说的？"他举起相机，"咔嚓"一声。
"多好看啊。"
尹雪："……滚。"
两个人还在打闹，梁小施和江曜说着话，操场四散着肆意畅快的少男少女们，如此耀眼。
拍了几张后，章之澍才猛然发现李司文没在。
"老李呢？"
"他不是刚刚还在这儿吗？"
尹雪努努嘴巴："我刚刚看见任老师叫他去谈话了，你俩来得慢，他在前面和任老师掩饰来着，估计任老师想起了他的三模成绩吧。"
梁小施吐吐舌头，"哦"了一声："那咱们去树下等他吧，太阳越来越大了。"
谁知这一等就是二十分钟。几个人等得百无聊赖，章之澍拿着相机手痒得很，拉着大家又拍了好几张。
"来来来，你们帮我跟兔子拍一张。"
章之澍张牙舞爪地凑近尹雪，后者愣了神，低头整理下衣衫，还是咧嘴笑了起来。
拍完章之澍还不尽兴，各种拍照姿势摆了一遍。
"你们都不等我。"
李司文不知什么时候过来了，眼里带着笑意。
"没事儿吧？任老师找你说什么了？"梁小施问。
他挥挥手毫不在乎："嘁，老几样，没事儿。"
"真没事？"江曜也问。
李司文摸摸头，嘟囔一句他啰唆，拉着人站好。
章之澍最积极："来了来了，咱几个来照相啊。"

他们挨着站好，请过路同学帮忙拍照。

"茄子！"

几人大喊一声，却没有"咔嚓"声。

相机没电了。

大家的脸色一下垮了下来，"拳打脚踢"章之澍。

章之澍拍脑门，他没带电池。

梁小施掏出手机，正准备开口，那边任老师喊起来："三班的过来集合了。"

没办法，几个人只能收了心，约定着找个时间再补上。

谁知时间匆匆，这张照片直到高考结束都没拍到。

转眼到了高考，考完英语，梁小施从考场出来，看着行色匆匆的高三生们，或欣喜或皱眉，或落泪或叹气，但每个人都没有停下脚步，朝着光亮地方继续前行，一个接一个，没有回头。

或许人这一生，只有在此刻才会有这样坚定的勇气，支撑着每个人在未来的日子里砥砺前行。但高考不是终点，只要永葆一颗赤子之心，前路便没有终点。

大家想把之前的觉全都补回来，日日大睡特睡。

这一天，梁小施醒来时天已经黑了，她伸了个懒腰，却听见窗外有人叫她。

"梁小施！下来！"

是江曜，他骑着一辆自行车，晚风吹得他衣衫鼓起来，像画报里的人。

心里就像被这一幕填满，梁小施绽开笑容，应了一声，急匆匆地赶下去。

本以为这是一次快乐的遛弯，谁知江曜却说是去安慰人。

章之澍和罗真真掰了，就在前几天。

几个人在游戏厅捉到章之澍，他双目通红，头发乱糟糟的，跟流浪汉没什么两样。

梁小施几人坐在他身边，左说右说他都不为所动，好像根本听不见似的。

"哎哟，我不行了，谁爱劝谁去劝吧。"李司文说得口干舌燥，一下瘫在沙发里。

梁小施着急："兔子怎么还没来？"

正说着，尹雪推开包间的门进来了。

她好像是做造型去了，头上的卷发棒都还没扯下来，一张小脸微红，一看见章之澍就沉了下去。

"起来。"尹雪压着声音。

章之澍不说话。

"你起不起来?"尹雪有些火了,去拉他的衣袖。

章之澍依旧没有表情。

这下是真的惹火了尹雪,只见她直接蹲了下去,"啪嗒"一声关了他的主机,电脑桌面直接黑屏。

章之澍直接跳起来。

尹雪仰着小圆脸,比他更火:"怎么,你要干吗?"

此刻的章之澍就跟变了一个人一样,咬着牙看着她,手掌微微颤动。

"大澍,别冲动。"李司文去拉人。

江曜也推开他,提醒:"这是尹雪。"

就这么一句话,好似唤醒了章之澍,他眼波流转,盯着尹雪看了几眼,最后长叹一口气,憋着声音问:"干吗?"

大家这才松了一口气,这个语气就说明他已经好了。

尹雪嘴角也若有似无地弯了弯:"不干吗,起来陪我去卷头发,快点。"

"对啊,走走走。"

"哈哈哈,正好我也去做个造型。"

众人打着哈哈,一前一后围拥着尹雪和章之澍出了网吧。

外面总算是灯火通明,亮堂不已。

成绩出了一周后,"相亲相爱一家人"群聊发来消息。

一棵大澍:@所有人 海边旅行去不去?

小柿子:不去。

曜:加一。

李大爷:加一。

一棵大澍:我请客。

小柿子:我准备好了。

曜:什么时间?

李大爷:我直接弹射出发。

说是章之澍请客,但其他人还是不约而同承担了一些费用,梁小施和江曜买了车票,李司文和尹雪则各自带了一大包零食,章之澍感动得抱着众人哭。

梁小施嫌弃地推开他,低声和尹雪耳语:"我看他还是不太正常,不会还在伤心吧?"

江曜点头:"咱别戳穿他。"

李司文绕过来,吆喝:"行了行了,咱们这最后一次再好好玩玩吧。"

一辆蓝白色的大巴徜徉而过，沿着笔直的公路，很快将众人带到了蜿蜒绵长的海岸线，和着海浪吹着海风，慢慢将身体和心灵都交给这片无边无际的大海。

沿海奔跑，五个人终于放下了所有束缚，身心通畅。

一路吃一路玩，李司文甚至还爬上了椰子树，最后被梁小施摇了下来。

"章之澍，大家晚上在哪儿睡啊？"尹雪吃着椰子冻问。

"这种小事就不劳烦您操心了。"他一指南边那栋大楼，"看到没？早就安排好了，走吧，们去放东西。"

略微休整一个小时后，天也渐渐黑了，大家约着去海滩上看夕阳。

海浪放肆舔舐着金黄色的海岸，游人寥寥，一阵咸湿的海风卷过，好似要把海面上的夕阳吹跑一般，只见熔岩般的落日微微滚动一番，流出了一束束热烈的阳光，铺洒在波光粼粼的海面上。

几人席地而坐，谁也没说话。

李司文低叹一声："咱们晚上在这儿露营吧？"

"好！"其他人没有反对。

说干就干，扎帐篷搬行李，找柴火生篝火，一切都在有条不紊地进行中。

夜幕低垂，沙滩上火星缭绕，照得众人脸颊红扑扑的，眼睛也热热的。

"哈哈哈，你们记不记得当时吕老师那个脸色，笑死我了。"

"当然记得，哎，对了，咱班'小平头'跟班长在一起了，你们知道吗？"

"真的假的？"

青春永远不缺八卦，也不缺这样热烈的时刻。

章之澍喝了口啤酒，看着火焰跳跃，突然来了句："她要跟我掰了，我就要报她的学校，我就不信了。"

大家都知道这个"她"是谁，一时间谁也没说话。

尹雪低头摩挲手里的贝壳。

李司文不忍气氛尴尬，又接话："嗐，你们都挺好的，都有大学读，我就有点惨了。"

李司文没上本科线，又不想读专科，干脆直接不读了。

梁小施皱眉："你想好了吗？"

江曜："其实再来一年也没关系的。"

也许是酒意作祟，李司文脸颊泛红，看了眼对面的梁小施和江曜，突然冷笑一声。

"是，对你们来说是没关系，我这样的，再来一年也还是一样的结局。"他突然站起来，趔趄一脚，"你们知道任老师拍毕业照那天跟我说什么吗？他

165

说我挺好的，仗义又耿直，就是脑子转不过弯。"

"老李……"章之澍发觉到了不对。

李司文根本不顾，继续："我是转不过弯，给你俩打掩护错过了拍照，说好的之后再拍，你们谁记得了？谁记得和我一起拍一张？"他越说越激动，胸口上下起伏。

李司文觉得自己喝醉了，又好像没醉。

几人都呆了，尤其是梁小施。她看着李司文，突然感觉有什么重要的东西在离自己而去。

"还有你，江曜，那一个多月你到底去了哪里？你到底拿我们当朋友吗？你知不知道她！"李司文指着梁小施，"她那段时间怎么过的？茶不思饭不想，就跟死了一样，谁也不理，哪怕给我们打一个电话呢，给她打也行，你为什么不打啊？"

这一番话李司文几乎是吼出来的。

江曜脸色也变了，捏紧了手指。

"好了！不要再说了！"梁小施站起来，"你什么都不知道，别这么说他！"

说完梁小施又觉得自己有些过了，她耳朵发麻，却不知如何解释。

江曜脸色并不好看，拉了拉她："你先坐下。"

"呵呵，我是不知道，你又知道什么？我喜欢你，就你不知道！梁小施！"李司文嘶吼出声，直接把手里的啤酒甩掉，头也不回地走了。

梁小施愣在原地，脑子里还重复着他那句喜欢。

篝火几乎被火吹灭，尹雪抱着双膝，一点点加柴火，火光映得她眼睛透亮，能看出来是哭过了。

章之澍啐了一声："好好一个旅行，怎么变成这样？"

"章之澍，你看出李司文喜欢小柿子了吗？"

"我？"他摇摇头，"老李平时老是不着调，这谁能看得出来啊？也没想到把他俩往一块儿凑啊，再说了，我们是朋友啊。"

尹雪抬眼看他，心里一片平静："也是，你这个脑子也正常，朋友之间怎么可能有爱情呢。"

章之澍不回话了，望着海滩，吞下一口苦闷。

尹雪也随之望去，喃喃道："是我们太粗心了，一直以为他是神经最大条的，其实他心里比谁都敏感，比谁都更在意我们。"

"走之前我们一起拍张合照吧。"

章之澍点点头，去给相机充电了。

李司文躺在海滩另一边，不知道睡着没有。

梁小施朝他走了几步，却又收回脚步。她现在心乱如麻，根本不知道怎么组织语言。

江曜在另一边鼓捣孔明灯，那是刚刚大家一起买的，准备一起放飞。

"我来吧。"梁小施蹲下。

江曜没回头："没关系的。"

"我有关系。"

梁小施很固执，将每个孔明灯都展开来。

正好有阵风吹过，梁小施只觉得起了一身鸡皮疙瘩，她转头突然朝着人大喊了一句。

"我们一起放孔明灯，好不好啊？"

李司文过来了，却根本没看梁小施。

气氛莫名陷入了一阵尴尬，几个人只能低头在灯上写寄语。

梁小施：更快更高更强。

江曜：岁岁年年。

尹雪：要洒脱要快乐。

李司文：再也不用早起读书了。

章之澍：墨城我来啦。

五个孔明灯并在一起，像一朵莲花盛开，只轻轻一松手，花瓣便往各个方向飞去，正如几人的人生。

李司文看了几眼，转身要走，却被人拉住。

是江曜。

"那时候没能联系你们是我的错。"

李司文吐了一口气，淡淡道："不用道歉，就当我刚刚在发疯。"

他又要走，却被梁小施喊住。

"李司文。"

李司文背对着她定住，谁知她半天都没说出一个字来，只有海风阵阵，咸湿冰冷，一阵阵海浪声也好似在呜咽低泣。

"我说了，不用道歉。"

身边尹雪的呼吸声已经均匀，帐篷外的海浪声让人感觉好似在船上荡漾。

梁小施睁着一双眼睛，还是起身出了帐篷。

星空似幕布一样盖在头顶，一轮弯月斜挂在黑云之上，月华似水，照得江曜的背影更加寂寥。

踩着沙走过去坐下,梁小施抱紧了膝盖。

"冷不冷?"江曜问。

不等她回答,他直接把自己的衣服给她披上。

梁小施缩了缩脖子,突然开口:"阿曜,我害怕。"

"害怕什么?"

"害怕失去他。"她低下头,自顾自地到说道,"是我错了,我们对他关心太少了,我应该早点察觉的。"

江曜眼波流转,伸手抚了抚她的脸颊:"不会的。"

正说着,星光灿烂的夜幕突然划过一颗流星,直直往海面扎去,转瞬即逝。

"是流星!"梁小施叫起来。

江曜脸上也闪过一分欣喜,抬头一看,又是两三颗流星飞过,让人应接不暇。

"快许愿!"

两人闭上了眼睛,面容虔诚。

流星啊流星啊,如果你真的有灵,是否能听见少男少女此刻内心的声音。

"你许了什么愿?"江曜问。

梁小施没睁眼:"我希望我们五个人是永远的好朋友。那你呢?"

"我……"

"让我来听一听。"

梁小施直接抓起他的手,眼神期盼,谁知她耳朵里回荡的只有一阵阵海浪声,再也没有江曜的心声。

"怎么回事?你没想愿望吗?"

江曜皱眉,又把她的手拉紧:"我想了啊,你听不见吗?"

"哎?你换另一只手我试试。"

江曜就这么看着梁小施低头鼓捣着自己的手,一会儿牵一会儿拉,一直嘟囔着"不行,为什么不行了"。

"怎么会消失了?这算不算征兆?"

"什么征兆?"

梁小施张嘴,却不敢看他:"是不是说明我们的缘分也断了……阿曜,"她抬眼看他,"我……李司文他……我现在……"

她语无伦次,江曜却完全懂她的意思。

小姑娘缩着脖子,小脸融进月色里,有些凄美。

江曜笑了,他一把拉过她的手,把她拉进怀里,低头在她嘴角印下一个吻。

一个轻轻的吻,梁小施觉得自己好像被山岚清风吻住,她莫名流下泪来。

"没关系,我都在。"

江曜把梁小施抱在怀里,却不用力,只轻轻地拍了拍她的肩膀。

她听不见自己的心声也好,如此她就不能窥见自己的私心,也不会知道自己的心胸是多么狭隘。

"流星啊,如果可以,我只想要她一个人。"

第十四章
一只长颈鹿

梁小施小时候也见过流星。

那也是个夏夜，一起玩耍的小花带着热气来告诉她晚上有流星，约她一起去后山看。

梁小施当然不会错过这个好机会，她抄起自己的蜻蜓网就往外冲，后山幽静，说不定有萤火虫。

刚出门就碰见了"小豆干"，她眼睛一亮追上去："'小豆干'！"

"小豆干"之所以叫"小豆干"，就是因为他干瘦的身材，只有一双眼睛骨碌着，那身板仿佛风一吹就要倒。

梁小施并不知道他是谁家的，只是每次见他在这附近晃悠就熟悉了。

又因为在镇上野惯了，看不惯他这窝囊样，便自作主张地要带着他锻炼身体，每天都要跑个半里地才算完事。

所以"小豆干"见到她拔腿就跑。

"嘿，你跑什么啊？走，一起去看流星雨啊。"

梁小施几乎是架着"小豆干"到了后山。说是后山，其实就是个堆满石头的小土坡，不费什么劲儿就能到山顶，碎石随处可见，清风刮过一片绿林，如碧波荡漾。

已经有几个小娃娃坐在一边，梁小施、小花和"小豆干"坐在一块石头上嚼着芦苇秆。

"'小豆干'，你为什么不说话啊？"

"你不会是哑巴吧？"

梁小施百无聊赖，一屁股坐到他旁边，拿芦苇逗他："你笑一笑嘛，笑一笑。"

"小豆干"被她弄得烦了，一把推开恼人的芦苇秆。

"嘿！你个'小豆干'脾气还真大。"梁小施丝毫没注意到他神色变化，还上手去蹂躏他的头发。

这下"小豆干"是真的火了，只见他恨恨的，一把抓过梁小施的手指就咬了一口，痛得梁小施尖叫起来。

小花也跳下来，一把扯开两个人："哎，你怎么咬人呢？"

梁小施手指火辣辣地疼，再一看指间已经泛出了血迹。

"小豆干"喘着粗气，终于开口："我不是哑巴。"

梁小施气得发疯，恶狠狠道："你不是哑巴那你不说话，讨厌！"

正说着呢，那边有人喊流星雨，几人抬头一看，果然是流星。

星雨璀璨，扫过一望无际的幽蓝色天空。

小孩子喜怒无常，梁小施很快忘记了疼痛，双手合十许起愿来。

"流星啊流星啊，让我再也不用写作业吧。"

许完梁小施又问旁边两个人许的什么，小花说想天天吃大鸡腿，"小豆干"则转过头，不愿开口。

梁小施一下又起了气，闭上眼睛："哼！流星，让我听听这个'小豆干'到底在想什么吧！对了，你千万别实现他的愿望。"

那天的流星雨璀璨耀眼，寄托了无数孩童的纯真愿望，也成就了一段美妙际遇。

开学之前，梁肖生和江一漾为两个孩子饯行。

江一漾剪了短发，戴上了一副框架眼镜，脸颊瘦了些，好像变了些，又好像没变。

梁小施一句话道出了真谛。

"黄粱一梦终须醒，无根无极本归尘。"

江一漾终于成功离婚，只是对周晚启的判决还没下来，她恍然面对这一切，不自觉也成长了不少，虽然现在的她比之前成熟稳重，但也少了些纯真的快乐。

"好了，一漾，日子会越过越好的。

"刚开始总是难的，咱们总得把苦头吃了才知道后面有多甜是不是？"

梁肖生举起酒杯劝她。

"说得对，梁叔，至少这是个好开始，就是小曜……非得报榆城大学，以你的成绩完全可以往京城跑。"

江一漾神色哀伤，她当然知道江曜为什么要报在本地，他是想多帮自己。

梁肖生无奈地摇头："唉，孩子也是好心。再说他们都成年了，你看小柿子跑到春城去了，我能说什么？还不是盼着她多回来看看我。"

一听这话，梁小施不乐意了："嘿，怎么说上我了？一漾姐姐，你别跟我爸学，你这么年轻，别学他的脾气。"

后来也不知道喝了多少，江一漾倒在了桌子上。

"我不走！我不走！"

人喝醉了，性格也变得执拗，江一漾耍起了小孩子脾气，扒拉着桌子不肯走。

"姐，我们回家好不好？"江曜温柔地劝。

"家？我没有家……"江一漾看了眼江曜，又长叹一句，一把抱住他撒娇，"小曜啊……小曜，我……我好想妈妈啊。"

江一漾突然号啕大哭，众人沉默了。

江曜蹲在旁边，抱着江一漾，心里不知在想些什么。

"叔，你帮我个忙吧。"

墓园在郊外，几个人叫了代驾，晚上车少，半个小时就到了。

下车的时候，下起了毛毛雨，和着冷风，扎在人身上麻麻酥酥的。

江一漾被扶到了墓前，江云平和吴清怜的墓是挨在一起的。

"姐，到了。"

江一漾还晕乎乎的，根本站不稳，转头看了眼墓碑，却立马腿软跪了下去。

"妈……妈……我好累啊，我好累。"

她几乎快要吐出来，字词也一个个嚼碎，一张脸乱七八糟的。

梁肖生在一旁看不下去了，去拉江一漾："一漾一漾，起来吧起来。"

在江家快五年，这是梁肖生第一次看到江一漾这样，卸下了伪装，如一个孩子一般。

江一漾抹一把眼泪，转身拉着梁肖生："叔……我好想我妈妈。"

两人就这么抱着涕泪横流，像一对父女。

一阵恸哭像是触碰到人内心最脆弱的神经，梁小施也酸了鼻子，转头抹泪。

此刻她再也不是当初那个犟驴，一味地责怪梁肖生把所有的父爱给了别人，而是真实感受到这世间难挨众生皆苦，大家所求，不过是有人可亲有暖可温。

梁小施去看江曜，他站在一边，转过脸去，但脊背在微微抖动，明显是在哭。

她的父亲，虽然没陪伴自己，但陪别人走过了一段艰难的日子。

如果这个别人是江曜，她是愿意的。

回到租住的房子，江一漾在梁小施的房间沉沉睡下。

梁小施拿着热毛巾出来，看见江曜和梁肖生坐在阳台上。

"其实叔叔知道，你虽然人小，但心里比大人还要清醒，这些年也是苦了你了。"

江曜只是笑。

"现在一切阴云都过去了，小曜，你得打开自己。"

梁肖生说不来漂亮话，只能拣些俗词儿。

江曜点头说"知道"。

梁肖生拍了拍他肩膀:"说真的,小曜,这辈子你要是当不了我儿子,给我当女婿也行啊,一个女婿半个儿嘛。"

梁小施的脸"唰"一下红了,只听她爹还接着说:"哈哈哈,我是看你和小柿子相处得这么好,要是不是你可别怪叔叔乱点鸳鸯谱啊。"

江曜转头,一脸自信。

"叔,放心,我迟早是。"

梁小施:"……真不害臊。"

去春城那天,李司文没来送梁小施。

梁小施鼓起勇气给他打了个电话,没人接。

"应该是有什么事儿去了。"江曜宽慰。

梁小施扯出一个勉强的笑容,嘟囔一句"他怎么这样"。

江曜不知怎的,突然低了脑袋,凑到她跟前,看着她的眼睛来了句:"梁小施,你看着我的时候,能不能只想我?"

他那双眼睛纯净如山泉,倒映出她惊慌失措的样子。

梁小施张嘴:"你……你什么时候学会这些的?"

少年嘴角浮出微笑:"我无师自通。"他没放手,继续了揉她的头发,"当然了,看不见我的时候,也要想我。"

旁边把这一切都看在眼里的两个人已经傻了。

章之澍:"我是不是瞎了?他俩又是回事?"

尹雪翻白眼:"你这脑子拿去卖废品都没人要。"

章之澍一噎。

"对了,你什么时候走?你们开学是不是比我们早?"

尹雪睨他一眼:"怎么,你还有心情管我,不早点去墨城追真真了?"

章之澍"哎嘿"一声,也不知道是害羞了还是怎么样,脸红了:"兔子,你怎么阴阳怪气的?你怎么是这种人?"

"我一直都这样啊。"尹雪耸耸肩膀无所谓。

章之澍突然凑了一个大脑袋过来,那动作跟江曜一模一样,吓得尹雪缩了下脖子。

"兔子……你不会……"

尹雪闪躲着眼神,一颗心跳到了嗓子眼儿,只听他龇着大牙开口。

"不会是也想报我们学校吧!"

尹雪:"……你怎么不去死!"

两个人还在打闹,梁小施已经上了火车。等她坐到位置上,李司文才发了短信过来：不好意思，刚刚在忙，小柿子，一路平安啊。

梁小施捏着手机，脑子就跟糨糊一样，敲敲打打几行字都发不出去，最后还是回了一个字：好。

从榆城到春城要坐十个小时，火车才刚开不到半个小时，梁小施就有些晕晕乎乎了，抱着背包打起了瞌睡。

中途广播在播报到站，旅客们起身的声音窸窸窣窣。

"不好意思，麻烦让一下。"

"不好意思，不好意思……"

梁小施吓得站起来，抹了把自己的口水。

可一睁眼她就傻眼了，眼前站着的居然是江曜。

"你怎么……"

"快坐里面去。"

江曜把人挤进去，坐在了外边。

梁小施愣了，脸上却忍不住笑，嗔怒一句："你搞什么？"

"我不是自愿来的，求求着我让我送你过去的。"

他一脸无奈，梁小施都气笑了："你又说谎！让我听听你到底在想什么？"

刚抓到他的手，梁小施才想起来自己的"特异功能"已经消失了，她的耳朵里现在只有大妈看电视剧、大叔嗦泡面的声音。

看着小姑娘逐渐失望的脸色，江曜捏了捏她的手指，笑得阳光："听不到又有什么关系？我直接告诉你不就得了。"

江曜顿了顿，继续："其实我没想什么，就是舍不得你。"

一句话让梁小施像烧开的水一样，"轰隆"一声红了脸，她一把抽回自己的手，自顾自地吐槽。

"江曜，你真的变了。"

"什么？"

"变油了。"

终于到了目的地，江曜替梁小施拖着行李箱在偌大的校园里转悠，终于找到了寝室。

寝室里已经有两个女生在了，梁小施一进去，两人停下了手，齐刷刷望过来。

梁小施举手打招呼："嗨，你们好，我叫梁小施。"

两人也挥手打过招呼。

江曜站在梁小施身后没说话，只是自顾自地搬了行李进来，挑了位置给梁小施铺床，沉默不语。

一个女生感叹:"哇,小施,你哥哥对你好好啊。"

"什么哥哥啊,肯定是男朋友吧,你们感情真好。"另一个女生反驳。

梁小施挠挠头:"不是啦。"

"我不是她男朋友。"江曜回道。

梁小施愣住了,她转头看着江曜,心里"咯噔"一下,突然不知道说些什么。

他一字一句道:"我是她的追求者。"

傍晚时分,自来熟的陈橙提议大家一起吃个饭,相互认识一下。

有室友带了男朋友,几个人就在校门口的夜市一条街挑了一家烧烤店,春城的烧烤是一大特色。

店外是喧闹的人群,此起彼伏的叫卖声萦在耳畔,还有满头花白的老爷爷吹着口风琴,曲调悠扬,烟火人间,便是如此。

一群人分坐两排,大家性格开朗,席间也是阵阵欢声笑语。

江曜话不多,只是不停替梁小施烤着肉、倒水,又或者是转头看着她笑。

室友黄珺看在眼里,忍不住打了下自己男友:"你看看人家对女朋友多好,再看看你,别吃了!"

寝室老大陈橙最为大胆,撑着下巴:"梁小施,你这追求者一向这么沉默的吗?怎么都不说话?"

梁小施刚吃了一口肉差点呛到,连忙摆手:"别被他骗了,他只是话少,其实心眼比谁都多。"

众人一阵嘘声,这话怎么听怎么像炫耀。

"哎哎哎,江曜,你看看梁小施这嘴,你不说点什么?"陈橙使坏。

江曜直起身子,宠溺地摇了摇头才道:"没办法,喜欢嘛。"

话音刚落,席间人都沸腾了,鼓掌叫好起来,整得梁小施脸都红了一大半,用眼神示意他收敛一点。

江曜居然也有些脸红,动手把她的脸转过去,自顾自地喝了口茶水。

梁小施忍不住笑出声,低头不说话,只听见外面乐声越来越清晰,有人扯着嗓子唱起了高音,听歌词好像是《红莓花儿开》。

大家笑着,交谈声更甚,就在这时,江曜却凑了过来,在她耳边说了句话。

"喜欢你。"

瞬间无数嘈杂声都消失不见,只剩他那句表白回荡在耳边。

梁小施愣住,转头看他,眼里有些不解,脸颊映上了酒后的酡红。

沸腾滚烫的气氛中,少年只用一句简单的表白就让小姑娘的心瞬间冷静下来,下一秒整个人又像沁入蜜罐里,等吸够了蜜后便化作一只花蝴蝶,晕乎乎地转起来,不知天地为何物。

直到现在,梁小施才知道他那句"我迟早是"不是开玩笑的。

这人!开窍之后简直是势不可当啊。

"你今天是不是喝醉了?"梁小施问。

此时饭局已经结束,两人准备离开。

江曜正在路边等红灯,他看了眼红灯,又看了眼梁小施才开口:"梁小施,怕你没听见,我再说一次。我喜欢你。"

他转过身,面对梁小施,路灯映得他眼神斑斓不已,像彩色的梦境。

"我喜欢你,可能你会感觉到负担,但我还是要说。"他抬手撩了撩小姑娘耳边的碎发,声音满含温柔。

"但我知道你在等什么,就像这个红灯一样,我们都需要一个缓冲时间,所以即使我现在很想亲你,可我也会忍住的。"

他眼眸盈满小姑娘柔柔的表情,笑了笑:"所以在下一个绿灯来临之前,你绝对不能跑哦。"

这是他今天最严肃的时刻。

梁小施觉得自己的一颗心被紧紧包围着,突然很想哭,眼前这人真的知道自己在想什么,更难得的是,他愿意理解包容自己。

"阿曜,谢谢。"

绿灯亮了,两人牵着手过去。

江曜回到榆城便给李司文打了电话,这次他接得很快。

"出来吃饭。"

"行啊,我下班了就来。"

两个人约在江边的大排档,一盘小龙虾和两盘江湖菜,是李司文的最爱。

李司文来的时候戴着头盔穿着显眼的黄色制服。

江曜看了一眼便低下了头,给他的杯子满上了酒。

"不好意思,刚刚送完一家,来得晚了点。"

"没事,坐下吃。"

李司文嘴唇吐气,一口闷下一口酒,又夹了几口菜,随口和江曜闲聊。

江曜说不上什么感觉,但总感觉他有些不一样了。

"他们都走了,你怎么还没上学?"

"后天报到。"江曜道。

李司文点头,眼睛瞄到江曜眉骨上那一道浅浅的疤痕,现在几乎看不见了。

"对不起。"

两人异口同声。

李司文皱眉:"你对不起什么?我说对不起是上次在海边对你说的那些话,你别往心里去啊,我喝多了乱说的。"

江曜摇头,表情淡淡的:"应该我来说,作为朋友,那段时间确实忽略了你的感受,让你心里不舒服了。"

河风湿湿的,吹过两岸,也吹动少年的心。

李司文笑了:"真的,老江你这个人啊,老这么正经干吗呢?我那天那么骂你,你怎么就不知道骂回来呢?"

李司文嚼了口花生米,甩头笑:"也难怪小柿子会喜欢你。"

说到梁小施,江曜的脸色变了变,问他:"你怎么不接她的电话?"

"我怎么接?"李司文双手一摊,"一接我就忍不住啊。"

江曜心一沉,也含了一口酒。

"其实老江,她喜欢的人要不是你,我还真要去抢一抢的,但对象是你,我就觉得挺好的。"

江曜张张嘴,含住了风:"她没答应我,你还是可以抢。"

李司文苦笑:"老江,再给你一次机会重说这句话。"

江曜看了他一眼,眼里光芒跳动,字词在嘴里重新发酵。

"她没答应我,但迟早会答应我,你没有机会。"

李司文"哈哈"大笑,指着江曜说:"这才是你的真心话嘛。"

"不过老江,你现在话的确越来越多了,再也不是当初那个生人勿近的大冰块了。"

江曜昂头:"你也不赖,去掉'大白菜',比之前帅多了。"

李司文长叹:"唉,在你口中听见'帅'字真不容易啊!"

后来李司文接了个电话,急匆匆地走了。

江曜坐在河边,一个人把残局解决完才走。

开学半个月了,大学生们终于结束了军训,开始上课。

梁小施所在的体育教育专业女生不多,放眼望去整个教室里找不到三五个女同学。

阳光正好,梁小施正在操场上课,旁边校田径队的在做基础训练,学生们个个身材匀称,汗流浃背。

正看着呢,有人打了视频电话过来。

是梁肖生,他现在是专车司机,今天在休息,便打电话过来问问。

"小柿子啊!你在上课没啊?"

"正中场休息呢，怎么了？"

梁肖生笑："没事儿，我就问问你，在学校里还习惯吗？"

"知道了，爸，我这边都挺好的。"

正说着呢，那边有人吆喝大家过来集合，一大群男生立马拥了过来。

梁肖生看着梁小施身后奔跑的大学男生们，一下愣住了，好久才憋出一句："好……好壮实的同学啊！"

"……不说了，爸，我先去上课了。"

挂了电话，梁小施回了队伍，和大家一起跑步跳跃，尽情挥洒汗水。

一节课下来，梁小施大汗淋漓，皮肤都泛起了红色，她坐在地上休息，正好田径队的女生也中场休息，正坐在地上拉伸。

梁小施转头，也学着她们一样。

老大陈橙拿着一瓶水过来，梁小施接过道谢。

两个人并排而坐，热气蒸腾。

"你们也上课啊？"

"对啊，我看你们短跑队平常训练强度挺大的啊！"

陈橙摇头，一张脸殷红："还好吧，咱们体院也没几个体育单招生，有些时候都是睁只眼闭只眼，不过我们白教练是挺严格的。"

她指了指操场的白涂川，后者一身黑色运动服，正和学生们说笑。

梁小施喝了口水，眯了眯眼。

"陈橙！"

有男生喊了一声，两个女生望过去，只见一个长手长脚的男生跑了过来，一屁股坐在了二人对面。

这是刘稚，也是校田径队的，和陈橙关系不错，两个人正讨论着训练计划。梁小施不熟，也就在旁边听着。

正说着呢，梁小施的视频电话又来了，她擦擦汗水，按了接听。

"你干吗呢？"江曜问。

梁小施把摄像头调换："上课呢，看到没？好多人。"

江曜满脸黑线，默默道："好多男人……"

梁小施嗤笑："你什么关注点？"

到了教室，江曜挑了个位置坐下，现在大家还没来，他还可以再说会儿。

屏幕里这人还在晃脚，只是她对面明显还有一双男生的鞋。

"这人是谁？"

"啊……一个同学。"

谁知刘稚还挺自来熟，一脸开心："你好啊，我叫刘稚。"

江曜看清了这位同学，单眼皮、瘦长脸，但偏偏一身腱子肉，像一只热爱健身的长颈鹿。

江曜想到了刚刚梁肖生给自己发的"慰问"短信，顿时黑了脸。

梁小施自然看到了他神情变化，正准备开口，却听见那边一道熟悉的声音。

"江曜？"

一个熟人出现在镜头里，只见吕筱诗背着书包站在江曜身后，面上多了几分欣喜。

江曜也愣了，转过头去看着她。

"大家都来得差不多了，那我们开始吧。"讲台上的人宣布道。

江曜挥挥手和梁小施道别，挂了电话。

陈橙在一旁把梁小施的神色变化尽收眼底，调笑："小太阳？"

"小太阳"是她们给江曜取的外号。

梁小施灌水："他闲得慌。"

陈橙："人家是想你了，你真是不解风情。"

梁小施被她说得害臊，伸手去打她。

陈橙"刺溜"一下站起来，继续开玩笑，气得梁小施捏着瓶子去追她。

两道风在操场上一晃而过，惹得白涂川抬眼去看。

其实江曜并不想来文学社，只是文学社的社长韩湾在军训时帮了自己一个忙。当时江曜因为连续多天的训练感冒了，当时多亏了他照顾，且两人虽不同级但在一个宿舍，这人天生自来熟，很快就知道江曜文字功底了得，经常给杂志投稿，便软硬兼施让人来了文学社。

今天是文学社新成员的第一次见面。

江曜坐在第二排，旁边就是韩湾。待会儿每个人都要上去自我介绍，并且说一下喜欢的文字风格以及个人风格等。

别扭又俗套，江曜有些接受不了。

加上现在吕筱诗在他身后坐着，他更加不自在。

吕筱诗是跟着室友来的，室友金蝶也刚加入文学社。

她看着江曜的背影，心里起了一种奇异的感觉，却又说不上来。

感觉像是传说中的缘分。

终于轮到江曜介绍，他懒懒地说："我是江曜，喜欢汪曾祺、沈从文的散文，文字风格嘛，就是我自己的风格。"

他本身就高，这么站在上面，阳光就跟对准他一般，眉眼都融进了金色阳光里，格外吸引人，惹得下面几个女生都窃窃私语。

金蝶也忍不住咂嘴，推推吕筱诗："筱诗，这么一个极品帅哥，你和他认识啊？"

吕筱诗轻咳一声，看似不在意："我们是高中同学。"

"可以嘛，刚刚看你俩挺熟的样子。"

吕筱诗不说话，看江曜走下讲台，然后坐到了韩湾的外边，和自己隔了几个位置。

"小蝶，我能加入你们社团吗？"

金蝶一愣："可以，你先把你的作品交上来。"

会议结束之前，韩湾给大家布置了接下来的工作安排："为了加强大家互相之间的了解，我们各个社团会组织一个迎新晚会，然后一个月后的大学生文化艺术节，请每个社员都准备一个作品，我们将进行展出，优秀作品有机会参加今年的春芽杯征文大赛。"

江曜听完起身就走，他脑子里想着刚刚那个"长颈鹿"，总觉得不太舒服。

吕筱诗没能追上他，直接被金蝶拉着和韩湾说话去了。

那天晚上吕筱诗就写文章去了，她坐在电脑前，阵势不错。

金蝶走过去，一脸惊讶："可以啊，诗诗，你不是数学专业的吗？还会这些啊？"

吕筱诗敲着键盘，大大方方道："谁说数学好就不能语文好了？我也是高考作文只扣了几分的人。"

金蝶点点头，拿着一本《春芽》看，长叹道这次的征文比赛奖金丰厚，可惜绝对大神云集，自己这种小喽啰就别想了云云。

"我看看？"

吕筱诗拿过书翻了翻，终于翻到想看的，夏与青的文章赫然在列。

《看云》是篇短篇小说，写的是男主角在某个小镇上的经历，文风朴实又温暖。

吕筱诗指着第一句念出声："小时候的云仿佛与现在不一样，小时候抬头只能看见棉花糖、拉丝葫芦，现在能看见的只剩'行到水穷起，坐看云起时'。"

"你也知道夏与青啊？"金蝶问，言语里多了些欣喜。

吕筱诗抬起头，"嗯"了一声："高中时经常看他的文，就在各大杂志里，挺不错的。"

金蝶狂点头："我也是，我也是，他的文风真的好温暖，但是……莫名又有些疏离感。"

"小蝶，这本杂志先借我看看行吗？"

"当然行啊！你拿去看看正好对你的作品有帮助。"

那天晚上，吕筱诗拍了电脑一角，发了个朋友圈：一点点新生活新开始。

国庆节放假前夕。
梁小施寝室四个人，大家按照年纪排序，分别是大陈、二黄、梁三和四妹。
大陈和四妹是本地人，一个小时就能到家；二黄也是隔壁省份，几个人无聊得很，商量着要一起去旅游，拉梁小施入伙。
"我可能不行，要回榆城啦。"
几人"哑"了一声，自然知道她要回去干什么，也就不说了。
过了一会儿，大陈又想起什么："对了，梁三，你还记不记得我俩那次在操场跑着玩。"
"怎么了？"
大陈翻起身："那天我们白教练也看到了，他觉得你条件不错，速度快，身高也够，关键是跑步姿势很科学，脚上发力位置很适合短跑。"
"什么意思？"
"哎呀，就是问问你有没有想法，他想见下你。"
猛地一说起，梁小施还不知道怎么回答，只能敷衍几句。大陈也不追问，说反正放假后有秋季运动会，到时候再看看也行。
梁小施答应了。
正准备睡，"时代姐妹花，永远不分家"群聊发来消息。
一棵大澍：@所有人 国庆节咱聚一下啊，想死你们了。
兔子：已睡。
一棵大澍：@兔子 不准睡！蹦起来。
曜：你安排。
梁小施正在打字，看见李司文回复了，只有三个字。
李大爷：再说吧。
梁小施打字的手停下来，咬着嘴唇，最后还是点开李司文的头像，发去一条消息：国庆我回来，咱们见一面吧。
发完也不管他回不回复，她仰头睡去。

饭桌上，梁家父女说说笑笑，好不热闹。
"怎么没叫一漾姐姐他们过来？"
"一漾忙呢，周晚启的案子终于要完了，我听一漾说可能会判个两三年呢。"
梁小施点头，顿时觉得大快人心，正准备说话，却听见有人在喊她。

181

是江曜!

"爸,我先走了啊,你慢慢吃。"

梁肖生端着碗,说:"等会儿,你叫小曜开我的车呗,正好我今天也休息休息。"

"好嘞,回来给你带藕然间的汤啊。"

楼下绿荫葱葱,江曜戴上了那副金丝眼镜,一身白衣牛仔裤,低头正看小区老大爷下象棋,认真得很。

"嘿!"梁小施跳到他身边,笑容灿烂。

江曜丝毫没被吓到,伸手拍拍她脑袋,转身往树下走去。

"江曜?"

却见他拿起树边的一束洋桔梗,没有包装纸,只用一根细编织带绑上,纯白的花朵与编织带交织,反而多了几分自然与淳朴。

"院子里的花开了,很衬你。"

梁小施眼里的惊喜一闪而过,赶紧接过说了句谢谢,拉着江曜就跑。

江曜一头雾水。

梁小施:"你看看那边。"

江曜随之望去,只见大爷们象棋都不下了,直勾勾地看着两人笑,就跟看电影似的。

江曜:"……快逃!"

两人坐上车才松了一口气,看着对方傻笑。

"都怪你,送花也不看看场合。"

"什么场合也要送你花啊。"

江曜一脸理所当然,梁小施偷偷红了耳朵。

看完电影出来,梁小施还在吐槽脑残的电影剧情,身旁却递来一张宣传单。

"帅哥美女,健身游泳了解一下。"

"不用了……"

"在哪里啊?我们去看看。"

梁小施愣住,皱眉看着江曜,做口型:"疯了?"

江曜挑眉,看着单子上"七天练出腱子肉"的宣传标语,突然问她:"你说……我变成'长颈鹿'怎么样?"

梁小施:"什么?"

健身房人不多,大多人都在自己运动,只有器械的声音作响。

梁小施看着满眼的背心、裤衩晃悠,突然为江曜这一身书生打扮默默抹了把汗。

江曜却不管,直接选了台跑步机开始。

梁小施没办法,在旁边给他递水,一脸无奈地劝:"好了好了,你这个身板还是别跑了,你看你都出汗了。"

江曜不理,反而加快了速度。

梁小施皱眉,这人今天是吃错什么药了?

眼看他越跑越快,额上也细汗密布,明显是快撑不住了,梁小施直接给他关了跑步机。

"别跑了,你干吗啊?"

江曜扶着边杆,大口喘气,盯着梁小施不说话。

梁小施都被他盯得发毛了,才听他开口:"梁小施,你们班上是不是有很多健壮的男生?梁叔说你身边的男生个个壮得像头牛……"

他别过头,喋喋不休:"那天操场上那个'长颈鹿'也是,他脖子上的青筋有点吓人,感觉一掌就能掐死人……"

江曜现在这副模样,像一只委屈的小狗。

梁小施听他说了半天终于明白了,这人好像是在吃醋!

"哈哈哈哈……"梁小施笑得前仰后合,笑得江曜有些憋闷,一屁股坐了下去,别过了脑袋。

梁小施终于蹲下来,伸手捧着他的脸与自己对视,哄小孩般:"哇,江曜,你现在不用牵手就把自己的心声告诉我了,也太乖了吧。"

江曜任由她捏着自己的脸,弱弱道:"那你告诉我,你是不是喜欢那种'长颈鹿'?"

梁小施听他这委屈语气,心都要化了,连忙拍拍他肩膀,上前抱住他轻哄。

"放心放心,'长颈鹿'哪里有'小太阳'好啊。"

"'小太阳'是谁?"

正哄着呢,只听突然一声大喊:"尾号 3845 在不在,您的外卖到了!"

音色有些熟悉,两人闻声望去,只见李司文提着外卖站在原地,也看到了两人。

第十五章
春芽

  章之澍安排的场子根本不是今天,梁小施没想到会和李司文这样见面。
  因为李司文外卖还没送完,两个人在商场里坐着等他。
  "他……怎么没告诉我们?"梁小施有些失神。
  她知道李司文已经开始工作,但没想到是送外卖。
  "他有他自己的考虑。"江曜道。
  "你也知道?"梁小施扬声。
  江曜点点头,不再说话。
  不知为何,梁小施心里涌起了一团火,虽然不旺,但徐徐燃烧着,让她头脑发热,眼热脸红。
  "你……"江曜去拉梁小施,却被她推开。
  "你先别理我。"
  梁小施淡淡的,低下了脑袋,这件事不是任何人的错,李司文有资格选择告诉谁这件事,江曜也有理由不告诉自己。
  送外卖也不是丢人的事。
  可……梁小施就是恼火,就是憋闷,她不能气任何人,只是气自己。
  "噔噔噔!"李司文跑了过来,取下头盔,手里拿着一个药袋子。
  梁小施莫名想起那天在巷子里他抱着小雏菊笑的模样,淳朴至极。有着一颗纯真的心,奉上满腔热情,便再无杂念。
  三人找了个咖啡店坐下,李司文这下终于看见了梁小施。
  他已经几个月没见过她了。
  梁小施穿了条米色的背带裤,半长不短的头发居然扎了两个小鬏鬏,搭在耳后,怪……奇怪的,奇怪的可爱。
  只是她一直歪着脑袋,低头看着桌上的饮品。
  李司文:"学校怎么样?还习惯吗?"
  江曜接话:"还行,你呢?"
  李司文大大咧咧的,靠在椅背上:"就那样,我这一天天的,干活麻利得很,你忘记之前我给小柿子跑腿买东西有多快了?"

一时嘴快,说得三人都是一愣,梁小施终于抬起了头。

"李司文,你是不是在躲我?"梁小施终于憋不住了。

"没有啊。"

"那你为什么不回我消息?也不来送我?干什么也不告诉我,甚至在群里只要我在,你就不会出现;只要我不在线,你就活跃得不得了?"

这些事情多少有些隐晦,现在全被梁小施掰开揉碎放在了阳光下,赤裸裸的。

江曜皱眉,看着梁小施的模样,看出她现在在跟李司文撒气,或者说,在跟她自己发脾气。

"吃东西。"江曜给她端上提拉米苏缓和局面。

梁小施别过脑袋:"不吃。"

李司文看她这模样,莫名地好笑。梁小施这倔脾气果然还跟以前一样,他就知道她憋不住,现在果然全爆发了。

不过不能仗着自己喜欢她就让她这么嚣张。

李司文喝了口橙汁,开口:"哪有什么为什么。梁小施,你也体谅体谅我,被喜欢的人拒绝,我没退群就不错了。"

梁小施愣住,只听他又道:"不如……我们还是不要见面了。"

那天之后,梁小施默默删除了李司文的微信,也尽量少在群里发消息。

尹雪和章之澍虽然感受到两人之间的微妙变化,但不好说什么,只能继续充当和事佬的角色。

也因为这件事,五人聚会并没有尽兴,早早散场。

梁小施和尹雪两个人好久没见,约着一起睡觉。

看着尹雪换了睡衣出来,梁小施忍不住"哟"了一声。

"兔子,我发现你现在很像一个人。"

"谁?"

梁小施拉拉她的马尾:"罗真真。她也最喜欢画这样细长的眼线,还有,你什么时候学会化妆的?"

尹雪倒没什么表情,一屁股坐到床上:"有吗?这上大学了化妆不是必备的吗?"

"是吗?"梁小施凑上去,一脸探究,"不是因为某人?"

尹雪冷哼一声:"怎么可能因为他,他天天跟他的真真分分合合,我才懒得管。"

梁小施凉音:"我可没说是谁啊。"
尹雪一噎。
"不过我觉得你现在挺好的,越来越漂亮了,而且比以前有自信多了,以前怎么没看你敢在大街上跟人吵架啊。"
今天有个骗子在路边行乞诈骗,尹雪丢下几块钱,没想到被那人讹上,居然嫌弃她给得少。尹雪一气之下就跟人吵了几句,后来才听围观群众说这人是"专业行乞者"。
尹雪"喊"了一声:"还不是跟你学的。"
两人点开一部肥皂剧打发时间,头靠头挨在一起。
"不是我说,你俩虽然不在一个学校,但都在墨城啊,这么久了都没发生什么?"
尹雪嚼着薯片,想着前段时间章之澍到学校来找自己,看到有男生跟在自己身边,脸都差点笑烂了,只说了一句话:"哎哟,我雪儿妹妹这颗明珠终于有人发现了。"
尹雪越想越气,一巴掌拍响薯片,没好气地跳起来。
正气着,手机响了起来,正好是罪魁祸首发来的语音消息。
章之澍的声音回荡在房间里,嚣张又响亮。
"兔子兔子,我刚刚跑去把那个骗子告到派出所了,哈哈哈,敢吼你,我看他是活得不耐烦了!"
"你那五块钱我给你找回来啦。"
"对了对了,回墨城的票我也已经买好了,靠窗的。而且我妈做了你喜欢的小点心,我全装给你,后天我接你去车站,别忘了啊。"
一言一行极尽周到,在对待尹雪这件事上,章之澍也从来不当自己是外人。
尹雪闭了闭眼,也不知是喜是怒,只觉得心像猫抓了一样,哭不得笑不得,只能"啊"一声倒在床上,震得梁小施都抖了抖。
"章之澍,你可真是浑蛋!"

回校后,春城大学便在紧锣密鼓地筹备秋季运动会了。
梁小施报了一百米、两百米和四百米三个项目。
这次运动会校田径队的也有参加,梁小施和陈橙相隔一个跑道,后者朝她喊了声,然后指了下旁边的白涂川。
梁小施望过去,发现白涂川也在看自己。
她微微颔首,继续做准备活动。
先不管什么教练,跑完再说。

一声预备哨声响起，跑道上迅速陷入一阵肃静和紧张气氛之中。

梁小施撑着跑道，抬眼看看前方，脑海里便只剩下这一望无际的红白色的塑胶跑道，再无杂念。

号枪响，飞鸟散。

梁小施冲了出去。

而与此同时，江曜正在明德楼的大厅布置艺术节的展览，算是文学社的团建。

展厅分为四个区，各有专人负责，江曜负责的是油画区域，正整理着呢，突然听到一阵争吵声。

江曜回头看了眼，只见国画区围了一圈人，且争吵声越来越大。

他本是不爱看热闹的，低头继续干活，谁知韩湾不肯放过，竟然直接把他拉了过去。

不得不看，江曜人高，一下看到包围圈里的主角，竟然是吕筱诗。

一个学姐拿着一幅崭新的国画点了点，白色的宣纸上竟多了几个脚印，看来是被人踩了几脚。

华天敏："我早就说过吧，你负责这个展区不行，每次布置任务的时候都爱搭不理的，我还以为多能干呢，结果就这点事都干不好。"

华天敏是文学社的老人了，说话多少带点傲气，也不知吕筱诗这刚入的新人怎么惹她不快了。

"你们别欺负人，这画是别人踩的，诗诗又不是故意的。"金蝶在一旁帮吕筱诗说话。

吕筱诗确实没保管好这幅画，心里有些不好意思，但被人这么说却受不了，也忍不住争辩："学姐只负责发号施令，当然觉得轻松。"

"你……"

"行了，少说两句。"韩湾拉住了华天敏，把那幅画展开仔细看了看。

而这边战况越来越激烈，因为金蝶的加入，华天敏更起劲了，说什么都要吕筱诗赔偿，场面僵持不下。

吕筱诗脸色有些青白，昂着脑袋不说话。

江曜本不准备开口，抬脚就要走，谁知这时吕筱诗却望了过来，几秒时间里情绪变幻万千。

算了，同学一场。

"韩湾，我看看画。"江曜开口。

韩湾把画递给他，也一脸愁容。

那是一幅翠竹图，寥寥几笔画出了翠竹的俏影，笔墨或深或浅，却恰到好处。

旁边还附上一首诗,是王维的《竹里馆》。

而那两个脚印一左一右正踩在画纸底部。

"先用橡皮擦擦除吧,或者用酒精试试,看看能不能找到画手帮帮忙补上缺口。"

他把画纸递给吕筱诗,继续:"既然已经脏了就想解决办法,在这儿争吵讥讽算什么?"

江曜盯着吕筱诗,话却是说给华天敏说的。大学社团里总有一些论资排辈的陋习,捅破天了就是个社团,也不知道有些人哪来这么大的官威。

"说得简单,这些作品都是大家精心准备的,现在临了拿回去补,谁愿意?"

江曜看华天敏一眼,凉凉的:"不愿意就不补救?那就在这儿耗着吧。"

华天敏正准备回嘴,却被韩湾拉住,他可不想再起事端了,赶忙驱散了大家,又一言一语劝了几个女生好几句才算结束。

而江曜,早就离开了现场,继续忙自己的去了。

那天晚上吕筱诗在画室处理着画纸,金蝶一边陪着她,一边吐槽今天的事情:"谁知道这幅画就是李代桃画的,还好我们入社的时候和他关系还算不错,今天找他帮忙他好积极的。

"不像那个华天敏,你看到她今天的脸色没?都快气死了!"

吕筱诗拿着棉签,脑海里又回想起江曜今天的模样,莫名就偷笑出声。

"笑什么呢?这么娇羞?"

"嗯?没什么。"吕筱诗摆摆手,继续擦,良久又自言自语一句。

"就是……没想到。"

没想到江曜会帮自己,没想到即使他曾经说过那样伤害自己的话,自己在这一刻还是会心动。

江曜在艺术节展出的作品《人间纯白》被榆城大学推荐去参加第十二届春芽杯征文大赛。

比赛分为初赛、复赛和决赛,初赛、复赛为期一个月,决赛在寒假,将在京城举行,需要作者本人前去参与。

梁小施终于看到了江曜的文章,她小心翼翼地拆了快递,慢慢看起来。

《人间纯白》是短篇小说,总共十万字,说的是一个名叫叶纯的女生误入富商大贾荣家,以一个小丫鬟的视角写尽了荣家的兴盛衰亡,也侧面反映了当时变幻莫测的时局背景。无论是富贵的商贾大户,还是无数的平民百姓,在沉浮的时代潮流中并没有随波逐流,而是不屈不挠奋力拼搏的小人物故事。

故事里并没有爱情线，按理说梁小施这样酷爱言情小说的少女是不感兴趣的，但她偏偏躲在被窝里一口气全看完了，最后哭兮兮地给江曜打电话。

那边无奈地笑，耐心地听她说。

谁知陈橙突然打了电话来，梁小施"嗯"了一声，只能先挂了江曜的接她的。

五分钟后，梁小施穿着运动服到了操场，那里白涂川正等着她。

"白老师，你好。"

"来了？先热身吧。"

白涂川开门见山，这次秋季运动会梁小施表现不错，百米短跑竟然跑出了12秒40的成绩，接近一级运动员的水平，而两百米在短跑队的压制下也能拿到第二。

不算天才，但也是个苗子了。

短跑队需要新人。

但白涂川坚持要见她的原因除了这些还有其他，当时比赛的时候他注意到梁小施的状态，一般学生在看到有教练或者其他人在旁观看时，神色多少会流露出一些骄傲或欣喜，这无关性格，只是人基本的展现欲。

可梁小施没有，她看向自己的眼神几乎没有情绪，只是一种礼貌，那之后便沉浸在比赛之中。那样心无旁骛和坚定向上的眼神，是一个运动员不可缺少的。

此刻，百米短跑梁小施跑出了12秒39，四百米则和运动会的成绩相差无几。

白涂川递了瓶水给梁小施，笑了笑："跑得不错。"

梁小施撑着大腿喘粗气："谢谢白老师。你是想劝我进短跑队吧？"

白涂川一愣："你的身体很适合短跑，下肢够长，爆发力强，只要经过系统训练，不愁没有好发展。"

白涂川是最传统的体育教练，一身肌肉，面相也有些黑，就连劝人都是直接的大白话，丝毫不懂婉转。

梁小施笑了下，又问："万一以后跑不出成绩怎么办？田径在咱们国家不是重点体育项目，我也没信心……我爸爸开专车，恐怕没有余力让我训练，还不如好好念完四年当个体育老师呢。"

白涂川脸色微变，但也懂得她的顾虑："你想这么多有什么用呢？现在体育总局对优秀运动员都有补助政策，来试一试吧。"

正是下午放学时分，天边的火烧云热腾，烧得周围也暗红一片，烫得人眼睛都滚烫。

梁小施深吸一口气，站起身："白老师，你让我考虑考虑吧。"

江曜的作品进决赛了，要上京参加。

梁小施说什么都要陪他去，可谁知这趟旅程还有其他人一起。

吕筱诗是作为文学社的代表陪着江曜一起上京的，江曜再怎么不愿意，也没办法推了韩湾的意思，只能让她跟着。

所以京城之行就变成了三个人，气氛……多少有些诡异。

高铁上梁小施坐在最里面的位置上，自顾自地看着动漫，旁边江曜戴着耳机闭目养神中。

而他身边的吕筱诗，则拿着一本杂志在看，书卷气浓厚。

梁小施的耳机声音大了些，吕筱诗皱眉，低声问她："能不能把你耳机的声音调小一些？吵到我看书了。"

梁小施没听见，目不转睛继续看。

吕筱诗没办法，伸手去拍梁小施的手背，谁知还没拍到，只见中间的江曜动了动身体，往里面侧了侧身子，似乎在找一个舒服的姿势。

下一秒，他干脆哼了一句"xiǎoshī"。

吕筱诗耳朵一痒，然而梁小施已经取下耳机，把脑袋凑到他嘴边问怎么了。

江曜并没有睁开眼睛，自然而然把脑袋靠在了梁小施的肩膀上。

梁小施也顺手拍拍他头发，吐气："睡吧。"

一个一米八的大个子，现在就像只没骨头的小猫咪一样，蜷缩在小姑娘的身边。

这场面深深刺痛了吕筱诗的眼，她捏紧了拳头，深吸一口气站起来上厕所去了。

梁小施可管不了她，继续拍拍"小猫咪"。

装睡的"小猫咪"缓缓睁开眼，眼里清明一片，然后又借着戏把手臂搭在了梁小施的腰上，几乎把人搂在怀里。

装睡了一路，目的地终于到了，几人直奔主办方安排的酒店而去。

比赛明天才开始，三人还有休整的时间。

因为举办方只给参赛者江曜安排了房间，两个女生只能自己开房间。梁小施本不想和吕筱诗一间房，但后者说两个人一间不仅节省钱，而且相互有照应，她也就答应了。

明天的决赛是现场出题，很考验选手的文字功底，所以江曜吃了饭便在房里准备，两个女生很默契地都没有去打扰。

梁小施洗完澡出来，却发现吕筱诗不见了，而且十分钟后也没回来。

梁小施眼皮直跳，终于下了床，拿了房卡出门。

她敲响江曜的房门，来开门的不是那吕筱诗又是谁？

梁小施脑子"轰"一声，张了张嘴没出声。

"你有事吗？江曜还在忙。"

吕筱诗很会挑话讲，眼里全是傲慢。

"我……"

"小柿子吗？"江曜的声音响起。

"是我，我进来了。"梁小施抓住机会，直接从吕筱诗的胳膊下钻了进去，终于看清房间的场景。

江曜正坐在书桌前，面前是一台电脑和一部手机，桌面上草稿纸凌乱。

手机开着视频，一大群人叽叽喳喳在说话。

"哎哟，江曜，这就是你那个小柿子？"韩湾打趣。

"哈哈哈，好可爱啊，睡衣是史努比哎。"圆头小男生李代科凑上来。

"大伙儿咱们别讨论稿子了，讨论人吧。"

社员们有男有女，只不过对梁小施有兴趣的大多是男生。

梁小施一颗心终于落回到肚子里，原来是他们社团一起讨论稿子。

"你们好……"

梁小施扯开笑脸，招呼还没打完，却被江曜一把抱开，放到了床上。

手机也直接被盖在了桌上，众人看了个寂寞。

"都把眼睛闭上！"江曜吼，然后又转头，"真是的，怎么穿这样就过来了？快把衣服穿上。"

江曜手忙脚乱地给梁小施套上自己的外套，后者却一脸无辜。

"我来找你不是一直都穿这样吗？"

"……我和他们不一样，你只能在我面前这样。"

江曜一脸护犊子的表情，逗得梁小施"咯咯"笑。

而这一切，全被一旁的吕筱诗看在眼里，她眼神幽暗，不知在想什么。

比赛是在酒店二楼大厅，上午九点钟准时开始，来自各个高校的二十名选手将争夺金银铜奖。

这次的题目是将自己的复赛作品进行改动，变成一首三行短诗。

评委将针对复赛作品和决赛作品一起评分，最后决出优胜者。

梁小施坐在后排，一脸紧张。

半个小时后比赛结束，评委们将进行打分评比，二十分钟后便是颁奖典礼。

"第十二届春芽杯征文大赛的金奖得主是……十二号选手——江曜！"

"望月沁霜，独影关口，春风再映华夏天，人间至善是纯白。四句短诗写尽了主人公在面对家仇国难时……"

主持人还在念着颁奖词,吕筱诗已经站起来,往前边冲去。

而梁小施直接傻在了洗手间门口,她晾着湿润的双手,看着台上的江曜微笑地接过金闪闪的奖杯和红灿灿的证书,朝大家挥了挥手,漂亮又优雅。

梁小施激动得说不出话来,只是眼泪淌出眼眶,一遍遍在心里喊着他的名字。

我的阿曜,此刻真的是全世界最耀眼的小太阳,享受着一切美好的祝福与掌声。

主持人让江曜发表感言,他接过话筒,声音也有些颤抖。

一段感谢说完后,他眼睛扫过全场,最终锁定了梁小施:"还要感谢我的小柿子,是她一直陪伴我,让我有了坚持的理由。谢谢你,梁小施。"

他拿着奖杯挥挥手,像小孩子炫耀新得的糖果。

全场的目光也全都望了过来。

梁小施愣住,下一秒恨不得从地缝里钻进去,她为什么要站在洗手间门口啊?太丢人了吧!

颁奖仪式终于结束,江曜还被人拉着合影,有评委来找他说话。

两个女生站在一旁,有些尴尬。

谁知那群人居然还要拉着江曜一起吃饭,两人也只能一并跟着去。

席间大家大都在夸江曜的那三行短诗,梁小施没什么可接得上的,便一直吃饭。

"其实江曜你的风格蛮像我们《春芽》的一个合作作者夏与青的,不知道你熟不熟悉?"有个编辑提醒。

吕筱诗点头:"李编,夏与青在《春芽》投稿一两年了吧,我高中就爱看他写的文章了。"

"是吗?那你有什么看法?"

吕筱诗放下筷子:"其实他的文字看似温暖,但骨子里还是冷漠的,他又善于把这种情绪缩放在他的文章里,让人能感受到故事里的人物情绪变化,真的好厉害。"

李编点点头,颇为满意。

江曜也不扭捏,这一两年他一直和《春芽》的编辑有交集,今天好不容易见了,也不打算藏着掖着了,多少感谢人家一番。

"李编,其实我就是夏与青,这些年多谢你的关照。"

李编瞪大眼睛,一脸震惊。

吕筱诗也震惊了,转头看着江曜:"你……真的是夏与青?"

"是的。"

李编笑了笑，看这情形也明白了一大半："看来大家都不知道你是夏与青啊，你这也藏得太深了。"她看着二人，打趣，"不过我看你女朋友对你是真好，这么懂你，把你剖析得很透彻啊。"
　　李编是个快四十的女人，自以为最会察言观色，这一看桌上江曜和吕筱诗一直你一语我一言，自然而然把两人往那方面想了。
　　梁小施被呛到了，剧烈咳嗽起来。江曜赶紧递上水，轻声宽慰："没事……没事。"
　　江曜低声问她要不要休息，担心神色溢于言表，看得李编皱紧了眉头。
　　难道……猜错了。
　　"李编说笑了，她只是我同学，不是我女朋友。"
　　李编："呵呵呵。"
　　"不过我未来女朋友刚刚被呛到。"
　　李编："……呵呵呵。"
　　梁小施差点又被吓到，白了江曜一眼，眼神警告。
　　而那顿饭，吕筱诗再没说一句话。

　　寒假回到榆城，江曜得了金奖这件事，几乎传到了每个人耳朵里。
　　梁小施逢人便说，甚至连楼下的小黄狗都没能逃过。
　　"嘿，小黄！我告诉你哦，江曜得了金奖哦，厉不厉害？"
　　"厉害吧？我就说他是最棒的！"
　　尹雪来的时候就看见这一幕，小姑娘背着小书包，穿着一件娃娃领碎花上衣，蹲在楼梯口与她的"好兄弟"炫耀中。
　　尹雪快嫌弃死她了："知道了知道了，你的江曜最棒了！走不走啊？"
　　梁小施赶紧跳起来跟上去："等我等我。"
　　她们要去参加高中的同学聚会，就在学校一条街里新开的清吧里。
　　这次来参加的人不少，直接把清吧西南角那一排沙发坐满了。梁小施、尹雪两人到的时候已经有五六个同学喝上了。
　　吕筱诗是中间最亮眼的，她端着酒杯和大家侃侃而谈，眼神明亮。
　　众人给两人让了位置，又继续刚才的话题。
　　"真的吗？江曜真的说了那句话？哇，好勇啊！"
　　"他高中的时候可是从来不爱管闲事啊，这次居然帮了你啊。"
　　同学们一声声惊叹，全都看向了吕筱诗。
　　尹雪在这儿一句一句也听明白了，一脸看傻子的表情看着吕筱诗。
　　她用手肘推推梁小施："小柿子，这你也听得下去？"

再看梁小施，人家非常认真地搁那儿研究骰子呢，哪顾得上听这个八卦。

吴珊珊冷哼："上次江曜去京城参加比赛还是让我们筱诗跟着去呢，我看啊，他肯定要跟你表白了。"

"肯定的，肯定的。"

其他人随声附和，结果说曹操曹操到，江曜走了过来。

"江曜！这儿！"

众人看八卦的心都快跳出来了，几双眼睛全黏在江曜身上，更有甚者十分懂事地让出了吕筱诗身旁的位置，就等人坐下了。

谁知江曜却瞧也不瞧，径直朝梁小施身边走去。

梁小施被挤得坐在角落，他干脆坐在了扶手上，单手搭在小姑娘背后，低声和她说话。

尹雪："……你俩真腻歪。江曜你来坐，我去上厕所。"

"谢了，兔子。"江曜一屁股坐上去，这下挨梁小施更近了，几乎是把人圈在了怀里。

大家都傻了，看看吕筱诗又看看梁小施，一群人全都满脸问号。

梁小施感觉自己都要被盯穿了，伸手推他。可这人偏偏不为所动，她只能作罢，悻悻玩手机。

李司文这次也没来，不知道忙些什么。

吕筱诗只感觉头都要大了，但多年骄傲让她不能倒下，她拿起两瓶酒，微笑起身，走到二人面前。

"江曜，试试？"

江曜头也不抬："不用了，我不爱喝酒。"

吕筱诗咬牙，转手又给梁小施："梁小施，你尝尝吧。"

"好啊。"梁小施答应，却被江曜拦住。

江曜接过酒："她不方便，我替她喝。"

吴珊珊看不下去了，跳起来喊："梁小施，你什么意思？和江曜在一起了就了不起？"

江曜："我们没在一起。"

众人一愣，只听他又道："我还在追她，大家也替我说说好话，让她赶紧答应我。"

好大一出闹剧演完，清吧也越来越热闹，江曜都有些累了，加上刚刚那瓶酒的确有后劲，他靠着梁小施睡了会儿，然后猛地坐起来。

"我去上个厕所。"

"我陪你去吧。"梁小施起身。

"没事儿，你坐着，别喝酒啊，我回来检查。"

梁小施乖巧地点点头，继续和尹雪聊八卦去了。

那边章之澍和罗真真也来了，两个人坐在吧台前，低声说着什么。

已经好久没见罗真真，梁小施都有些陌生了，她剪短了头发，只是那份桀骜依旧存在。

或许是察觉到梁小施的目光，罗真真居然转过头来看了眼她。

梁小施一愣，看着罗真真拿着酒瓶过来了，下意识就拉了拉尹雪。

尹雪笑她："怕什么？人家又不是魔鬼。"

事实证明，罗真真不是魔鬼，只是个漂亮姐姐，她坐在两人旁边，和两人聊得畅快。

只是没说几句，罗真真就想和尹雪单独聊会儿。梁小施心里了然，也就离开了。

"好久不见，你越来越漂亮了。"罗真真夸。

"比不上你啦。"

罗真真挑眉："尹雪，你真的长大了，都会阴阳怪气了。"

尹雪一口酒差点呛出来，连忙举手："天地良心，真没有。"

"行了，逗你的，看你吓成那样。"

尹雪摸摸鼻子，看了眼吧台的章之澍，那人正和梁小施划拳，激动得快跳起来。

"还喜欢吗？"她问。

尹雪眯了眯眼，"嗯"了一声："不知道，应该不喜欢了吧，就是感觉怪怪的。"

"对了，你当初为什么跟他掰啊，这人受了打击，最惨的可是我。"

罗真真歪头："真的？没什么别的理由，就觉得他太幼稚了……"

相当直率的答案，尹雪一点不惊讶，反而认同地点头。

"他真的是个幼稚鬼，从小就是，真是苦了你了。"

罗真真拍她肩膀："也苦了你了。

"你是不是还想问我为什么又和他复合？"

尹雪不说话，罗真真也就自己说："其实也没特别的理由，就是觉得……他的幼稚在某些方面也挺好的，你看，他幼稚地说要来我们学校追回我，结果还真考上了。章之澍的幼稚，是最纯粹的坚持，是不是？"

罗真真的提问，尹雪无法回答，她只觉得眼角温热，水雾弥漫，淡淡地开了口："这好像也是我喜欢他的理由。"

195

梁小施都和章之澍玩了几轮酒令了，那边两个女人还在畅聊，就连江曜都没回来。

"你自个儿玩吧，我去看看江曜。"

梁小施吼了一句，转身往厕所走去。

走过一弯人造木拱桥，掀开日式的门帘就可以到达厕所。

这边的说话声和音乐声减弱，只能听见水声"咕噜"，像一个安静的小世界，吕筱诗有些颤抖的声音传来。

她站在厕所门口，从背后抱住了江曜。

江曜身子一僵，醉意都清醒了，伸手掰她的手指。

吕筱诗咬牙，使劲坚持着，最后还是被他扯开，可同时他自己也被反作用力推开，踉跄了几步，靠在了墙上。

"江曜！"

"你别过来。"

吕筱诗停在原地，看着他拒之千里的表情，终于忍不住了，尖叫出声："为什么！为什么你只看得见她？

"梁小施到底有什么了不起？成绩没我好，长得没我漂亮，你到底看上她哪里？"

江曜被吵得耳朵生疼，忍不住甩了甩脑袋。

"我不明白，江曜，梁小施根本就不懂你啊，她根本不知道夏与青是谁，也看不懂你写的文字，天天看你的文章，与你心灵相通的人是我啊！她那副模样，你到底为什么喜欢她啊？"

吕筱诗也喝了酒，借着酒劲，几乎是歇斯底里地把心里的话吼了出来，余音震得梁小施心烦。

梁小施本不想在意，但很奇怪，她现在却心跳加速，一边害怕，一边期待着江曜的回答。

这样一个自己，江曜为什么喜欢呢？

只听江曜终于开了口，一字一句清晰又响亮，掷地有声：

"没有为什么，因为她是梁小施，所以我爱她。"

第十六章
总有一天我会在你身边

梁小施从未听过"爱"这个字。

王秀云是淳朴的，会抱着她亲，坐上三轮车去她最爱的河滩，或者让她靠在腿上轻轻地哄睡，歌声像从月亮上飘来。

"小妮儿乖，小妮儿甜，小妮儿是妈妈的小心肝儿。"

梁肖生就更别说了，梁小施几乎没听他说过什么甜话。

说实话，江曜这一声"爱"让梁小施傻了，她捂住嘴巴，看着江曜掀开门帘出来。

他一双眼眸在看到她那一秒也沉了沉，下一秒直接拉过她出了门。

逃离了满耳喧嚣，映入眼帘的是一条灯红酒绿的街道，人来人往间寒风凛冽，流动小推车的叫卖声从喇叭里一声又一声传出。

梁小施松快了些，只是被江曜攥着的手心还是滚烫。

"阿曜，你还好吗？"

江曜甩甩脑袋，眩晕感觉终于少了些。他睁开眼睛，拉着梁小施往路边的椅子走，一屁股坐了下去。

晚风带着喧闹的气息，吹得两人都清醒了些。

梁小施转头看江曜，只见他弓着脊背，耷拉着脑袋，发丝遮住了眼睛。

脑子还回荡着他刚刚那句话，梁小施笑了笑，伸手抚摸他的后背，悠悠开口："江曜，你到底知不知道自己在说什么啊？"

谁知道江曜一听这话反而抬起了头，转头看她，眸子里夹杂了醉意。

"我没醉。梁小施，我爱你。"

梁小施抚摸的手停了，她突然觉得这一切像是做梦，但偏偏眼前江曜的气息如此浓厚，让人无法忽视。

"你……"

江曜歪着脑袋，看着她嘴唇在夜灯下水润漂亮，笑了声。

"可惜了，你还没答应我，其实我现在超想亲你的。"

下一秒，梁小施就凑了上来。

梁小施并不会接吻,她嘴唇贴在上面,脑子里却冒出来"好像QQ糖"的想法。

谁知下一秒这"QQ糖"就自己动了起来,裹着浓烈的气息,江曜终于反应过来,将人裹在了怀里,一下一下啄着她的嘴唇,却又害怕让梁小施累着,另一只手托着她的后脑勺,流连于专属于她的馨香。

梁小施被吻得透不过气来,脖子也酸了,忍不住嘤咛一声,这才让江曜反应过来,终于松开她的唇。

她大口大口喘着粗气,双手使劲扯着他的衣角。

江曜却根本没放开人,火热的唇又亲了亲梁小施的鼻尖,低声笑她。

"唇膏好甜。"

梁小施害羞得眼睛都睁不开,拿手打了打他,窝在他怀里休息。

马路对面,已经结束这一场聚会的同学们勾肩搭背酒气醺醺地站在门口,默默"欣赏"了这现场。

"我的妈呀……"

"……散了吧,散了吧,单身狗不配看这个。"

章之澍几人走在最后面,他喝了不少,被罗真真搀扶着,"嘿嘿"傻笑:"兔子,你看到没?"

尹雪给他一个"我不是瞎子"的眼神。

"行了,别说话了,你没喝过酒啊?一身酒味儿。"罗真真一脸嫌弃。

章之澍委屈:"真真,你凶我,我……"

谁知话还没说完,只感觉胃一阵钻心的疼痛,章之澍忍不住叫出声,捂着胸口蹲下身来。

"怎么了?"

尹雪眼疾手快,一手拉住他才没让人坐在地上,皱眉:"是不是又胃痛了?"

章之澍胃痛是老毛病了,但是这些年也记着好好调养,很久都没有再犯过了,今天这猛地一喝酒竟然复发了。

胃钻心地疼,章之澍痛得哼出声。

"章之澍,坚持住。"罗真真皱眉。

"不行了,去医院吧。"尹雪道。

她站在路边打车,也顾不上那么多了,朝那边的江曜和梁小施大喊:"别腻歪了!过来帮忙啊!"

等章之澍躺到病床上输液时,已经一个小时过去了。

198

众人也筋疲力尽，四仰八叉地瘫在一边。

"医生说他输完液吃完药就没什么事儿了，辛苦你们了，这边我来守着吧。"罗真真喊几人回去。

梁小施和江曜对视一眼，又看了眼尹雪，她正往杯子里倒水。

刚刚医生问过往病史，全是尹雪回答的，现在肯定口渴了。

"行，时间也不早了，那我们就先走了。"尹雪放下杯子，拿起包要走。

梁小施和江曜也点点头，跟在后面出了病房。

走廊很安静，有老人举着输液瓶慢悠悠地散步，护士站的护士正在接电话，声音窸窣。

正在这时，走廊那头突然传来跑动声，轮子"咕噜"声格外响亮，走廊上的人都自觉站成两排，护士站的护士也冲了过去。

然后梁小施就看见了李司文，他扶着病床奔跑着，一张脸汗如雨下。

那床上的人紧闭双眼，一张脸皱成了一团。

是李奶奶。

"是急性心肌梗死，立马准备手术！"

医生大喊着，几个护士立马散开奔跑起来，由于太急差点撞到梁小施，幸亏江曜一把拉开了她。

"奶奶！奶奶……您坚持住！"

"您……您别睡，我求求您，您看看我。"

李司文已经语无伦次，只是一直握着奶奶的手，身体也止不住发抖，就差冲进手术室里了。

梁小施看着李司文颓废的背影，红色的"手术中"三个字狠狠刺痛了她的心。

手术已经过去了五个小时，几个人靠在墙上，满心疲惫。

江曜买了些吃的回来，递给众人。

李司文没接，双目无神地望着天花板。

"你吃点吧。"尹雪劝。

"不吃就喝点水。"江曜把水塞到他怀里。

"我应该再多赚一点钱的，多赚一点就可以买药给她了。"

李司文喃喃，瞪着眼睛，却怎么也哭不出来。

几人接不了话，只觉得喉头被堵住，只能在心里默默祈祷幸运之神能多照顾一点这个时髦的老太太，哪怕只有一点点。

手术结束，李奶奶被推进了ICU。几个人放心不下，轮流照看，就连章之澍都从病床上爬起来看，眼泪"哗哗"流。

第二天梁小施提着鸡汤来的时候，李司文刚缴完费回来，只是一个晚上没见,他脸上胡楂丛丛,眼神也暗了下去,像一夜之间老了好几岁。

"你……"

李司文摆手要走:"我要去看奶奶了。"

梁小施拉住他:"我们谈谈吧。"

李司文看了眼她的手,正准备开口,谁知有护士在走廊大喊了一句:"卢晚眉的家属在不在?"

两人一愣,赶紧冲了过去。

一张病危通知单下来,李司文后退了几步,梁小施慌忙去扶他。

医生神色黯淡:"时间不多了,抓紧准备后事吧。"

病房里有束白色的石斛兰,正对着阳光灿烂开着,床上的古稀老人却形如槁木,一张脸瘦得几乎凹陷下去,双目混浊。

"奶奶……您别抛下我,求您了,奶奶。"李司文跪在床前,哭得浑身发抖。

"好……好孙儿……好……"李奶奶几乎说不出话,张了张嘴巴。

梁小施靠在江曜怀里,用双手捂着眼睛,哭得声音都发不出来。

江曜也别过脑袋,红着眼睛不让自己哭出声。

明明一起欢笑共同跨年的时光还在昨天,今日怎么就到了油灯燃尽的时刻?

"别哭……哭了不吉利。"

李奶奶费力地伸出了手,竟然还想朝大家笑一笑,可惜根本笑不出来,只得作罢。

她的眼前好像绽开了一团白光,自己年轻时唱歌的样子越来越近,那漂亮的姑娘朝自己招手,笑着喊快来。然后又是自己那入伍的儿子出现了,他朝自己敬了一个礼,笑得开怀。

"奶奶……奶奶,我不能没有您。"李司文握着老人的手,号啕大哭,又剧烈咳嗽起来。

李奶奶声如游丝,拍拍孙子的头:"好孙……别哭,好好照顾你爷爷,他胆子小,别让他来找我了。"

梁小施又是一声痛哭,尹雪干脆蹲下身子号哭,被章之澍一把拉住。

"孩子们……"李奶奶挥挥手,把几个人喊了过去。

她嘴唇翕动:"你们……你们帮奶奶帮帮他……帮他找到他爸爸,谢……"

那个"谢"字没有说出来,李奶奶已经闭上眼睛,一滴泪从眼角滑落。

一生自由快乐的李奶奶,到最后想的还是自己那个无法归家的儿子,只可惜到现在都没能和他见上一面抱上一次,只能含泪而去。

仙鹤西去,别了人间。

灵堂前香烛彻夜燃烧，映得四周的菊花肃丽。

头七已过，几人全以孙辈身份送李奶奶入了棺下了土，饭桌上一片愁云惨淡。

几人心里有事，都不言语，默默吃完这一顿饭。

这一顿完了，明天就是腊月二十九了，又是一个新年。

年关已至，世间一片热闹景象，满目的红色让人心里都暖洋洋的，隔壁家飘出饭菜的香气，只叫人食欲大开。

可惜了，有欢聚就有离别，世间万物，向来如此。

梁小施坐在床上，苦恼着怎么帮李司文，却听见外面来吃年夜饭的江曜在打电话，声音越来越近，"咔嗒"一声，房门开了，他探了个脑袋进来，像只小松鼠。

"干吗呀？"

江曜关上门进来，却没坐在梁小施床上，而是蹲在了她面前，仰着脑袋望着她。

梁小施忍不住笑出声，伸手捧住他脸蛋捏了捏，像软糖。

"跟谁打电话呢？"

"大澍，这人直接得很，想趁着过年给李司文发个大红包，问我行不行。"

"……他还真聪明。"

江曜双手悄悄从床边移到了梁小施的腰肢上，轻轻敲了敲，等她继续说。

"兔子之前跟我说，她家有辆二手摩托，想低价卖给李司文，这样他送外卖效率也更高了。"

梁小施丝毫没有察觉，反而坐出来些，离江曜更近。

江曜也不含糊，将人往身前拉了拉，探手去摸她的手指，动作轻柔似羽毛。

"这段时间我也拜托了姐姐，帮李司文留意工作，这样他收入也多些。"

梁小施一惊，没想到大家都默默做了这么多事情。

"那……我能帮上什么忙呢？"

江曜愣住了，一双眼睛忽闪忽闪。

心一下就化成了水，梁小施张开双臂，弱弱地喊了声："抱。"

小姑娘撇着嘴巴，一副小可怜模样，江曜哪里受得了这个？直接将人扑在了床上，两人眼对眼鼻尖对鼻尖，呼吸缱绻。

自那天那个吻，又突发李奶奶这事，两人已经很久没有这样亲密接触了。

梁小施捏着他手臂，紧张得睫毛都在抖。

江曜低头吻她，唇先触到她的眼皮，又点她的鼻尖，最后才悬在了她的嘴

201

边,浅浅亲了亲。

梁小施浑身发热,心差点从嗓子眼跳出来。

"小柿子!吃饭啦!"

一声吼叫打破暧昧,两人吓得差点灵魂出窍。

"来啦!"梁小施探出脑袋,一脸苦笑地看着江曜。

江曜嘴嘟得都能挂油瓶了,把脑袋埋进她肩颈,低声咕哝了一句:"救命,真的不想放开你。"

梁小施抱着他的脑袋"咯咯"笑。

年夜饭桌上菜色齐全有鱼有肉,江一漾和梁肖生在吐槽春晚,愣是没人理梁小施和江曜。

江曜把碗里的饭吃完,又看着梁小施吃,然后起身去了厨房,鼓捣了好一阵,最后提着一个盒子出来。

"这是什么?"梁小施擦嘴。

江曜牵起她:"走吧。"

"姐姐,叔,我们出去一趟啊,马上回来。"

江曜手里提着的是今晚的菜,留了几份装好,两人来到了李司文家门前。

开门的居然是尹雪。

三人对视一眼,都笑了,看来大家都想到一块儿去了。

天台上,夜空澄澈似湖面,星光点点映人间。

几个人还跟当初一样,盘腿坐在台子上吃饭,你一言我一语也热闹。

章之澍买了一大把仙女棒来,拉着尹雪在一边鼓捣。

"是这样点的,我来。"

尹雪不动声色地收回手,低声道:"说话就说话,你别动手。"

"……兔子,你现在跟我怎么这么生分了?"

"快点火,别废话。"

这边李司文还在和江曜喝酒,一边瞎侃一边笑。

"真想好了?"

"嗯,仔细想过的。"

"好,你要真有想法就去做,别磨叽。"

李司文点头:"我之前就喜欢赛车,你别说兔子那摩托车还真带劲,等我再去改装改装,估计就能参加比赛了。"

"有奖金吧?"

"当然有,第一名十万块呢。"

"安全吗？"梁小施突然插嘴。

李司文看她一眼，愣了愣："我会注意安全的。"

"行。"

提起那个，李司文却不说话了，几人闭了嘴。

天空突然绽开了烟火朵朵，连续不断的炮仗声跟打仗一样，迷蒙的烟雾升腾起来，飘到了空中的星火里，点点滴滴映在少男少女的瞳孔里。

短短一年，众人已经经历了太多，高考、入学、告别都仿佛还在眼前，苦难的日子虽然难挨，但能看到这一年到头的烟花美景，倒也算不上辜负。

李司文撑着下巴，突然开口："老江，把梁小施借我半个小时行不行？"

江曜懒懒道："这你得问她，她答应了就行。"

梁小施："对啊，我又不是东西，什么借不借的。"

"行，走吧。"李司文起身，拉着梁小施往外走。

江曜看着两人的背影，默默叹了口气，转身和尹雪、章之澍玩仙女棒。

下一秒他又坐回来喝闷酒。

呵，幼稚！

梁小施坐在摩托车后座，不知道李司文要去哪里。

寒风往衣服里"呼呼"地吹，她五官都要被吹平了，忍不住大喊"要去哪里"？

李司文不说话，只加大了马力，轰鸣声在街角处留下尖厉的回音。

摩托车在洪江桥边停下，两人靠在桥边，看着对岸五彩的摩天轮旋转，明亮的立交桥交错叠接，湖面倒影波光粼粼，一片车水马龙繁花似锦。

"小柿子。"

李司文喊回之前的称呼，梁小施心里震了震。

"你说我奶奶是天上哪颗星？"

梁小施吐了一口气，眯眯眼："哪颗都不是。奶奶没走，她一直在我们身边，你听这风……"

江风拂过，带着江水碧波的气息，拂过两人耳畔，极尽温柔。

"奶奶就是这阵风，她一直在我们身边。"

李司文听她说着，转头看她闭着眼睛，面容甜美，比天上的月牙还要明亮曜人。

"你知道我是什么时候喜欢上你的吗？"

梁小施一愣："不知道。"

"我也不知道。"

梁小施看他，张了张嘴巴："谢谢你……"

"你干吗谢谢我,是我自己喜欢你。你支持我去赛车吗?"

"你喜欢就好,不过一定要注意安全,我看电视上说……"

李司文伸手按住她肩膀,堵住她的喋喋不休:"好,那我们就此别过吧。"

"嗯?"

"梁小施,我还是喜欢你,所以我不能再见你,咱们江湖有缘,不如不见。"

梁小施歪着头,突然张开双臂:"那抱一下吧。"

李司文一顿,将人搂在怀里。

她拍拍李司文后背,心里舒畅不少,顺便从兜里拿出一个 U 盘塞到他外套衣兜里:"不知道能不能帮上你,找了一些无名烈士的报道,你有时间就看看。"

"好。"李司文松开她。

梁小施看着他虽笑眼弯弯,但眼角却带着泪意。眼前这个十九岁的少年,痛失至亲,忠于热爱,放下执念后,终于成长了,不再是当初那个"杀马特"少年了,他们再也回不到当初那段纯粹无忧的时光了。

那天四个人一起离开了李司文家,互道了"新年快乐"后,几人分头走。

有人打了电话过来,尹雪接上,一边走一边说。

章之澍在她身边踢着石头,顺便给罗真真发新年红包。

罗真真收下,给他发了个亲亲的表情包。

"大澍!"有人喊。

是尹母,她站在楼底下等尹雪,看见章之澍送人回来便叫了声。

"王姨,还在这儿站着呢。"

"大澍啊,谢谢你把雪儿送回来啊!上去坐会儿吧,阿姨给你煮碗饺子,你小时候最爱吃阿姨做的饺子了。"

章之澍摆手:"不了,阿姨,我妈他们今年好不容易回来,我得回去啦。"

尹雪在楼梯口扯着嗓子喊:"哎呀,妈妈说完没啊?我先上去了啊。"

"走吧走吧,我跟大澍说会儿。"

尹雪"噔噔"走远了,章之澍看着声控灯亮起,皱起了眉头,也不知道为什么,他总感觉这个寒假尹雪在躲着自己。

章之澍站在路边跺脚,一只耳朵听着尹母拐弯抹角说了一大堆,终于听明白了,老母亲是想问问自己尹雪有没有情况。

"我俩不在一个学校,我也不太清楚。不过王姨您放心,有我在不会有人欺负她的,谁欺负她我这个当哥哥的第一个不同意!"

章之澍拍拍胸脯,一脸霸气。

尹母点点头:"那就好那就好,你从小就护着我们雪儿,那我就放心了。对了,那你自己呢?你妈还跟我唠叨你的情况呢。"

章之澍憨厚地挠头:"王姨,别打趣我了,有时间我一定把她带回来给您看看。"

尹母乐得"哈哈"大笑,两人站在楼道口又说了好几句,声音飘了好远。

三楼的声控灯良久没有亮起,尹雪倚着栏杆,有些自嘲地嚼了嚼"哥哥"这两个字。

哥哥……

尹雪叹了口气,转身离开。

过完年假期没剩几天梁小施就要返校,这就意味着她又要和江曜分开一个学期了。

现在两个人虽然已经在一起了,但都还没告诉双方家长。一来是江一漾忙,梁肖生也在外面跑网约车,常常是早出晚归见不到人;二来两人都觉得特意讲这个事情有些刻意,也就没开口。

"去了学校你要天天给我打电话知道吗?"

"知道啦。"

"记得好好吃饭,你越来越瘦了,我会嫉妒的。"

"好。"

"别老和你们学校那些'腱子肉'待在一起,上课也尽量找女生组队,不然我生气。"

"……行。"

梁小施收拾着自己的行李,看着旁边在椅子上晃来晃去的江曜就起了气,这人怎么光动嘴不干活啊!

"江曜!你醋坛子怎么那么大!过来帮我!"

江曜吓得眼镜都要掉了,"哦"了一声,赶紧过来帮她叠衣服。

梁小施这下安逸了,拍拍手掌,坐到一边看漫画去了。

有男朋友不压榨,那还要他干什么?

不得不说江曜这强迫症就是好,不到二十分钟就把东西收得齐齐整整,衣服、裤子分类装好,空间利用充分。他站起身点了点自己女朋友的肩膀。

"这些怎么办?"

"居然还有你不会收拾的……"

梁小施放下漫画,正准备好好嘲笑一番,下一秒眼睛都要瞪出来。

床铺上赫然摆放着自己的内衣,白的、粉的摆得整齐,跟展览似的。

梁小施几乎是一个箭步跳到了床上，挡住了内衣，一张小脸也红了个遍，咕哝着"非礼勿视"。

江曜："我……不是那个意思。"

于是乎，江曜被赶出了房间，门板差点扇到他的脸。

江曜从洗手间一出来，就看到梁小施坐到了沙发上，神色严肃，紧闭着嘴唇。

江曜傻了，他脸色一沉，心跳如擂鼓。

梁小施正坐着呢，下一秒江曜就直接把她揽在怀里，恨不得把她揉进怀里，嘴里还咕哝。

"我错了，对不起，我不是故意的，不要分手？"

"你发癫？"

"我下次再也不乱碰你的东西了……"

"好了，已经够了。"

江曜委屈死了，还抱着梁小施不撒手，惹得她笑出声，连忙开口解释。

"谁说要分手了？我是要给你看个东西。"梁小施终于能伸手去拿桌上的东西，是一个御守。

"你记不记得高三那年，我说过回来要给你礼物的，就是这个。"

江曜低头，手心里躺着一个淡黄色的御守，金线缠绕成火焰的形状，火焰中央用黑线缠了几个字——事事如愿。

背面也有花纹，最关键的是四周各有一个小小的柿子图样，可爱又迷你。

"当时在灯会上看到就觉得它很配你，想着一定要送给你。而且有我在背后保佑你，你一定可以事事如愿、平安喜乐。"她说得虔诚又认真，满心赤忱。

江曜感动不已，凑了头上去亲梁小施，却被她用手指挡住："等下……"

他有些等不及，只听她咕哝："以此为交换条件，你能不能告诉我你那个在镇上的初恋小女孩，我倒要看看……"

江曜乐出声，自己吃自己的醋，可还行。

他又压过去，糊弄道："有什么好看的，没你好看。"

梁小施骂他不要脸。

江曜几乎是急切地想要吻她，用唇去描绘她嘴唇的形状，呼吸急促又暧昧，烫了两人的耳朵。

梁小施被他压在身下，脑子晕乎乎的，像飘在云上。

"你……到底……从哪里学的这些？"

江曜只给人留了两秒的空隙，含着她的嘴唇低声回："你猜。"

那天晚上江曜发了条朋友圈，一张梁小施捧着《蜡笔小新》欣赏的侧颜。

配文：我的小柿子晒太阳！

言辞之间宠溺至极，下面评论也是起哄声一片，两人也开心，不去管那些打趣。

结果第二天梁小施收到了一条短信，吕筱诗的。

长街繁华，一路的路灯连成了弯曲的光线，一派祥和景象。

吕筱诗坐在梁小施对面，面前是一个纸盒。

"这些东西给你，你可以好好看看。"

梁小施垂眼看了下，那是一堆杂志，新旧都有。

"这些年夏与青……江曜刊登的文章，每一本我都买了，你要是不要我就丢了。"

"为什么？"

吕筱诗最讨厌梁小施的就是她这副无辜的表情，忍不住冷哼一声："行了，你少装了，那天在清吧，你听见了吧？"

梁小施点头："听见了。"

"我那些话是真心的，我就是觉得你配不上江曜，但没办法，他最终还是选择了你，我放弃了，你赢了。"

"你以为说这些话我就会生气？"

"当然不是，我其实挺佩服你的，"吕筱诗喝了口咖啡，"佩服你永远这么厚脸皮，不管是高中时，还是现在。"

梁小施乐了："江曜跟我在一起就是厚脸皮了？你怎么不说江曜追我是厚脸皮呢？你自己缠着人家都追到厕所了，怎么不是厚脸皮呢？"

在吵架这一方面，梁小施还没让过谁，在某种程度上也算得上厚脸皮吧。

吕筱诗果然变了脸色，"刺溜"一下站起来："真该让江曜看看你现在的样子！"

"行啊，我现在就给他打电话让他过来，你敢吗？"梁小施掏手机。

吕筱诗今天来送书是假，来羞辱梁小施是真。她就是想让梁小施看看，这么些年是自己一直支持着江曜，而梁小施这个正牌女友，估计连江曜写的是什么都看不懂。

所以，见江曜肯定是不行的，至少现在不行。

"谁有时间和你耗？既然这样，那我祝你们白头偕老！"

吕筱诗猛地站起来，推开椅子要走，谁知梁小施凉凉的声音又响起。

"吕筱诗，你肯定在想为什么吧？为什么一个处处不如你的人这么有自信，为什么江曜选择了我?"

吕筱诗愣住了,痴痴地看着她。

梁小施站起来:"因为我比你坚定,不仅仅对江曜,还有对自己。之前你就喜欢江曜了吧?只可惜你太骄傲了,从来不敢说,害怕流言。"

"你不害怕吗?"

"当然害怕,但我更害怕犹豫,害怕错过,只有永远的坦诚和勇敢才能让人安心。所以即使你看遍了江曜的所有文章,自以为与他灵魂共振,我也的确只会天天跑步没心没肺,但我还是相信他只会选择我。因为我是梁小施,因为他是江曜。所以我们彼此相信,彼此选择,彼此坚定。"

吕筱诗走后,梁小施一直没动,她眼睛盯着那一箱书,脑子里却一直想着吕筱诗那句"天天就知道跑步"。

看书难道就比跑步高贵吗?

配不配得上又是谁说了算?

梁小施"啪嗒"一声站起来,眼神清明,喃喃一句:

"我不信!"

那天晚上,梁肖生看着抱着杂志啃的梁小施,忍不住打趣了几句。

梁小施嘟着嘴巴:"爸!我难道就不能看书吗?"

"当然可以啦!我的小柿子可是大学生!"

梁肖生眼带笑意,摸摸梁小施的头发:"小柿子,爸爸有件事想……"他欲言又止,梁小施追问一句,他却叹了口气不再说了,只叫人好好休息。

梁小施"嗯"了一声,突然坐起身来:"爸,你不说的话,那我有事跟你说。"

半个小时后,梁家父女陷入了深深的沉默。

"你要是不答应我就不……"

"你自己想去吗?"

梁肖生抬起头,又问了一句:"你自己想去吗?"

梁小施捏紧了拳头,脑海里突然就回想起那暗红色的跑道,她道:"我想。"

"好。"梁肖生点头,"那就去!只要你想,况且现在只是加入校田径队,咱们既然有这个条件为什么不抓住?不管以后你能走到哪一步,爸爸都支持你!"

有了这句话,梁小施一直以来悬着的一颗心终于落下了。她抱着梁肖生,轻声说了句"谢谢"。

"好了,我们小柿子有出息了,我去把这个好消息告诉你妈妈,让她也高兴高兴。"

梁小施愣住,她转头看见客厅柜子上王秀云的照片,嗫嚅几声:"爸,其实有件事我也一直没有……"

说到一半却说不出来,梁小施狠狠咬了咬嘴唇,低下了头。

"这是怎么了?不说了不说了,你先去休息吧,是不是累了?"

"没事,那我先去休息了。"

梁小施回了房间,把脑袋埋在枕头里。

江曜的电话突然打过来,温润的声音在耳边响起。

"在干吗呢?"

梁小施不说话,情绪却突然涌上来,她鼻子一酸就开始哼唧。

江曜一下慌了,忙问她:"怎么了?"

梁小施抹抹眼泪,却不想他担心:"没事儿,就是……我和我爸说了田径队的事情,他答应了。我又要天天晒太阳了,会变黑的。"

江曜这才松了一口气,低声笑:"这有什么关系,你黑了也好看。"

梁小施被他逗乐:"那我进了田径队天天和好多'长颈鹿'一起训练,你也愿意?"

江曜脸一下黑了,扑腾着跳下床:"你等下。"

"你干吗?"

"我看看那张健身房的宣传单在哪里,我连夜练出腱子肉。"

第十七章
少女回头望

田径队的训练时间是固定的,每周一到周六,周日是休息时间。

每天早上的晨跑与体能训练都是前菜,后面还有基本的力量训练和速度练习。正因为队内人不多,白涂川反而会对学生们更加严格,尤其是梁小施,更是如此。

虽然他也考虑到训练计划要循序渐进,本身梁小施从体育教育转过来,还不太适应如此强的训练节奏,但他的考虑……似乎也只是一点点考虑。

"梁小施!再来一百个蛙跳,其余人解散!"

随着大家一声欢呼,只有梁小施仰天长啸命苦。

陈橙看她可怜,决定再陪她十分钟。

梁小施苦哈哈,背着手咬着牙跳起来,半长不短的头发又散开来,全部粘在脖子上,十分痛苦。

又该抽空剪头发了,她想。

白涂川就在旁边守着,一边守一边提醒:"注意高度!大腿抬起来。"

终于练完,梁小施一屁股坐到地上,猛地躺下去,望着天上的白云发呆。

"反应时间慢了点,明天继续练起跑速度。"白涂川冷声道。

梁小施没力气地挥手:"知道了。"

白涂川这才走了,两个女生躺在地上,互相对视一眼,然后痴痴地傻笑。

"你说白教练为什么对我这么严格啊?"

"就你一个新人,不摧残你摧残谁?"

梁小施转头看她,又问:"陈橙,你想进省队吗?你现在各个项目几乎都比我快一秒啊。"

在短跑项目上,一秒的差距不是一朝一夕能赶上的,只有长年累月的练习铸就了这短短一秒的差距。

陈橙笑:"我那都是熬出来的。总之……别管什么省不省队,着眼当下吧!"

梁小施点头:"陈橙,暑假的省运会你要去吧。"

春城省运会将在八月份举行,春城大学田径队也会去,这也是白涂川这段时间这么疯狂的原因。

"去啊!肯定得去,你呢?"

梁小施坐起来,拍拍跑道,掷地有声:"我也得去!就算坐冷板凳也得去啊。"

也怪不得梁小施这么积极,这次省运会体院很重视,学校领导下了死命令,田径队也有奖牌考核,搞得白涂川整夜睡不着,绷紧了一根弦。

短跑队以往的成绩不尽如人意,仅仅在上一届得了一枚银牌和铜牌,这次的压力可想而知。

去之前,队内进行了一次选拔赛。

梁小施整体排名第三,大师姐张唯心和陈橙并列第一。

白涂川挥手:"咱们学校短跑就两个名额,不过每个代表队有一个替补名额,梁小施你候补吧,可以的话我现在就把替补名单递上去。"

"好!"梁小施反而很开心。

张唯心走过,看了梁小施一眼,眼神凉薄。

梁小施全当没看见,屁颠屁颠找陈橙去了。

和江曜说起这件事的时候,他眉头皱了一下,不解:"你和这位师姐关系怎么样?"

"就那样吧,我进短跑队后没和她说过几句话。"

屏幕里的小姑娘嘟着嘴巴,跟蔫了一样。

江曜下意识伸手去碰,然后反应过来这是屏幕,只得笑笑安慰:"好啦,比赛时我来给你加油。"

梁小施本想说什么,屏幕里却突然凑过来几个人,争先恐后地跟她打招呼。

"弟妹好久不见啊。"韩湾道。

"可不是,嫂子你怎么变黑了?"

李代科平时和江曜几人玩得不错,人挺好,就是这嘴嘛,实在是笨。

梁小施:"呵呵呵呵……"

江曜推开两人:"别理他们。"

李代科从魔掌里钻出来叫唤:"嫂子,正好暑假我们文学社去春城采风,到时候我来给你加油啊,我把我全家都叫上给你加油!"

韩湾:"我也是,我也是!"

梁小施脸色白了白:"其实我只是替补,不一定能上场的。"

气氛瞬间冷下来,两人干笑几声,最后被江曜的眼神吓跑。

"他们吃多了。"

"我现在刚进去,能当个替补就很不错啦,至少能去感受下氛围。"

她这边喋喋不休,江曜反而闷着气,低低喊了她一声。

"梁小施。"

"嗯?"梁小施眼皮一跳。

"不要在我面前装没事,我知道你有多想上场比赛。"

少年一双眼像是看穿了眼前人,曜黑的眸子似吸铁石,让人移不开眼睛:"虽然你从来不直说,但我知道你训练很苦很累。"

他叹了口气:"你啊,全靠你自己撑着这口气,你就是想证明自己加入短跑队没有错,所以这次比赛你怎么可能甘心坐冷板凳呢。我的宝贝,你很想上场是不是?"

梁小施傻了,说实话,两人异地恋爱其实有很多阻碍,两人忙的时候连电话都不打,只是发几条信息。

可江曜却在这每一次的只言片语中,真正感受到了自己内心最真实的想法。

"呜呜呜,你烦死了,你说这些干吗?我本来……想在你面前很酷的。"

江曜敲敲屏幕,伸出一根手指:"把手指伸出来。"

梁小施一愣,也学着他伸出手指在屏幕上点了点。

两人指尖隔着屏幕相触。

"跟以前一样,你说说我现在在想什么。"

梁小施挂着眼泪,看他这幼稚劲,忍不住笑了,朗声答道:"你在想,梁小施,加油。"

江曜也笑,终于点了点头。

挂了视频,江曜起身去上厕所。阳台风大,吹来惬意的同时也吹来了旁边人的声音。

是韩湾和李代科。

"你说吕筱诗是不是真的因为曜哥离开的啊?她有和你说吗?"

韩湾摇头:"没有,就说学业太重,其实这姑娘不错,挺可惜的。"

李代科:"是吧,我也觉得她挺不错的,也不知道曜哥咋想的。我今天乍一看,嫂子也就还好吧,没吕筱诗白净,要我就选吕筱诗了。"

两人还在继续,只听旁边阳台传来脸盆"叮当"的声音,吓得两人抖了抖。

江曜拿着脸盆,脸黑成锅底,沉声:"我不管你们是不是开玩笑,再让我听见你们说我女朋友,就别怪我脾气不好。"

他看向李代科:"对了,真喜欢别人就去追,总扯着别人比来比去算什么男人?"说完就直接把那瓷盆扔到地上,发出震耳欲聋的声响,惹得上下楼的都叫起来。

韩湾和李代科更是退了几步,不敢再说任何话。

暑假。

本届省运会在春城奥体中心体育场举行,因为是重大赛事,春城各个大学代表团纷沓而至齐聚一堂。省队还剩一些余力的运动员,也前来参赛,甚至还有退役下来的运动员前来观战,主办方更是招募了接近千人的志愿者,分布在各个场馆服务,就连观众席上都座无虚席,整个场馆热闹非凡。

短跑比赛在明天晚上,夜晚让人肌肉更紧绷,更利于发挥。

梁小施带着江曜、尹雪一行人在场馆里看比赛,几个人并排坐在椅子上,大大咧咧地看跳高。

"这么高都跳得过去啊?"章之澍惊得下巴差点掉下来。

罗真真有点嫌弃:"你能不能收收口水?"

章之澍抹了把嘴巴,招猫逗狗去碰梁小施:"小柿子,你们搞田径的好厉害啊!"

江曜在一边不动声色地把章之澍的爪子推开,懒懒的:"少说话。"

下一秒就听见梁小施脱口而出:"刘稚厉害啊,2米18试跳成功了,金牌到手一半了。"

江曜心想:难怪长得像长颈鹿,原来是跳高的。

正欢呼着,刚刚出去接电话的尹雪回来了。她身后跟了一个男生,是生面孔,几人纷纷抬眼看过来。

现在的尹雪已经不是当初那个受到一点点关注就脸红的小女孩,看着大家的眼神,她反而淡然不已,径直坐下给大家介绍来人。

"这是贺青畅,我大学同学。"

章之澍反应过来,这是当初在尹雪学校和她说笑的那个男生。

"你好,梁小施是吧,我是贺青畅,早就听尹雪说起过你了,很期待你的比赛。"

贺青畅穿一件格子衬衫,戴一副黑框眼镜,举止之间写满了沉稳。

尹雪低声:"资深体育爱好者,非跟着来。"

梁小施挑眉,看他伸出手来,自己也微微低头颔首,伸手道好。

谁知她的手掌半路被江曜一把抓住塞进了他兜里。

江曜挑眉,自己去握贺青畅的手。

"幸会幸会。"

梁小施:"你怎么这么小心眼?"

众人:……能不能放过我们?

看了一会儿，跳高、跳远等比赛已经决出胜负，场地已经空了些。梁小施站起来看了眼，好像在找自己学校的大本营。

观众席的下方，有个穿着红白运动服的女生开口："梁小施，还磨蹭什么？过来集合！"

白涂川要为明天的比赛做准备，现在肯定得给大家开个短会布置战术。

"来了，师姐！"

梁小施挥手，转头和朋友们说再见。

"我这儿估计还的很久，我们要集体行动，今晚就麻烦你好好招待他们了。"

江曜捏捏她的手指，点点头，表示一切都懂，让她赶紧去。

等梁小施走了，他们才看着她和那师姐的背影讨论起来。

"这是谁啊？怎么颐指气使的？"

"这人不会欺负嫂子吧？"

江曜没说话，只是望着跑道上奔跑的梁小施，她短发飞起来，像风中绽放的蒲公英。

"不会的，她不会让人欺负的。"

第二日比赛还在继续，体育馆的灯光耀眼，照得馆内亮如白昼，空调风带来一阵阵清凉，喧闹声中，短跑比赛就要开始了。

先进行的是女子一百米预赛，陈橙和张唯心被分在第二和第五小组。

两人正在热身。

梁小施在一旁拉伸身体，她不用上场，眼神不自觉地去找观众席上的江曜。

果然在东南方的一排观众席上找到了大部队，江曜坐在中间，伸手给她打招呼。

梁小施使劲挥了挥手。

"哎哟。"

一声惊叫传来，张唯心捂着左脚踝哀呼。

"怎么了？"

张唯心似乎并不想让梁小施看见，转过脑袋就要走。

谁知脚掌一发力脚踝就开始隐隐作痛，她暗骂一句完了，刚刚不应该连做两组高抬腿的。

为了缓解紧张情绪，她做动作的时候并没有太专心，反而盯着四周转移注意力，谁知道一不小心就踩空了一脚，扭到了脚踝。

白涂川本在那边和跳高的教练说话，一看到这边出事了就冲了过来，满脸焦急。

梁小施愣了，她看着白涂川扶着张唯心离开了场地，一颗心"扑通扑通"跳不停。

陈橙也望了过来，两人视线相对，嘴唇紧抿。

这边看台上也注意到了变故，还是李代科最先跳起来，指着那边喊："哎，你们看看是不是嫂子要上场了？"

梁小施脱下了外套，穿着紧身的运动服，身材凹凸有致，极具力量美。

这一个学期的训练是有效果的，梁小施现在的身材不输陈橙，肌肉紧绷又有曲线，惹人眼球。

尹雪摸着嘴唇："她那个师姐好像伤到了脚，被扶下去了。"

章之澍："这是不是说明……"

贺青畅沉声道："梁小施替补上场了。"

说完这句话，众人陷入了一股莫名紧张的氛围里，空气似乎都凝固了一般。

江曜一直没开口，他目光如炬，只是悄然捏紧的拳头暴露了他此时此刻的紧张与不安。

检录完毕，白涂川跑来和梁小施说话："没事儿，别紧张，就按照平时训练的来，你相信自己就行。"

梁小施想答应一个"好"，但她发现自己好像开不了口，一颗心像被提到高空，紧紧地悬挂着，着不了地。

在一旁休息的张唯心现在不知道是什么情绪，只看着梁小施这如蜡一般的脸色冷笑了一声。

就这样的心理素质，怎么上得了台面？

只听一声枪响，比赛开始了。

百米短跑要的就是一个爆发力和起跑速度，白涂川在旁边看着梁小施冲了出去，暗道一句"慢了"。

但后半程梁小施发了力，她的双腿发颤，最后还是跑出了第三的成绩，顺利晋级。

陈橙位列第二，也闯入半决赛。

白涂川大汗淋漓，拉着两人说了好一阵。

"梁小施，你刚刚是怎么回事？起跑倾斜角度那么小，前期为什么不拉开领先优势？你跑的是一百米，不是四百米！"

白涂川眉毛拧成麻花，言辞间尽是厉色。

梁小施只听着，什么话都说不出来。她抬眼看了下张唯心，后者也正看着自己。

215

"好了，赶快调整，马上进行半决赛了，你自己好好沉淀一下。"

眼看梁小施还在发愣，陈橙赶紧拍拍她的肩膀让她放松下来。

"既然上场了就放宽心，你可是梁三，敢说敢做的梁小施。再说了，"陈橙指了指观众席的方向，"你家'小太阳'还看着呢。"

梁小施这才抬起脑袋，看了眼那观众席，这一看不要紧，正好就看见江曜站了起来。

他咳嗽几声，抖了抖手脚，好像在做什么准备。

下一秒这个一米八三的小伙子就做出了让在场所有人都惊掉下巴的动作。

江曜双腿并拢，伸出手臂轻轻往头上一放，然后微微歪了下脑袋，比出了现场最大的一个爱心，直抵梁小施。

梁小施愣住，然后"扑哧"一声笑出来。

众人：……我是瞎了吗？

李代科："……赶紧拍照记录下来。"

江曜咬着牙："你敢拍我就敢拍死你。"

贺青畅却皱着眉头，死死盯着梁小施，摇了摇头。

陈橙都快笑趴下了："哈哈哈哈哈哈，你家'小太阳'好傻，好像一只萨摩耶，哈哈哈。"

梁小施扶额，也无奈地笑笑，没有办法，下一秒她便在空中画了一个大爱心，用一个飞吻送了过去。

江曜伸手悠悠接过，一脸臭屁地坐下。

众人：……我谢谢你俩，快吐了。

因为突如其来的上场，梁小施整个人都紧绷着，晚上都在场馆里进行健身拉伸，白涂川也在她的身边指导练习。

朋友们本想来找她，全部被江曜挡在门外。

"都别去打扰她。"

众人都被他全身上下散发出的凝重气息吓到，灰溜溜地撤了。

他也没进去，只是透过玻璃看了会儿就离开了。

梁小施正坐在地上用滚筒压小腿，张唯心不知什么时候靠了过来。

"好点儿了吗？"

张唯心坐在垫子上，斜眼看她："你别管，你练得怎么样？"

"你不是都看到了？"

张唯心奚落她一句："别给了你机会自己不中用啊。"

梁小施也习惯了她的牙尖嘴利，甚至还笑了出来："我说师姐，你就不能说点好听的吗?"

张唯心挑眉,带着强者的高傲:"行了,实力比说重要。"

梁小施还想说什么,白涂川拿着训练工具过来了,张唯心丢下一根红色弹力带,硬邦邦地说:"起跑角度低了,多练习几组阻力起跑前摆,提高起跑爆发力。"

梁小施接住那根弹力带,良久才笑了笑。

白涂川问:"她怎么来了?不去休息?"

梁小施看着她的背影,却道:"跑来关心我,给我鼓劲呢。"

第二天的半决赛顺利通关,梁小施有些得意地朝座位上的张唯心挑了挑眉。

后者双手抱胸,没理她。

百米短跑决赛在两个小时后进行,梁小施短暂休整。

江曜就在这时候带着一群人过来了,就这么直勾勾地在场边看着,搞得梁小施更紧张了。

最后还是李代科一嗓子叫出来:"奔跑吧!骄傲的少年!"

梁小施一愣,只见那群人也瞬间被打开开关,扯着嗓子号叫起来,尹雪还边唱边送飞吻。

而江曜也挥舞着手,脸上满是宠溺。

梁小施感受到了无尽的幸福和快乐,她随着音乐摆动着身体,最后比了个大爱心。

李代科叫起来:"哎哎哎,嫂子这个爱心是给我们的是不是,曜哥你看到没有?"

江曜一个眼刀射过来。

"……不唱了不唱了,别打扰别人。"

一阵鸡飞狗跳之后,决赛如期进行,梁小施分在第一赛道,挨着那体育大学的第一名。

白涂川在场下特别跟梁小施叮嘱过,别小看这人。她比梁小施高一个头,梁小施只是站在她身边就能感觉到这人的气场,强大又无畏。

赛场上不仅比拼的是实力,还有心理战,一个运动员的气场也是大家交战的战场,很多时候一个强大的运动员只用自己的气场便能秒杀一切对手。

梁小施有些心跳加速,赶忙吐了口气,闭上了眼睛,想起了王秀云告诉自己的一句话。

"小柿子,路永远是直的,你只要看着前面就行。"

她再睁眼时,暗红色的跑道就变成自家门前的沥青路,无限延长。

风停声止,枪过无痕。

冲过终点线之后,梁小施觉得整个人都软了下来,她坐在地上,下意识去看大屏幕上的排名。

二道选手 11 秒 48 第一名。

陈橙 11 秒 52 位居第二。

六道选手 11 秒 56 位居第三。

而自己,仅仅相差 0.01 秒,11 秒 57 位于第四。

梁小施只觉得全身都在发热,计时板上的数字瞬间变形变大,充斥在她的脑海,不停盘旋着。

场上的欢呼声、尖叫声嘈杂,梁小施却觉得都听不见了,耳朵里像有无数只蜜蜂在轰隆作响,闹声之中她听见张唯心冰冷的声音。

"起来,你还有四百米要跑。"

梁小施睁眼看着张唯心,不得不承认她是个很好看的人,头发扎成两个可爱的小团,眼里却写满了只属于运动员的坚定。

"对不起。"

张唯心冷笑一声:"站都站不起来,有什么资格说对不起。"

她转身就走,不再管梁小施。

梁小施感受着迎面的晚风,终于爬了起来。她吐了一口气,却发现江曜一群人正往自己这边赶。

梁小施连忙做了个往回的动作,示意自己没事,慢悠悠地离开了跑道。

至少现在,她不想让大家看到自己的样子。

第二天的四百米,梁小施"梅开二度",以 0.03 的分差无缘领奖台。

陈橙则发挥稳定,拿了银牌。

比赛结束后,梁小施和白涂川说有私事,就不和队里一起行动了。

白涂川脸色不好,哑着声音吼了句:"梁小施,收假前提前回队训练!"

梁小施转头,扯出一个笑容,摆摆手:"知道啦,教练!"

那天晚上,一群人在一家粤菜馆吃饭。

尹雪不遗余力地给梁小施夹菜。

"这个豉油鸡肉好吃,你快尝尝。"

"章之澍,把手里的虾球放下!来,小柿子,你尝尝这个荔枝虾球。"

贺青畅给尹雪夹菜:"你关心关心自己吧。"

尹雪不语,继续给梁小施剥虾。

梁小施情绪不高,全程不怎么说话,借口去上厕所。

众人均是一脸担忧，看了眼江曜，后者也推了椅子跟上去。

出了包间是一个假山，绕过楼梯拐角，清风从古色古香的窗棂里吹进来，带来一阵花香。

江曜只一眼就看见了梁小施，她戴着帽子，坐在草地上发呆。

后边是一个闪着灯光的喷泉，音乐声阵阵。

江曜坐过来的时候，梁小施正和陈橙打完电话，点头让他在旁边坐下。

有小孩儿在喷泉旁边玩，往里扔东西。

梁小施"嘿"了一声，把那小屁孩吓跑了。

江曜挑眉："你干吗？人家许愿呢。"

"许什么愿？"

江曜从兜里掏出一枚硬币，径直丢进喷泉里，只听"扑通"一声。

"小柿子天天开心。"

梁小施看他一眼："好俗的愿望。"

江曜一把将她搂在了怀里，昂着脑袋："俗才能实现。"

他身上有一种清香，不是青草味道，也不是路旁的野花淡香，而是一种木质的凝香，让人瞬间沉静下来。

梁小施闭上了眼睛，她搂住他，闷闷地喊了一声："阿曜。"

"怎么了？"

"没什么，就是想睡一会儿。"

江曜摸着她的头顶，轻轻亲了亲才道："对不起，是我没考虑好，我现在就让他们走，我俩一起去开个房休息。"

梁小施被他一下逗笑，捎了他一把："再瞎说我一巴掌拍死你。"

江曜也笑："你真的跟小时候一模一样。"

"什么小时候？"

"啊，没事儿。"

梁小施却仰起脑袋，一脸正经道："你说清楚，是不是想起你那个长辫子小女孩了，你那个初恋小女孩。"

江曜低头，眼里闪耀："人家哪里是我初恋了？"

梁小施冷哼一声："少来，以前的事我不管，你要再提起她，我就生气了。"

"好好好，不说了，睡吧。"

梁小施瞪着一双大眼睛，一颗心"扑通扑通"："我睡不着。阿曜，张唯心说我没资格说对不起。"

江曜眼色深了深，将人搂得更紧："你自己觉得呢？"

"我觉得我有资格,"梁小施把脑袋埋进江曜胸膛,让自己的声音几不可闻,"我太紧张了,太在乎对手了,说到底我输给了自己。"

"张唯心看起来凶巴巴的,但她也想我赢;你们来给我加油,我心里很高兴的,可我还是让你们失望了。"

她没哭,江曜却知道她已经把想说的话说了出来,心里不由得松快了些。

"我们给你加油不是一定要你拿金牌,而是因为你是我们的朋友;至于你师姐,以后再用成绩去证明给她看吧。"

梁小施埋在他肩膀里动了动,啜泣低吟。

"没关系,我们还在路上。"

躲了好久的弯月终于现身,碎星洒满天幕,满地的月色漫在两人身上,却并不清冷,反而暖乎乎的。

离开的时候梁小施在兜里掏了掏,却找不到一个硬币,只找到了一张纸币。

没办法,她将纸币折成星星,双手合十许了个愿,然后扔进了喷泉里。

"我的愿望是,每天都有太阳。"

梁小施和江曜回包间的时候,怎么也没想到映入眼帘的是这番景象。

桌上饭菜未解决,一群人东倒西歪倒了一堆。

章之澍扶着把椅子,一脸怒气,罗真真在旁边拉着他。

贺青畅的眼镜被甩到一边,嘴角渗出了血迹,伸手把尹雪护到了身后。

而韩湾和李代科,两个大男人,一人一边缩在了椅子背后,像两只瑟缩的仓鼠。

"你们干吗呢?"梁小施脑袋都要炸了。

"你问他!"

章之澍最先跳起来,指着贺青畅就骂起来:"还不是这人,刚开始大家都说得好好的,结果说起你的比赛,这人就说什么你心理素质不行,得第四名也是意料之中。你听听这是人说的话吗?"

眼看着他又要跳起来,罗真真赶忙把他手锁起来喝道:"章之澍,你给我闭嘴!"

"我闭不了嘴,你掐死我吧!"

罗真真:"……我真想掐死你!"

梁小施太阳穴跳了跳,刚准备开口,只听贺青畅沉静的声音响起:"都是大学生了还这么情绪化,我刚刚只是就事论事,梁小施临时上场,这个时候最考验心理素质,她当时热身动作都乱了套,我就知道要糟,果不其然……"

"你……谁要听你说这些?你是不是有病啊?"章之澍又差点冲过来。

尹雪也皱眉，哑声道："你非要在这个时候分析这些吗？"

贺青畅不解，转头看她："我不懂，我只是就事论事，你朋友现在根本没有一个运动员应有的心理素质，一次比赛失利就消沉成这个样子。你今天在席上那么照顾她，她却一点都不领情。"

尹雪低吼："你别说了！"

"或许我话说得难听，但没办法，早知道这样，雪儿，我就不该陪着你来。"

这下章之澍忍不住了，甩开罗真真的手就往前冲："'雪儿'也是你叫的？你以为你是老几？"

谁知手臂却被江曜拦住，江曜嘴角还挂着笑："别打了。"

"老江，你也……"

"还是江曜通情理……"

"让我来。"

话音刚落，江曜就一拳头招呼在了贺青畅嘴角，正好和章之澍那一拳对称。贺青畅被打得后退几步，一脸震惊。

江曜拍了拍手，欠揍般地笑了笑："知道自己说话难听就别说了。"

少年甩甩手，刘海遮住眉间，一双眼纯澈到底，鼻梁上那颗痣反而稍显幼态，白皙的肤色衬得他此刻更为单纯，只是这纯真与狠话形成巨大反差。

贺青畅被打得傻了，众人也看傻了，这是他们第一次看到江曜打人。

梁小施叫起来："你疯了？干吗啊？"

贺青畅莫名挨了两拳，早就反应不过来了，抖着声音问尹雪："尹雪，这就是你的朋友？"

尹雪脸色铁青，憋了半天没憋出句话来。

按道理，她也厌恶贺青畅这种"我性子直我有理"的行为，但他毕竟是跟着自己来的。

"不好意思，他们……"

梁小施终于开了口，却被江曜推开。

"兔子抱歉，打了你朋友，但我……"

"我们。"章之澍补充。

"但我们不后悔，医药费我已经转到你微信了，麻烦你带着他去处理一下吧。不过我们可能不会再想见他了。"

尹雪沉吟不语，最后点了点头，扶着贺青畅往外走。

"兔子，我陪你去。"

梁小施上前，盯了贺青畅一眼，开口："或许你说得对，我意志力薄弱，你也许已经见过许多强大的运动员，他们都坚如磐石让人敬佩，可成为他们之

221

前，能否允许我先成为自己？有过彷徨，有过害怕，最后才慢慢找寻到方向的梁小施。而且，谁能保证我这一次失败就是失败了？"

梁小施从小就如此，自愈能力很强。

一番话说得贺青畅沉默不语。

"走吧。"尹雪拦住她，一脸尴尬，"没事儿，你们先玩，我再给你发消息。"

章之澍却不依："兔子你跟着去干吗啊？让他自己去就行了吧。"

贺青畅咬牙："你别太过分！"

章之澍："把你的'爪子'撒开！"

一旁的罗真真脸色已经很不好看了，尹雪也厉声吼了出来："够了！章之澍你闹够没有，有完没完啊？"

在场人都没想到尹雪会发脾气，纷纷愣住。

章之澍更是不敢置信，瞪着眼睛看着她："兔……尹雪，你怎么……"

那个对自己百依百顺，虽然面上嫌弃，但从来都是笑脸相迎的尹雪第一次朝自己发了火。

章之澍满腔的情绪哽在了胸腔，他突然一句话都说不顺畅。

谁知话还没说完，尹雪已经拉着贺青畅出了门。

刚一出门，尹雪的泪几乎不自觉流了下来。她脚步越来越快，眼泪根本止不住，似断了线的珠子。

"雪儿……"

尹雪闭眼："你别喊我！"

贺青畅闭上了嘴巴，一脸隐忍，肿起来的脸更显怪异。

罗真真已经拉着失魂落魄的章之澍走了，包间就还剩四个人。

李代科的嘴巴就没合上过，他突然觉得今天这一场热闹比写生有意思多了。

"曜哥……你下手是真狠啊！"

韩湾点头如捣蒜般，怎么也没想到，平时冷漠至极的江曜沾到梁小施，竟然爆发出这样的能量。

江曜肚子饿了，嚼着冰冷的炒饭，伸手一指自己眉骨淡化的疤痕："知道这疤怎么来的吗？就是当时我在道上混的时候不小心伤到的。"

两个人的嘴巴张得更大了，眼里写满了不敢相信。

梁小施一脚踢过去："你能不能不装？"

江曜吃痛，连忙摆手："不说了不说了，你嫂子不让我说。"

梁小施无语，她深切怀疑今天这一架把江曜内心那个臭屁、中二的小宇宙燃烧起来了，导致他现在演上瘾了。

韩湾拱拳，也感叹于刚刚梁小施那番话："弟妹是个人物，能让这么多人为你两肋插刀，实在是佩服。"

梁小施："你们搞文字的是不是都有点毛病？"

李代科更夸张，一脸崇拜："嫂子嫂子，之前我说你不耐看都是乱说的，见识了你在赛场上的英姿，那才真的是令我神魂颠倒、日思夜想啊。"

江曜一个"你找死"的眼神甩过来，吓得李代科赶紧改口。

"不是不是，是令曜哥日思夜想……"

梁小施扶额："弟弟你是不是武侠小说看多了？你们还饿不饿？饿的话再点点。"

江曜："他们不饿。"

韩湾和李代科一看江曜那眼神就懂了大半，立马一本正经道："我们不饿。"

"我们看戏看累了，先回房睡了，你们玩。"

两个人几乎是冲出了包间。

梁小施看着两人的背影，叹了口气："江曜，我终于知道你为什么越来越无厘头了，就跟这两人天天待在一起，能正常吗？"

江曜放下筷子，还在戏中："走吧，跟大哥休息去。"

梁小施："休息什么休息！"

江曜一脸理所当然："没开玩笑，你今天肯定累了，早点睡吧。"

梁小施眯了眯眼，似乎从江曜的脸上找出端倪，最后只看出了"正经"二字。

"行，走吧。"梁小施起身。

第十八章
词不达意

十分钟后,江曜被梁小施拖到了贺青畅所在的医院。

江曜不想见人,气呼呼地在一边看满墙的医生简介。

梁小施站在椅子边,看尹雪给贺青畅举着镜子,后者正在小心翼翼地擦药。

"没什么大碍,你别担心。"尹雪宽慰。

"终究是我们的错,要不再在春城待几天,我做东。"

贺青畅冷着脸:"算了吧,你男朋友全身上下一百八十个心眼,再待下去我受不了。"

梁小施:"……好像也没说错。"

"大澍他们明天就回去了,兔子你呢?"

尹雪一愣,看了眼贺青畅才道:"我再看看,本来这次暑假我就打算看完你比赛就去蓉城的。"

"蓉城?"

"嗯,我们专业老师让我们去一个节目取材学习,作为暑期的作业。"

尹雪大学读的媒体编辑专业,蓉城又是电视人的天下,去那里学习见识是个大好机会。

"一个人吗?"

贺青畅接话:"我也去。"

梁小施有点累,她现在也学不会兜圈子了,直接问:"你想追兔子?"

贺青畅:"咳咳咳……不是追,是欣赏。"

梁小施双手抱胸,一脸探究:"那我更得跟着去了。"

"江曜!"她喊。

"哎!"他回。

护士:"声音小点儿!"

梁小施和江曜:"哦哦哦,好的。"

"一起去蓉城玩啊!"

"好呀。"

224

定下行程后梁小施很激动，和尹雪叨叨好久要去现场看节目，再吃上一盆火辣辣的小龙虾，那滋味想想就美妙。

尹雪笑她恢复得可真快。

梁小施撇嘴："你还真以为我是因为贺青畅啊，我是想着上了大学好久没和你一起玩了才想跟着去的，再说了我暑假还得提前归队呢，不得趁这点时间抓紧玩啊。"

尹雪端着一杯咖啡坐下，笑了几声："你别抱太大期望，以前总觉得电视上的人都遥不可及，期盼着去看一看，现在接触了这个行业才知道……都一样满地鸡毛。"

梁小施"咝"了一声："咱们喜欢的节目也这样吗？"

尹雪伸出手指："更离谱呢，我听说他们……"

两个女生一说起八卦就停不下来，这边几个男生顶着鸡窝头来到了酒店餐厅。

昨天江曜和韩湾、李代科挤在一间屋子，整个人跟被榨干了一样，懒洋洋地坐到梁小施旁边，端起她的豆浆就喝起来。

梁小施也不在意，把自己吃了一半的油条拿给他。

江曜拿着油条蘸了蘸豆浆，闭着眼睛嚼起来。

"韩湾和李代科呢？"梁小施问。

"回去了，这次写生前段时间就结束了，他们也有自己的事情。"

"啊！"梁小施长叹一声，"还没带他们好好在春城玩会儿呢。"

江曜睨她一眼："你要不要先想想怎么哄你男朋友？"

昨晚梁小施直接把江曜推进韩湾和李代科的房间，丝毫不顾他的意愿。

江曜越想越气，早上差点把洗面奶当牙膏用。

梁小施"嘻嘻"笑，熟练地给他捏起肩膀，一脸讨好地问："力道还合适吗？"

两人旁若无人，尹雪摇摇头，转头去看贺青畅。

他正在自助区拿鸡蛋，慢条斯理的，只是肿胀的脸颊还没消，像个充气人。

江曜闭着眼，声音没温度："兔子，我是看在你面子上才和他坐一起的哈。"

尹雪没好气地笑："谢谢你啊，江大少爷。"

江曜冷哼一声，继续嚼。

"不过说真的，这人性格真的有点怪异，太实诚了，还不如'腿毛怪'呢。"梁小施回过神来。

说起章之澍，尹雪脸色微变，又想起那天晚上自己好像是有点过分。

"不过咱们去蓉城要不要叫上大澍啊？他知道了不得说我们？"

"不用了吧……他还得陪女朋友吧。"

听尹雪这样说,梁小施点头,也不再说。

等一行人到了蓉城,已经是两天后。

不同于榆城的湿润温和,也异于春城的干燥闷人,蓉城的夏天是带着滚烫气息的,热风吹来路边口味虾、香辣螺的味道,刺激着人的味蕾;再一转身就落入了群峦叠嶂旁边残缺的夕阳,暖乎乎的日光温暖照人,像妈妈的怀抱。

尹雪和贺青畅先去找熟识的学姐说取材的事情,让梁小施和江曜先随处逛逛。

两个人躲过了喧嚣的商业街,挑了条僻静的林荫大道散步。道边香樟树成林,推着学步车的孩童在吹大风车。

梁小施拿着盒糖油粑粑正惬意着。

"少吃甜的。"江曜道。

梁小施嘴一撇:"江曜,你知不知道你现在很直男。"

"有吗?"

"当然有!"梁小施狠狠点头,"今天我这一身可是我精挑细选的,你偏偏说短裤太短、背心太短,跟那些老古板有什么区别?"

今天梁小施着装的确清凉,一件吊带背心露出精致的锁骨,下身破洞的热裤下双腿笔直修长。因为长期运动,肌肤呈健康明亮的米黄色,线条优美,肌肉紧实,惹得路人频频看过来。

江曜上下又看了一眼,居然有些脸红,咳嗽一声,牵起她的手:"没办法,我是怕大家看到你都跟我一样走不动路了,那多影响生活啊。"

梁小施差点被口水呛到,不得不说,自从两人在一起后,江曜说话是越来越像个人了。

"哎哟,小嘴甜的,吃糖油粑粑了吧。"

梁小施拿手指戳他的脸,玩心大发。

谁知江曜却不饶,伸手抓她的手指把玩一番,直接拿到嘴边亲了亲。

一阵酥麻的电流瞬间传遍全身,梁小施花容失色。

"干吗啊!大庭广众之下!你害不害臊?"

江曜只低低地笑,眉眼柔顺,凑过脑袋:"不是说我嘴甜吗?让我也尝尝这个糖油粑粑。"

"哦,那……"

梁小施正低头给江曜夹,谁知他直接捧起她的脸就亲了上来。

先是嘴角,再是湿湿的嘴唇,江曜小心翼翼地捧着梁小施,就像捧着最珍视的宝贝,轻柔地亲吻着,一次次让梁小施头晕目眩,只是沉浸在这个带着红糖的甜吻里。

结束之后,梁小施靠着江曜的脑袋深深地叹了一口气。

"怎么了?"江曜的声音带着磁性。

"你现在虽然说话像个人,但是做的事真不是人事儿。"

江曜愣住,只听她又说。

"不过我很喜欢。"

梁小施放下东西,双手搂住他的脖颈,踮脚凑了上去。

鲜活热烈的人间里,他们只需这一隅幽静,来尽情地亲吻彼此。

两人是被一阵刺耳的喇叭声吓开的,还没来得及反应过来,只见一阵黑旋风从眼前窜过,卷起一阵树叶与尘土。

江曜把梁小施护在怀里,微不可察地皱了眉。

谁知这还不算完,两人身后又是一股旋风袭来,伴随着有规律的轰鸣声在耳边呼啸,几乎是擦着二人而过。

"小心!"江曜抱着梁小施转了个圈。

梁小施吓得心都快跳出来,喘喘气,对着那车屁股大骂出声:"喂,大黑皮!你有没有素质啊?"

谁知那摩托车不理,竟然还在轰油门,这更惹怒了梁小施,她低哼一声,居然咬牙追了上去。

"梁小施!"江曜没能喊住她。

梁小施用尽全身力气奔跑,耳边风声鼓动,她继续喊叫着。

谁知那"大黑皮"转头看了她一眼,竟然将车停了下来。

梁小施大喜,赶紧追上去逮住他的车,气喘吁吁:"这……这下……跑不掉了吧。道歉!"

"大黑皮"看着梁小施,头盔下的双眼含着笑意:"小柿子,你怎么越跑越快了?"

这边江曜也骑了辆自行车追上来,抓住梁小施不放。

"老江,你也太弱了。""大黑皮"说。

"大黑皮"取下头盔的那一刻,两人纷纷吐出两个字:"哇!"

是李司文!

江边清风徐徐,一溜儿夜市小摊,满地的塑胶椅子和不锈钢饭桌形成一道独特的风景。已经接近傍晚六点,四面而来的食客快要占满这一块宝地了,嬉笑声、吵闹声连绵不绝。

"真的吗？我刚刚那一百米跑出了多少？"

江曜伸出手指："11秒半左右吧，我计时没来得及。"

梁小施瘫在椅子上，虽然并不精准，但这个成绩已经刷新了自己的最好成绩。

她现在有些蒙，双眼无神地盯着前方。

都说上升期的运动员成绩刷新就跟网页刷新一样，速度之快，让人措手不及。

梁小施甚至在想要不要告诉白涂川，但想想他肯定又要唠叨一大堆，也就算了，决定这几天自己再练练。

江曜知道她内心汹涌，也暂时不打扰，和李司文来聊起天来。

"怎么跑这么远来了？"

"蓉城有个比赛，我要待几天。"

"你爷爷呢？"

"奶奶走了之后，他就回老家了，他说那里清静，我现在赛车和打零工的钱就寄回去给他。"

江曜抬眼，看他模样，发现这人也晒黑了些，脸颊清瘦不少，看来也是风吹日晒造就的。

"赛车有起色吗？"

李司文含了口酒，淡淡道："还行，加入了车队，有时候能赚点小比赛的奖金。"

"行。"江曜点头。

李司文看着这情景，突然就想起当初在榆城两人坐在江边喝酒的场景，而当时两人围绕的重点——梁小施，此时此刻她正呆滞地望着天空，傻得冒泡。

……他们都是什么眼光。

李司文没忍住笑出来，摇了摇头。

正说着，来会合的尹雪和贺青畅一屁股坐了下来，两人均是大汗淋漓，狠狠灌了一杯啤酒才算解渴。

梁小施这才从思考中抽身出来，拉着尹雪听她讲八卦。

"对了，我这儿有几张Sandy的演唱会门票，咱们到时候一起去看啊！"尹雪秀了秀好不容易得到的门票。

"哇，真的吗？"梁小施眼睛放光，又凑过来小心翼翼地问，"Sandy是谁？很有名吗？"

贺青畅在旁边喝茶，淡淡道："尹雪最喜欢的女歌手。"

李司文盯了这人好久了，这下终于确定了他的目的是什么，也不知为何就想开口接一句话:"嗯?我怎么记得大澍喜欢 Sandy 啊,他很爱唱她的歌。"

江曜补充:"好像是,大澍床头还有她的专辑呢。"

这么一说,不光贺青畅,连尹雪的脸色都僵了。

梁小施在心里暗骂这两个大蠢货不会看脸色,这种事情知道就行了,还添油加醋说出来干什么?脑子生锈了吧。

"龙虾都堵不住你俩的嘴,吃吧!"

尹雪没有回话,低头吃菜,最后被辣得直叫唤,泪眼汪汪。

贺青畅一边给她递纸巾和水,一边轻声道:"吃不了辣就别吃了。"

尹雪摇头:"我爱吃。"

"爱吃就是这模样,你嘴都快肿了,舒服了?"

"喜欢就得伴随着痛苦,你懂不懂啊?"尹雪喝了些酒,已经有些醉了,摇着脑袋笑他。

贺青畅脸色黑得像锅底,桌子一拍:"我不懂!我就知道我不能看你像现在这样麻痹自己!"

他这一凶吓得尹雪一抖,眨着眼睛看他,眸子里水雾朦胧,像水晶球。

梁小施几个人已经搬了椅子去江边吹风打牌了,几个人笑得七歪八扭的,模样一如高中,时光飞快,青春却永驻。

还记得他们在天台手掌紧握,说要当一辈子的好兄弟。

真是……很热血很天真啊。

尹雪盯着他们笑,越笑越开心,最后笑得眼泪都流下来了。

贺青畅皱眉,起身按住她:"尹雪!"

尹雪笑累了,终于收住笑意,眼里一片清醒。

"快了,马上结束了,让我好好告个别。"

演唱会开场前两天,尹雪接到了章之澍的消息,问她要不要去看 Sandy 的演唱会。

尹雪顿了顿,最后说了句自己没空,让他自己看。

电话那头传来轻轻的呼吸声,一阵沉默。

"没什么事儿,我就挂了。"

"尹雪,"他第一次连名带姓地叫她,"你和他在一起了吗?"

"好像和你没关系吧。"

章之澍一窒,本想说是王姨拜托自己问的,最后还是什么都没说出来,"哦"了一声。

挂了电话,尹雪捏紧了手机,继续逛街去了。

演唱会当天，蓉城蓉花国际会展中心灯火通明，彩灯直通穹顶，大批观众就像迁徙的蚂蚁一般，陆陆续续往场馆里钻，准备尽情享受这一场音乐盛宴。

梁小施和尹雪的票本来在 A 区，江曜和贺青畅在 B 区，李司文一个人在 C 区。

谁知江曜不干了，要和尹雪换票。

尹雪拗不过他，只能做做好事让小情侣坐一起。

开场前十分钟，梁小施去上厕所。等她上完厕所发现前面几排没有人来，她灵机一动，拉着江曜往前移动。

江曜挤在女生堆里有些害羞，只能闭着眼任由她牵着走。

七歪八扭后，两个人的位置竟然和李司文相望，仅仅相隔一个狭窄的过道。

梁小施开心到起飞，和旁边的女生研究起应援物来。

江曜双手抱着打瞌睡。

终于全场灯光暗下来，震耳欲聋的乐器声冲入耳朵，刺眼的灯光让人眼花缭乱，一阵又一阵的尖叫就像海浪喷涌而来。

演唱会开始了。

梁小施虽然对歌手不了解，但她是个能快速融入环境的人，很快就挥舞着荧光棒唱起来。

江曜生怕她蹦跶得摔了，死死拉住她的手臂。

中途 Sandy 停下来讲话，梁小施和江曜耳语。

"这种歌手体力肯定很好，你看她唱了这么多首歌脸不红气不喘的，汗都没怎么流。"

"那当然，你当人家这演唱会随便唱几首歌就能开啊。"

江曜挨着她耳朵，笑意浅浅："你别跟着唱了，那塑料粤语我都听不下去了。"

梁小施气急，伸手掐江曜，又故意在他耳边叽里呱啦地乱唱，逗得江曜耳朵痒，只能连连求饶。

谁知道这时候 Sandy 的声音突然响起，她指着大屏幕："哎，这对女生和男生，你们在干吗？"

大屏幕上很快切到了正在打闹的梁小施和江曜，全场立刻哄闹起来，所有目光全聚集到两人身上。

梁小施彻底傻了，看了眼大屏幕上傻笑的自己，恨不得立马从地缝里钻进去，一张脸通红。

反观江曜就淡定多了，从最开始的一丝慌乱到现在的镇静，他不好意思地笑了笑，一把将梁小施拉进了自己怀里，指了指她，又指了指自己的脸，笑得宠溺。

Sandy 拿着话筒调笑:"哈哈哈,男生是在说你女朋友害羞了吗?"

"亲一个!亲一个!"

也不知是哪个好事者起的头,全场居然齐声喊起来。

这种事情在演唱会也是常事,能活跃气氛,Sandy 也不制止,甚至轻声跟着起哄。

梁小施听得耳朵都红了,她听见江曜在耳边呼气。

"不如就让他们看看我全世界最可爱的女朋友吧。"

满场的音乐和热烈的体温,还有身旁这个最爱的少年。

梁小施一颗心被这些全部填满了,她把脑袋从江曜怀里扬起来,咧着嘴笑得开怀。

"那只能看一下哦。"

江曜笑,笑容比晚风还要温柔,低头轻吻她。

只一瞬的蜻蜓点水,就像湖面泛起了涟漪,却能瞬间点燃一万人的演唱会现场。

观众们都快跳起来了,Sandy 也笑弯了腰,朗声喊起来。

"谢谢!一首《至少还有你》送给你们,祝你们白头偕老,早生贵子。"

凄美悠扬的曲调,听得梁小施泛酸,也因为害羞,后半场她几乎是在江曜怀里听完的。

那个插曲过后,演唱会本身还有观众互动环节,抽中的观众可以点歌,大家又激动起来。

前面抽中几个观众,Sandy 成了点歌台。

江曜的手机突然响起,他接过,然后往后看了眼。

"好,待会儿你在 D 出口等我们。"

梁小施问:"怎么了。"

江曜指了指看台:"大澍来了。"

"他来了怎么不告诉我们?"

江曜耸肩:"他也是看到大屏幕才知道我们也来了。"

江曜转头去和李司文说这事,梁小施转头去找章之澍,可惜密密麻麻一群人,她实在认不出来。

"B 区 3 排 18 号!"

Sandy 报完号,摄像机很快摇了过来,尹雪发蒙的脸显现在大屏幕上。

"哈,就是你啦,我们今天最后一个幸运儿。这位女生你想点什么歌啊?"

231

尹雪迷迷糊糊地站起来，看着 Sandy 正盯着自己，突然就脑子一片空白，"嗯"了一声才开口："Sandy 你好，我是第一次来看你的演唱会。"

"哇，新朋友啊，你想听什么？"

尹雪捏紧话筒，声音都颤抖了："喜欢你是一个偶然，因为我喜欢的男生也喜欢你，所以我跟着他一起喜欢你。"

"哇哦！"现场又开始起哄，听出这是一个故事。

"喜欢他多久了，我自己都记不清了，他一直不知道……"

现场观众默契地陷入了一种奇异的安静中，所有人都看着这个拿着话筒的女生。

梁小施也站了起来，她转头去找章之澍，这次一下子就找到了。

他坐在最后面，一脸呆若木鸡的样子。

"不行，兔子不知道他也在这里，我要去告诉她！"

江曜一把拉住人，沉声道："他们的事情迟早要解决的，我们别去插手。"

"可是……"

这边尹雪还在继续："不过很早之前我就知道我们不可能了，我太过胆小，他太过自信，就像躲在海底的鱼和徜徉天空的鸟，无法在一起。"

Sandy 也被她这一番话震动，叹了口气："所以你今天想对他说什么呢？"

尹雪终于笑了，笑中带泪："我想麻烦 Sandy 送一首《词不达意》给他，今天就用这首歌来作为我盛大暗恋的结束曲吧。"

《词不达意》表达的是想要表达的感情无法宣之于口，而这首歌的原曲 Communication 的意思是交流沟通，两个版本一南一北，意思却大不相同。

Sandy 低沉的声音，回荡在整个场馆里。

> 我无法传达我自己，
> 从何说起，
> 要如何翻译我爱你，
> 寂寞不已。

婉转凄美的音乐里，尹雪坐在位置上哭得梨花带雨，死死捏着自己的手机，仿佛这一腔爱恋能随着泪水蒸发掉一般。

哭完这一场就长大，唱完这一曲就告别。

贺青畅在她身边，想要伸手去触碰她。他嗓子发痒，却伸不出手，只能干干地站在一旁。

而看台上，章之澍一张脸早就变了色，他不知是该哭还是该笑，脸上只有一种怪异的神情,直到演唱会都结束了还没反应过来。

场馆的离场提示叫了一遍又一遍,灯光亮得有些刺眼。

章之澍呆在位置上,脑子里一直回响着尹雪的话,像钟声,一遍又一遍。

"同学,怎么还不走?演唱会已经结束了。"志愿者走过来提醒。

章之澍抬起头,"啊"了一声。

"你怎么哭了啊,同学?"

章之澍摸了摸自己冰凉的脸,愣了一瞬,下一秒终于放声痛哭起来。

江曜打不通章之澍的电话,在 D 出口等了快一个小时也没看到人。

时间接近晚上十一点,闹哄哄的场馆门口已经没有多少人,寂寥的冷风刮起柱子上的注水旗,场馆工作者一个一个搬走 Sandy 的海报,让这空旷的场地又添几分落寞。

盛大的狂欢之后,就是无尽的空虚。

"他会去哪儿啊?他有没有告诉你他住哪个酒店啊?"梁小施急得原地打转。

江曜皱眉,电话不停:"没有,罗真真的电话我也打不通。"

"不会出什么事儿吧?"李司文也慌了。

尹雪和贺青畅已经回酒店了,梁小施没有告诉她章之澍也来了。

不知道为什么,梁小施总觉得章之澍会接受不了这件事,所以才选择躲起来。

梁小施和江曜对视一眼,梁小施先开口:"我们自己先去找一下吧,别惊动尹雪,至少今天……让她好好休息吧。"

江曜点头,拉着梁小施:"我们先去附近的商超还有酒店看一看。"

"那我开摩托车去附近的江边找一找。"

三人约定一个时间和地点,就各自去找了。

商超繁华,因为有粉丝昼夜守候,现在还在营业。梁小施和江曜一家一家几乎找了个遍,但都一无所获。

没办法,两个人拖着疲惫的身子去约定地点等李司文。

露天的咖啡厅幽静,两人坐在藤椅上休息。

"阿曜,章之澍不会做傻事吧?"

江曜的手机打没电了,拿着梁小施的手机继续打:"不会的,他没脆弱到这地步。"

梁小施直起身子,一脸严肃:"你怎么知道?兔子喜欢了他这么久,怎么就不至于了?"

233

她别过脑袋:"你们男人真无情。"

江曜一脸无语,这怎么又扯到男人身上了。

"你看吧,你不说话就是默认了吧,你是不是也和他一样?"

梁小施也不知是不是因为被尹雪感染到,居然也抹起泪来,腾地站起来:"不管了,我不找了,他这么伤害兔子,我才懒得管,我回去找兔子。"

尹雪住的酒店就在这对面。

见她开始耍脾气,江曜赶紧把她拉住,说好话哄劝着。

而李司文这边沿江找了一圈也没看到人影,不由得慌了起来,东张西望地喊着章之澍的名字。

路边还有些许粉丝在说笑,开始大合唱,歌声嘹亮。

李司文看得眼花缭乱,他马上到约定地点,正看见江曜和梁小施站在咖啡厅前。

"这人死哪儿去了!"

李司文低骂一声,忍不住加大了马力。

眼里突然出现一个熟悉的身影,章之澍佝偻着背,慢悠悠地走在一群女生中间,甚至因为没看前面撞到了别人,低着头说对不起。

李司文速度很快,等反应过来的时候已经开过了。

他转过脑袋喊章之澍的名字。

谁知这时一声尖叫响起,李司文转回脑袋,然而一切都已经来不及了。

斑马线前梁小施像豹子一样冲了出来,眼疾手快地推开玩手机的路人,自己却因为惯性倒在了地上。

刺耳的刹车声划破长空,李司文几乎要把刹车捏断,他极速拐了方向却还是没能阻止这一次相撞。

笨重的机车撞到了梁小施的腿,火星四溅。

梁小施只觉得小腿钻心地疼痛,纵使她再怎么能忍,此刻也没能忍住,尖叫出声。

两旁的路人都惊呆了,咖啡厅的老板也钻出来,楼房的灯一盏盏亮起,都想来看看这突如其来的事故。

一辆"轰隆"作响的机车,一个摔倒在地昏迷过去的赛车手,还有在血泊里哭泣的女孩,构成了深夜里最惊心动魄的一幅画。

梁小施是下意识冲出去的,没有更多思考。

江曜又一次没能拉住她,只把她手上戴着的应援丝带抓了下来。

他有些发晕,路上那一摊鲜红的血液让他陷入了无尽的旋涡,仿佛是当初父亲满地的血,又像那晚周晚启血迹斑驳的额头,那么红那么刺眼,扎得人心脏都生疼。

"快叫救护车啊!"

咖啡厅老板拍着大腿怒吼。

梁小施觉得好吵,有人在吵架,哭泣的女声、愧疚的男声,还有怒吼的声音交杂在一起,吵得她耳朵发麻。

啊,这个怒吼的声音是江曜的。

梁小施有点生气,开口:"江曜……"

江曜还以为自己幻听了,赶紧凑了过来:"我在,我在。"

几个人也围了过来,一脸担忧。

"你别说话了,太吵了。"

"好好好,我不说话了,你感觉怎么样?"

梁小施微微动了动,谁知这一动脚踝就生疼,她忍不住"嘶"了一声,终于疼得睁开了眼睛,看到了江曜的一张大脸。

她忍不住又闭上眼睛,别过脑袋:"你靠太近了。"

江曜一哽,退了退,手却紧紧抓住她的手。

脑子终于清醒不少,梁小施睁开眼,看着自己的右脚被吊起来,腿肚子贴上了黄色的纱布,估计是打了麻药,丝毫没有感觉。

还好现场几个人都还全须全尾,梁小施笑出了声:"行,都在就好。"

尹雪咬着牙,哭兮兮:"小柿子你快吓死我们了。"

"哭啥,我又没死。"

章之澍在一边都快把脑袋低到地板里了:"都怪我,要不是为了找我,你也不会……"

梁小施浑身无力,摆手:"好了,你们在这儿演电视剧呢,一个个的,我又没啥事儿,别叽叽歪歪的。"

一醒过来就是明显的梁小施风格,众人也不知是该哭还是该笑。

江曜拍拍她的肩膀:"你刚醒饿不饿,我去给你拿点吃的。"

"还真有点,想吃海鲜粥。"梁小施一脸委屈,看得江曜心都要化了,起身就要给她去买,谁知道撞到后面的伤员。

李司文退了退,自告奋勇:"我去。"

梁小施这才看到李司文那包得跟粽子一样的脑袋,忍不住问:"我的天,你没事儿吧?"

"没事,你别管我。"

李司文转身走了,江曜跟了上去。

他一走，章之澍也跟上去。

病房里瞬间只剩梁小施和尹雪，两个女生又腻腻歪歪说起悄悄话。

这边李司文步伐迅速，江曜差点没跟上。

"你别去了，我去！医生都说了你这脑震荡要静养。"

"没事，我去买！"

"回去休息！"

李司文皱眉："江曜，你让我做点什么吧。"

"这不是你的错。"

章之澍最后跟上来，声音细若蚊蚋："你们别争了，让我去吧，不然我会愧疚得发疯。"

两个男人看了他一眼，默默收回眼神，给他让出一条道。

章之澍走了，背影落寞。

江曜觉得，仅仅几天不见，他仿佛换了一个人。

两个人倚在走廊发呆，一时之间没人说话。

"老江，真的抱歉。"

"是我没拉住她，如果我反应比她快的话，她就不会躺在那儿了。"

李司文嗤笑："她可是练短跑的，你比得过吗？"

江曜："……脑震荡怎么没把你震傻了？"

李司文一噎。

"要是她这个伤影响了她跑步，那我估计一辈子都原谅不了我自己。"

江曜转头："那我也原谅不了我自己。"他又顿了顿，看着地面，继续道，"但是别说这些丧气话，不会发生这种事的。"

正说着，尹雪突然从病房冲出来，对着二人说："小柿子说她要回榆城，就现在。"

第十九章
一朵茉莉花

把车停在小区楼下,梁肖生急急忙忙地上了楼,走了几步之后又想起了什么,转身回去,从车里拿出一束花来。

那是一束洁白的茉莉花,香气馥郁。

回家打开门,一个女人正在端汤,桌上已经摆好了四菜一汤,就连花瓶里都精心装上了露水颤颤的花枝,跟梁肖生手里的一样,是茉莉花。

"回来了?吃饭吧。"

梁肖生把茉莉花送到女人手里,急匆匆的:"不吃了,你吃完就回去吧,我要去机场一趟。"

"是小施要回来了吗?"女人面上闪过一丝欣喜。

"她出事了。这个孩子,要不是我打电话过去问,她都不告诉我这件事。这伤了腿可不是开玩笑的,伤筋动骨一百天,小曜哪会照顾啊,必须得回来……"

他急着换衣服,甚至拿起摩丝往自己头上抹了抹。

女人伸手替他梳头发,眼神温柔:"我在想,既然小施回来了,那我们的事情……"

梁肖生一愣,吞吐几句:"其实之前我想说的……但是小柿子性格比较强,我觉得要不还是等等吧。"

女人手上一顿,眼里神采暗了暗:"好吧,反正也不着急。"

她又说:"小施严不严重啊?我去看看她吧。"

"就是脚踝伤到了,好像还有点烫伤,我现在去接她,到时候估计还要住院的,再说吧。"

梁肖生着急得很,甚至忘记拿钥匙。

徐秋芳脱下围裙,看了眼紧闭的房门,只能无奈地叹口气,拿着钥匙追了出去。

那边梁肖生往机场赶,那边梁小施也在一群人的照顾下坐上了飞机。

江曜都快紧张死了,一直盯着梁小施的腿,好像下一秒这条腿就要消失不见一样。

梁小施脚趾都扣紧了，她咬牙："你别看了行不行，没事儿就去找李司文他们打牌。"

下一秒后排的几个人从座椅缝隙里挤过来，悠悠开口："小柿子别害羞了，你不知道叔叔在电话里气成啥样了，我们得照顾好你啊。"

"老江，你要是困了就让我们来。"

"还是我来吧，我没事儿。"章之澍举手。

梁小施："……救救我。"

除了贺青畅回了墨城，其他五个人都回了榆城。

飞机旅程过半，机舱里安静平和，大多数旅客都陷入了沉沉的睡梦里。

尹雪上了个厕所出来，却猛然撞见一人。

章之澍就站在厕所和过道中间，一米八的大个子几乎将这逼仄的空间全部占据。尹雪全身上下都笼罩着属于他的气息，顿时觉得有些呼吸不畅。

尹雪低下脑袋，侧着身子要出去，却被他拉住手臂。

"别走。"

就这么一声，尹雪鼻子又是一酸，她不想被他听出来，咬着口腔里的软肉。

"不走干什么，你要上厕所就去。"

章之澍反而将人攥得更紧，声音像是含了铁，眼睛也死死盯着她，像是要将她吸进去一般。

"对不起。"他道。

尹雪回望："没关系，都过去了。"

她笑容纯澈，好像盛开的春花。章之澍愣了愣，继续道："我不知道，我一直以为我们是好朋友，没有往那方面想……"

"章之澍，说你是猪脑子还真没错，你真以为男女之间有纯友谊吗？你看李司文，他现在对小柿子是纯友谊吗？"

顺着她的眼神望过去，李司文坐在梁小施的侧后位，歪着脑袋，直接又大方地盯着熟睡中的人。

也许就因为梁小施睡着了，大家都睡着了，只有在这样谁也看不见的时候，李司文才敢肆无忌惮地看。

全世界都知道我喜欢你，我却只能瞒着全世界偷偷爱你。

章之澍收回眼神，喉结上下滚动着，他摇头："我后来知道了，又好像不知道，那次你为了贺青畅吼了我，我有些难受。你从来没吼过我，我一下就接受不了了，我想……尹雪怎么为其他男人骂我呢，这不可能。"

"所以呢？"

"我不知道，真真回去就和我吵架了，我心情不好，也和她吵起来。"

尹雪皱眉，突然觉得一阵恶心："你和她分手了？"

章之澍连忙否认："没有没有，我们只是在冷战。"

"既然这样，你就更不应该来找我了，我说了已经结束了。"尹雪拉开他的手，淡淡的，"章之澍，如你所愿，我们现在只是朋友了。"

眼前人面无表情，和小时候那个甜甜的小女孩慢慢重合，章之澍心里一阵倒寒，总觉得什么很重要的东西要消失了。

尹雪转身要走，却被他拉进怀抱，死死地抱着。

梁小施被安排到新病房的时候，天已经黑了。

医生掀开纱布，粉嫩的肉和深黄的药液让人看得触目惊心。

梁小施疼得死死抓住江曜的手。

"没事儿，马上好了，马上好了。"

医生嘱咐了几句就走了，病房里的人都一脸郁色。

梁肖生眼眶都红了，环视病房里众人一眼，伸手指了江曜一下。

"你，跟我出来一下。"

梁小施一惊，差点跳起来："爸，你干吗？"

"你给我好好躺下，待会儿我再找你算账。"

"……哦。"

章之澍开口："叔叔，这件事……"

"都别说话，小柿子这里有我呢，你们都回去吧，别让父母担心。"

男人又看了江曜一眼，眼神明显，后者也老实地跟了出去。

剩下几个人面面相觑，也不知道如何是好，还是梁小施发话让几人回去，有什么事情到时候再说。

几人这才走了。

梁小施觉得困倦不已，但又担心着江曜，只能强撑着眼皮。

谁知门口突然有声响，她一下坐起来："你回来啦？"

门口站着一个女人，中等身材，黑发卷成一个圆乎乎的发髻，面上化了淡妆，笑起来像一只猫。

"你是……"

大约十分钟后，江曜回来了，神色没什么变化。

梁小施探头望了望，后面没人："我爸呢？"

她伸手去拉江曜，又摸了摸他脑袋和身上，像是在检查他是否完好无损。

"我爸没对你做什么吧？他怎么那个表情啊，我从来没见过他对你这个表情哎,你不是比他亲儿子还亲吗?"

江曜被她摸得头发都乱了也不管,想着刚刚梁肖生把自己拉出去说了半天,左一句右一句都离不开一个中心思想。

"既然是我女儿的男朋友,就要像个男人一样保护她。"

江曜昂着头,一言不发,只是最后答了一句话。

"我会的,爸。"

梁肖生:"……倒也不用改口这么快。"

…………

"喂,你傻了?我爸到底对你干什么了……我不会找了个傻子当男朋友吧。"

梁小施说完,气得江曜掐了下她的脸蛋。

"没说什么,就是男人间的对话。"

"……在装什么?"

他伸手捂住她的嘴唇,龇牙:"宝贝,你还是不说话比较可爱。"

"你……"

她说不出话,江曜便放过她,转头看了眼她吊着的腿。

"你的腿还能归队训练吗?"

说起这个,梁小施快愁死了,离归队还剩半个多月了,也不知道到时候能不能接受高强度的训练。

"要不……退出吧。"

梁小施眉毛一挑:"你这么想?"

"我舍不得啊。"

"舍不得也得舍,你没听过一句话吗?舍不得女朋友套不着奖牌。"

她胡乱改话,表情却一本正经,逗得江曜笑出声,干脆一下坐在床边,一边抱着女朋友,一边玩她的头发。

梁小施干脆往里缩了缩,给他留出位置。

江曜也不客气,直接躺了上来,两个人紧紧贴着。

"我没开玩笑,我还想继续去的,这是我喜欢的事情,你再不舍得也得忍着。"

"那你答应我,只要坚持不了就放弃。我不管什么奖牌,我只要一个圆滚滚的小柿子。"

梁小施昂头撒娇:"啊,你是说我胖啊!"

江曜噎住。

"是不是?我就知道你们男人就是美色当前,什么都忘了,亏得我以前还觉得你坐怀不乱,是当代柳下惠呢,结果……"

"就是个禽兽"这半句话没说出来,因为江曜已经低着脑袋亲了上来。

他动作急切,一边亲一边摸着她脸颊,另一只手也没闲着,伸手隔住她那只受伤的脚。

"唔……"

小姑娘哼唧一声,伸手推了推。

江曜情动,正准备又亲下去,谁知道门被"唰啦"一下打开,梁肖生提着衣服走进来。

床上两个人像弹簧一样弹开,江曜撞到墙上,梁小施因为脚被吊着,只是上身弹了弹,现在把脑袋埋在了枕头里。

梁肖生一看这情形便懂了,瞬间黑了脸,压着声音:"你出去。"

江曜很自觉,"哦"了一声出了门。

"爸……"

梁小施想开口,却被梁肖生打断,他拿出衣服,一副老父亲的做派:"我不管你们谈恋爱怎么样,现在你受着伤呢,都给我收敛点。"

还真是老父亲疼女儿,现在梁肖生说起江曜也是毫不留情,情况跟当初完全反过来。

"小曜也是,之前那么有分寸,现在怎么糊涂了?"

"爸……"

"你别替他说话,他再好也是个男人,你是女儿家。"

"爸!"梁小施拉住他,终于插上话茬。

"我……我想上厕所。"

艰难地解决完,梁小施一身轻松。

梁肖生过来扶她回床上:"这花哪儿来的?"

梁小施看了眼旁边的花:"这是刚刚有个阿姨送给我的,她说她是你的同事,姓徐,有没有这个人啊?"

梁肖生一愣,低下脑袋:"啊,有的,她跟你说什么了?"

"没说什么,就叫我好好休息。"

他给梁小施掖好被子,淡淡的:"嗯,别想太多,有爸爸在呢。"

梁小施点头,眼睛却望着门口,想着江曜今晚可能不会来了。

江曜的确没有来,他回了家,顺便和江一漾说了这事,后者一听这事就要收拾东西去看梁小施。谁知一激动就从包里翻出了一枚领带夹,崭新的,还带着松木香味。

姐弟俩盯了一眼,面面相觑。

还是江一漾最先撑不住,笑得讨好:"小曜,你想要一个新姐夫不?"

江曜挑眉,沉默了良久,等到江一漾坐立难安时才开了口:"姐姐幸福就行。"

江一漾终于放心了,露出娇羞的笑容。

大约一周后,江一漾特地带上新男友沈禹去看养伤的梁小施。

沈禹开车,笑意盈盈地和江一漾说话,后排的江曜不怎么开口。

为了和未来小舅子打好关系,沈禹主动搭话,江曜只是礼貌性地接了几句。

沈禹也不强求,只是看着江曜苍白的脸色和泛着血丝的眼睛,忍不住问了一句:"你最近睡眠不好吗?"

"你脸色怎么这么差?"江一漾也奇怪。

江曜:"没有,在写东西。"

"写东西也要注意休息啊。"

沈禹收回眼神,他很清楚这并不是熬夜的结果,明显是失眠受惊:"如果有什么问题可以说出来,不要一个人憋坏了。"

江一漾点头:"对啊,小曜,沈禹是心理医生,之前我状态不太好就是去了他的诊所,你有什么事儿就说出来。"

江曜摆头,明显不想再说。

前排两人对视一眼,沉默不语。

等到了医院,病房里除了梁肖生还有个女人。

徐秋芳拿着一束山茶花,碎花连衣裙上别着一个精致的胸针。

是一个温柔又漂亮的女人。

江一漾问了梁小施几句,就拉着沈禹和梁肖生说话了。

梁小施没什么心思,歪着脑袋看后面的江曜,后者也探着脖颈回望着。

"老梁,我们去给小施买她想吃的糖炒板栗吧。"徐秋芳说。

江一漾:"我也想吃!沈禹我们也去。"

梁肖生:"你一个人去就行了呗,我在这儿陪……"

"陪什么陪,走吧你。"

梁肖生被几个人拉出病房,空间终于留给了两个孩子。

下一秒梁小施就下了床,单脚跳到沙发上坐着,然后伸出两只手道了句:"来吧。"

"来了。"江曜伸手抱住她,与她紧贴着坐好,慢慢闭上了眼睛。

"昨天还是没写出来吗?"

"嗯。"

梁小施环住他胸膛,轻轻在他身后拍了拍,声音软软的:"你别这样,写不出来就算了,好好睡觉。"

江曜闭着眼睛:"有你在身边我就睡得着。"说完好像真的要睡着一般,歪着脑袋靠在梁小施身上,眼睫微微颤动,呼吸却均匀。

梁小施抬头望他,心里万般疑虑。也不知道怎么回事,这些天江曜总说熬夜写稿未果,每次都是来医院抱着她补觉。

说是补觉还真就是补觉,什么都不干。

"小柿子,我们回来……"

梁肖生推门看见这一幕,又一脸不高兴,这几天都第几次了,大庭广众之下影响多不好。

"小曜你快起……"

谁知梁小施这次却不依:"爸你别吵,他要睡觉就让他睡呗,干吗吵醒人家?"

梁肖生瞬间不乐意了,冷哼几声出了门。

梁小施:"哎……"

徐秋芳在门口看着吵架的父女俩,无奈地笑了笑。

"我爸就这样。"

"我知道。"

徐秋芳把板栗提进来问她吃不吃。

梁小施点了点头,徐秋芳就坐在旁边给她剥板栗。

梁小施有些不好意思:"这些天您一直来看我,还总给我带好吃的,我都不好意思了。"

"这有什么,你爸之前帮我特别多,而且我看着你也喜欢,没事儿。"

梁小施笑笑,考虑着江曜还在睡觉,两人就没再说什么,只是一个人剥,一个人吃。

"云平啊云平!你不能走啊!"

女人一脸狼狈地追着担架出来,裹着尸体的白布血迹斑斑。门内的大理石地板上也血流成河,像最鲜丽的罂粟花。

场景变换,客厅变成周家,周晚启狰狞的脸,江一漾惊慌失措地拿着烟灰缸,透明缸底一滴一滴滴着血迹,最后滴到了斑马线上,最后融成了一摊暗红色的血。

那是梁小施的血,她捂着腿,脸上神色痛苦又惊慌,就这么坐在那儿哭,哭声由近及远,最后直至完全消失不见。

"小施！梁小施！"

江曜惊叫出声，猛地坐起来，大口大口喘着粗气。

他满头大汗，后背已经被打湿。

"怎么了这是？"徐秋芳吓得一愣。

江曜这才回过神来，环顾四周一眼，粗着声音："徐阿姨，梁小施呢？"

"她去换药了，看你睡得熟就没叫你。"

徐秋芳走过来，弯着腰背："是不是做噩梦了？"

江曜闭着眼睛摇了摇头，但脸色苍白得可怕。

下一秒，徐秋芳伸出手轻轻拍了拍江曜的额头，用哄孩子般的语气哄："呸呸呸，噩梦快走开。"

她声音太过温柔，江曜愣住，抬头看着她。

徐秋芳佯怒，继续拍："宝宝乖乖，宝宝乖乖，宝宝快睡觉。"

看着江曜脸色慢慢好转，徐秋芳这才放下手笑："是不是好多了，没关系的不怕，继续睡吧。"

江曜却睡不着了，他心里涌起一种奇异的感觉，徐秋芳的举动无疑有些越矩，自己却并不排斥，反而有些鼻酸。

好像小时候吴清怜就曾这样安抚过自己，说着"宝宝乖，宝宝乖"。

小江曜抱着自己的妈妈，只觉得像抱住了整个世界，任何妖魔鬼怪都不再可怕。

那之后，梁小施跟梁肖生申请让江曜在病房里陪床，徐秋芳也跟着劝说，梁肖生这才答应了。

有天晚上，江曜带着梁小施出去散步，因为梁小施在身边，他的睡眠质量改善了些，但还是会惊醒。

两个人坐在人烟寂寥的小花园里看月亮。

灌木丛里挂着淡淡的月影，夏夜清凉，吹得行人步伐匆匆，到最后只剩两个人坐在椅子上发呆。

"你真的不需要去看看吗？怎么突然就睡不好了？"

"没事，可能最近事情太多了。"

江曜不想小题大做，这种事情只要放下心理负担就能迎刃而解，他会放下的。

梁小施黑脸，转头捏他脸："你可别骗我！"

"不……不会。"

看他这老实模样，梁小施又心软了，捧着他脸蛋"吧唧"一声，语气轻快："行吧，这些天小江照顾我辛苦了，这是奖励。"

江曜单手搭在椅背上,跟大爷似的,又指了指右边脸,懒懒地问:"这边呢?"

"……得寸进尺。"

说归说,梁小施还是直起脖子又凑了上去,"吧唧"一下。

屁股还没坐热呢,他又来。

"额头呢?

"鼻子呢?

"眼睛呢?

"嘴……"

梁小施伸手拍他大腿:"要不要我全给你亲一遍?"

"可以啊!"

他甚至有点高兴。

梁小施:"……你是个魔鬼吧,不理你了,我走了!"

说罢,她就站起身,准备自己滑着轮椅走,谁知手臂却被狠狠拉住,强大的力量直接把她拉进了怀里。

梁小施被拉得莫名其妙,几乎是砸进了江曜怀里。

江曜把人死死圈在怀里,脑袋也埋进了她肩窝,嘴里一直喃喃着一句话:"别走,你别走。"

梁小施眨眨眼睛,合理怀疑他演起了戏,可要演也演青春偶像剧啊,这出苦情戏是在干吗?

"你怎么了?"

江曜将人松开,眸子里水光光的,神色又有些委屈害怕,摇了摇头:"梁小施,求你,别离开我。"

梦里的场景一下一下闪回,江曜又将梁小施狠狠抱住。

梁小施人都傻了,但又不知道如何是好,只能一次一次回应他。

"不会的,我不会离开你的。

"跟你在一起后,我就没想过离开。"

不知哪里来的蝉鸣鼓动着耳膜,塘中甚至还传来几声蛙叫,美好的夏夜总是伴随着小插曲。

插曲结束,江曜抱着梁小施坐了会儿,突然又开口:"现在能亲额头、眼睛、嘴巴了吗?"

两个人回去的时候正好看到徐秋芳提着食盒过来,她站在病房门口和梁肖生说话,两个人不知道说到什么好笑的,都大笑起来。

徐秋芳伸手打梁肖生，另一只手捂着嘴巴。

梁小施站在原地，微微皱眉。

江曜没想太多，低笑："梁叔和徐阿姨好像挺配。"

"哪儿配了？"

江曜一愣："我开玩笑的。"

梁小施摆手，不再说了，滑动轮椅径直走向两人。

徐秋芳笑，正准备打招呼，谁知梁小施直接错过她进了病房，和梁肖生说话。

徐秋芳伸在空中的手停滞，笑容僵硬。

她看了江曜一眼，后者摇了摇头，跟了进去。

春城的枫叶变黄的时候，已经快是十一月了。

春城大学田径场上，训练的队伍跟春苗一样，一茬又一茬，这边走了，那边又接上，一片生机勃勃。

梁小施虽然养了近一个月，腿好得差不多了，但回归训练后她才知道，多少有些影响。

白涂川差点把头发急白，谁想到一个暑假出了这么个意外。

但梁小施还算积极，给白涂川做各种保证，自己一定会坚持康复训练，也不会过度练习，必定保持身体健康。

身体对一个运动员来说太重要了，尤其是田径运动员，二十岁到二十五岁是运动生涯最蓬勃的时期，不能出任何差错。

训练结束，梁小施瘫在跑道上。

陈橙走过来踢她的脚："怎么搞的，怎么越跑越往回跑了，还是脚的问题？"

梁小施这几天状态起伏不定，百米短跑成绩在 11 秒 58 到 11 秒 65 内波动。

这个成绩和省运会差不多，但当时是梁小施的心态受了很大的影响，算不上正常发挥水平。

"不知道，可能是还没适应过来吧。"

梁小施心里有些着急，连带着觉得脚踝都在隐隐作痛了。

那天晚上，白涂川和田径队其他教练带着队员们出来聚餐。说是聚餐，其实是开会约谈，一个一个了解下情况。

聚餐地点订在一家自助餐厅，大家都是搞体育的，只有吃自助餐厅才能回本。

梁小施郁郁寡欢，坐在位置上吃牛排。

对面一群体育生嘻嘻哈哈，面前堆砌了如小山高的盘子，威力可见一斑。

"就吃这么点?"

张唯心端着一盆炒饭过来,说是盆毫不夸张,成年人都能把脸埋进去。

"师姐胃口挺好。"梁小施懒懒的。

"不多吃点怎么跑得快?你现在比之前还不如。"

梁小施面无表情:"我知道。"

张唯心打了碗扁豆猪蹄汤,打开一闻就皱了眉,太油了。

她把汤推到梁小施面前,继续:"国家大运会就要开始了,你这次肯定又是替补吧……"

张唯心转头看她,笑得假:"不过也不一定,这次秋招进来的几个妹妹我觉得也很有潜力,到时候有没有你的替补位置还不知道呢。"

梁小施牛排都要嚼碎,她本不想和张唯心逗口舌之快,但今晚也许是气氛使然,她也忍不住牙尖嘴利。

"我咸鱼一个,还是师姐小心些,可千万别被后起之秀抢了先。"

"你……"

"怎样,怕了?"梁小施跟喝了假酒一样,居然真的和张唯心较真起来,下一秒还一口喝掉了她的猪蹄汤,气鼓鼓地继续吃。

张唯心半盆炒饭快吃完了,冷笑一声:"行,梁小施,我就看你还能跟我嘴硬多久,你这个成绩很快就会教会你什么叫竞技体育。"

她抱着半盆饭走了,梁小施冷哼一声,心里却默默发了狠,又喝完最后一口汤,心想说什么也不能让张唯心看扁。

"哎,这汤还挺不错,再去打一碗。"

喝猪蹄汤喝到第三碗的时候,白涂川过来了,他要和梁小施聊聊。

梁小施这段时间都被他骂习惯了,皮实得很,默默听他唠叨。

他左一句右一句就是不切入正题,听得梁小施发蒙,最后干脆直接叫他有话直说。

白涂川叹气:"说开了吧,梁小施,我们教练组不会放弃你,但是你自己也要知道你的问题,你就是爆发力够训练也够刻苦,对于短跑也有着自己独到的见解……"

"但是?"梁小施替他接上。

"但是你心思太杂了,不够纯粹,一个运动员要有着最纯粹的想法,那就是站在赛道上赢!就是纯粹的夺冠者,上次省运会你发挥失常我也说了,就是你有杂念了,想着自己占了张唯心的位置,况且还被那个对手影响了自己的气场,所以两次与奖牌擦肩而过。"

梁小施越听心越沉:"我知道的。"

"我现在问你，你还想去争吗？还想去赛场上展现自己吗？"

梁小施看着白涂川坚定的眼神，仿佛看到了一双狼的眼睛，她也不由得被那种野心和雄志感染，最后深深点了头。

"想！"

"好！"白涂川一拍大腿，"那就摒弃你心中的杂念，你现在在焦虑什么，在担心什么，一件件去解决了，给我一个全新的梁小施。"他拍拍她的肩膀，"我相信你的成绩会焕然一新的。"

走之前白涂川又想起一件事，回过头："我记得你有男朋友对不对？"

"所以呢，你怎么回答的？"江曜的声音从电话里传来，像刮来一阵幽幽的山风。

梁小施喝着牛奶，歪着脑袋"嗯"了一声。

那边也不着急，等她回话。

"我有男朋友啊，但他和别人不一样，他是我的力量，是给我温暖的小太阳。"

那边笑得前仰后合，连夸她有文采。

梁小施讨好地说都是男朋友教得好。

江曜笑得更开心了。

梁小施喝完了牛奶，双腿搭在床杆上甩，然后开口："江曜，其实你知道是不是？"

"什么？"

"徐阿姨的事。"

江曜沉默了，那边梁小施在笑，笑声却并不明朗。

"我又不是傻子，你们真以为我看不出来？"

梁小施抠抠手机屏幕："阿曜，我不喜欢茉莉花，你知道吧。"

江曜低下头，又有些头疼，良久才回了句："我知道。"

挂了江曜的电话，梁小施继续给梁肖生打了一个电话。

梁肖生睡得迷迷糊糊的，只听见她说了一句话。

"爸，我不同意，你和徐阿姨在一起，我不接受。"

说完她就挂了电话，下床刷牙洗脸睡觉。

一夜无梦。

那之后梁小施的生活照旧，继续训练学习，也时不时和梁肖生联系，后者也待她如往常，两个人都装作那个电话没有存在过。

只不过现在梁小施的成绩的确上去了，她积极训练拼命备战，每次因为脚伤坚持不了的时候，就会想起王秀云教给她的一句话。

"妮儿啊，很多事情都跟这路一样，走着走着就直了。"

这次队内选拔梁小施上升了一名，排在第二，第一依旧是张唯心。

白涂川盯着表格很满意，然后定了张唯心和一个新师妹参加这次的全国大运会。

梁小施差点晕过去。

"你现在成绩还不稳定，加上脚伤始终有影响，比赛还有很多场，你的脚却只有一双，就这么定了，你别在我眼前晃悠了。"

教练组的考虑不无道理，梁小施也能理解，但她从心底里接受不了，第二天就打包了行李回了榆城。

其实学校早就放寒假了，只是他们在封闭训练而已。

白涂川发了条语音过来。

"梁小施你这只倔驴！在家继续康复训练，要是再受伤信不信我把你的腿打断？还有你要想以后能上场就把你的脾气收一收，无组织无纪律，像什么样子？"

梁小施冷哼一声，最后还是回了个"OK"的表情。

腊月二十，梁小施回到榆城。

江曜因为杂志社的邀请去了京城一趟，可能要三天后才能到家。

梁小施在家里百无聊赖，翻翻手机，却看见好久没人说话的"时代姐妹花，永远不分家"群聊。

尹雪和章之澍的事情多少有些尴尬，两人都不怎么在群里发言了。

李司文更狠，直接在十月份的时候退了群。

看着空白的页面，梁小施的心也寂寥无比，戴起帽子出了门。

还是凌晨五点，路上没什么人，霜气朦胧，人们含着一口仙气，一吹就在玻璃上涂上一层薄雾，然后再在上面画上可爱的符号。

跑了大概两公里，梁小施喝完一瓶水，准备在小区附近买几个包子、豆浆，慢慢走回去。

谁知刚到小区楼下就看见一个熟悉的人影。

梁肖生穿着睡衣从楼里出来，手里还提着一个水壶。

徐秋芳穿着一件米白色棉袄，围着大红色的围巾，搭配时髦。

两个人低低说着话，然后徐秋芳就哭了，她抹了抹眼泪，鼻头泛红。

梁肖生也一脸哀伤。

下一秒，徐秋芳拉着梁肖生的睡衣，微微往前倾了倾，抱住他。

梁肖生先是愣了，然后也伸手抱住她。

梁小施就站在大树后,看着两人相拥。

她不知道自己该有什么心情,只觉得脑子里有什么炸开了,眼前一阵花白,什么都看不清楚。

我说了我不喜欢茉莉花,很不喜欢。

第二十章
等不到的春天

印象里，王秀云从不爱花花草草，她嫌麻烦，也闻不来那浓郁的香味，还不如假花实在美观。

比起这些，她更为操心地里的菜苗、圈里的家禽，那些绿油油的、冒着生命气息的更让她觉得生活有些奔头。

梁小施明明记得，梁肖生还在绍云镇的时候，也不爱这些花里胡哨的，每天出完工回家后就是坐在院子里休息，听够了街坊四邻的八卦，就慢悠悠去做饭。

梁肖生觉得王秀云做饭不好吃，王秀云每次都嘴硬，要和他在饭桌上争个三百回合才肯罢休。

每当这个时候梁小施就会一只耳朵听爸爸说，一耳朵听只妈妈说，最后来一句"要不你俩一人做一桌吧。"

梁小施十岁的时候，王秀云又怀孕了，一家人都很高兴，名字都取好了。

男孩就叫梁小皓，女孩就叫梁小琪。

梁肖生和王秀云商量了一晚上，最后决定出去闯荡，他走的那天对王秀云喊。

"放心吧，会让你们娘仨过好日子的。"

王秀云摆手："得得得，好日子坏日子都一样过，赶紧走吧你。"

好日子没来，坏日子捷足先登。

因为身体不适合孕育，王秀云肚子里的孩子掉了。

很长时间，梁家陷入阵阵阴云中，梁肖生本想回来，被王秀云阻止了。

"好不容易得来的工作，别轻易放弃，家里还有小柿子呢，她陪着我。"

梁肖生还想说，被王秀云一句"少废话"堵在了嘴里。

梁肖生再没回来，王秀云也在六年后意外去世。

那几年的一点一滴，梁小施一刻也忘不了。

几乎是下意识地，梁小施冲了上去，一把拉开了徐秋芳，恨恨地看着楚楚可怜的她。

她哭着说了些什么梁小施已经记不清了。

只记得她说她是真的爱梁肖生，不会放弃。

梁肖生拉着梁小施，劝她平静下来，先回去歇会儿。

梁小施这才发现自己在哭，满脸泪水，跟雨水一样细腻，却连绵不断。

"我不答应，我不会答应。"

江曜从编辑部出来，被日头刺了一下眼睛，忍不住拿手遮了遮。

这次新概念编辑部和江曜约稿，新一届的"华夏大地"文学大赛举办在即，编辑部这边先找到江曜。

江曜历时一个月，交出了新的短篇小说《等不到的春天》，只是今日一聊，江曜才知道他们要退稿。

"其实你的思想与文字都在大家前列，只是这篇稿子太过于……"戴着眼镜的编辑皱了皱眉，继续，"太过于萧瑟了。虽然悲剧是人生常态，但这字里行间让人感觉到痛苦，实在不太符合这次的主题，所以……"

"没关系的。"江曜道。

那编辑推推眼镜："人的心理状态会影响创作，江曜，你是不是有什么难处？"

江曜低头不语。

江曜坐上了回榆城的高铁，车上有人打电话来了。

"回来了吗？"

"还有几个小时，快了。"

"好，到了先到我诊所来一趟吧，我看看情况。"末了，沈禹又道，"放心，你姐不在。"

江曜"嗯"了一声。

沈禹的诊所在大楼第三层，江曜没等电梯，爬楼上去的。

沈禹已经恭候多时了，他看着江曜的脸色红润，只是那双眼暗淡不少，就知道自己给的药多少有点用。

"想睡觉吗？"

"还好。"

"噩梦呢？"

"还好，已经很久没梦到了。"

沈禹抬头："还觉得害怕吗？"

江曜噩梦连连的原因很简单，就是心理防线崩塌了。幼时看到自己父亲意外去世，长大了又亲眼看到姐姐沾着血迹，最后眼睁睁看着梁小施在自己眼前受伤。

这三个人,都是他心底珍视的人。

接二连三的刺激将他埋在心底的恐惧与不安点燃,牵一发而动全身。

沈禹帮助他做了心理疏导,也配合药物治疗,这才让他情况有所好转。

谁知道治疗却伴随着后遗症,江曜现在虽然不再受噩梦困扰,但是因为药物导致了偏头痛,甚至有些药物依赖的症状。

江曜沉默了一瞬,沈禹换了个话术:"既然不害怕了,为什么不告诉她?那姑娘应该不知道你这些事吧。"

"她也很忙,忙着……"

"江曜,从刚开始我们就说好的,你要对我知无不言。"

少年弓着的脊背突然伸直了,一双眼睛焕发出神采,好似当初那棵小白杨:"因为我能克服,我相信自己能克服。"他笑了笑,"也不觉得害怕了,她永远不会离开我的。"

"凭什么?"

"凭我是江曜。"

沈禹嬉笑:"你小子挺有志气。"

江曜挑眉,不再说话。

即使此刻还在泥潭中挣扎,少年心底的傲气也依旧张狂,那刻在心底的爱与坚守也如春风野草一般,肆意生长。

走之前,沈禹没有再给江曜拿药:"慢慢把药戒掉吧,对你身体不好。"他拍拍江曜的肩膀,"其实你已经慢慢克服心魔了,但最后一步还是梁小施,告诉她吧,只要你们一起面对,所有问题都能迎刃而解的。"

江曜没说话,突然道:"那我姐那边……"

沈禹皱眉:"你姐就别让她操心了,有我操心就够了。"

江曜:……呵,男人。

从诊所出来,江曜才发现梁小施没有回自己的信息,知道自己提前回来也没有打电话,反而是梁肖生和徐秋芳打了几个电话过来。

江曜与梁肖生通了电话,下一秒连忙打车过去。

"小曜啊,你能不能帮我劝劝小柿子啊,这孩子已经跑了好久了,我怎么劝都不停,再这么跑下去,非跑死不可,小曜啊……"

已经是黄昏时分,橘黄色的夕阳悬浮在水光光的江面上,洪江上有几艘游轮,霓虹的灯牌还未亮起,只有瑟瑟的江风吹得水波荡漾,褶皱了一切倒影。

滨江路上不缺少跑步的人,只是像梁小施这样的,还是第一个。

只见她只穿着一件单薄的卫衣，头发用运动发带绑起，因为跑得太久，全身已经湿透，脸上也有一种不正常的红，喘着气往前跑着。

梁小施也不知道要跑到什么时候，她只是一直跑，一直跑。

她一边跑一边想，怎么这条路不是家门前那条土路呢，什么时候才能跑到那里啊。

脚都好像不是自己的了，不知被什么绊了一下，她摔倒在地。

疼痛并没有想象中强烈，梁小施咬牙爬了起来，正准备继续跑就被江曜一把抓住了。

他似乎很生气，好看的眉皱成一团，胸口也因为激动上下起伏着。

"别跑了！"

"你别管我。"梁小施甩开他的手。

江曜一愣，又冲上去："梁小施！"

"干吗？"

梁小施几乎是吼出来，脖子上也染上了红。她眼眶蓄泪，却又狠狠抹去，奋力发泄着："你让我怎么办？我说了我不喜欢她！可我爸根本不听我的，为什么啊！为什么要这样？他们在一起了，我算什么？我妈又算什么？"

滨江路人来人往，远处的汽笛声呜咽，梁小施在江曜眼前哭得梨花带雨。

她收了哭声，哑着声音问他："你……你懂不懂啊，江曜？"

江曜一颗心都要碎开，他一把将人抱在怀里，低声安慰着："有我在。"

"啊，真的烦死了，我不想和他吵架的，去不了比赛我已经很烦了，呜呜呜，我真的好烦。"

梁小施跟个孩子一样发脾气，哭得鼻涕泡亮晶晶的。

江曜哄她："我知道，我知道。"

夕阳落入水中，繁星慢慢浮上天空，夜已经慢慢深了。

喝完两瓶矿泉水，塞进三个面包，梁小施的脸色才好了点儿。

"慢点儿，别噎着。"江曜给她顺气。

梁小施长叹一口气，拿着矿泉水瓶子使劲地捏，好像要把手劲全部使完似的。

江曜又想起当初班会课上扳手腕。

怪不好意思的，那还真不是他故意放水。

"这一趟跑下来我感觉我的耐力又增强了不少，要不我改跑长跑算了。"

江曜撑着下巴："那你们教练还不得抽着鞭子把你赶回来。"

梁小施想象了下那场面，"咯咯"笑出声："还真是，对了，你这次去京城怎么样？"

"还行，他们挺满意的。"

"那敢情好……"

话没说完，江曜的电话来了，那边李代科的声音敞亮。

"曜哥你回来没啊？不是说好帮我的忙吗？人家姑娘都要跑了！"

梁小施一愣，下一秒饶有兴致地听起来。

"你小点声！"江曜咬牙。

那边的人这才收敛点："哦哦，你是不是还在睡觉呢？头还疼不疼啊，你那个药我……"

江曜"啪嗒"一下挂了他的电话，一本正经。

梁小施皱眉："什么药？"

"没有，这人天天嚷嚷着要长高，吃维生素来着。"

"而且他要追谁你知道吗？"江曜先发制人。

"谁啊？"

"吕筱诗。"

梁小施嘴立马撇下来："那可能有点悬。"

江曜笑着点头。

梁肖生又打了电话过来，梁小施看也不看，直接挂断。

江曜就这么看着她。

"干吗？要吃了我？"梁小施故作惊讶。

江曜摇头，一把牵过她："走吧，回家吧。去我家。"

"你……姐姐不在家吗？"小姑娘皱眉头。

江曜看她这表情差点憋出内伤，忍笑答道不在。

出便利店的时候梁小施犹豫了一番，最后还是一咬牙一跺脚出去了，两人来到江家。

江曜现在住的地方是江一漾后来买的，不是什么高档小区，但胜在安全，两室一厅也能住得下。

"进来吧，我给你准备喝的。"

梁小施有些坐立难安，两只手绞在一起，偏偏又想故作镇定，一双眼到处瞟。

沙发塌陷下去，江曜端着一杯燕麦坐过来："想什么呢？"

他身上散发出一股专属于他的香气，一股清冽的松柏香味往她五脏六腑钻，漂亮的眉眼此刻像是融化在暖灯之下，让人心旷神怡。

美色当前，梁小施居然发昏地回了句："睡觉。"

江曜嘴里的燕麦一下喷了出来，他猛烈咳嗽起来。

"什么！"

梁小施羞得都要钻到地缝里，别过脑袋娇嗔："你装什么纯情少男，也就是仗着我现在听不到你心声了，欺负我。"

江曜都要气笑了，他凑过去，像小狗一样蹭了蹭她肩膀。

"我是想，但现在不可以，我得对你负责，也得对梁叔负责。你今天情绪波动很大，很需要安全感，我更不能趁这个时候做些什么了。而且你今天体能消耗也大，好好睡一觉吧，正好我现在也有些困了，所以我才把你带回来的。"

他眨着无辜的大眼睛："对不起，让你失望了。"

梁小施一个枕头丢过来："啊！你烦死了，快点去睡！"

床头的香熏机辛勤工作着，整个卧室弥漫着让人安心的气息。

一盏夜灯下，两个人睡得安稳。

江曜悄然吃了药，脑子有些沉，一阵铃声把他喊醒。

他下意识按掉，转头看了眼梁小施，小姑娘睡得香甜。

早上六点，徐秋芳打电话来了。

江曜眼色沉了沉，把手臂轻轻从梁小施头下抽出来，按下接听。

他走到卫生间，低声说话。

"她没事，已经好多了。

"您别哭了，她不是讨厌您，只是心结没解开。

"徐姨，这件事我没有立场去帮谁，一切都只能等小柿子想通。

"好，您注意休息，就这样吧。"

挂了电话，江曜用冷水洗了把脸，想着梁小施和徐秋芳的事，脑子不禁又痛了起来，他忍不住扣紧了洗手台，死死咬住嘴唇。

等他从卫生间出来，床上却已经空空如也。

江曜有些慌了，喊了几声，却听见梁小施在外面答应了一声，他连忙冲了出去。

餐桌上放着两碗面、两杯牛奶，梁小施夹着两个煎蛋，看了江曜一眼："吃饭。"

"我还以为你走了。"

茴香打卤面色泽鲜亮，香气蒸腾，江曜瞬间食欲大开，夸了她好几句。

梁小施并不接话，一筷子一筷子吃得很快，最后把汤都喝光，擦了擦嘴巴。

"你现在吃饭速度又快了。"江曜有些惊讶。

"你现在也会瞒着我接电话了。"梁小施回。

江曜愣住，终于反应过来："刚刚是……"

"算了，我也没理由说些什么，当初他们在一起你没告诉我，现在你们也是商量好要来劝我是吧。"

"其实徐姨人挺好的,当时在医院我……"

梁小施闭上眼睛吼出声:"江曜!我知道她有多好!我也是人,能感觉到她是真心对我,甚至当时她对你也很上心,但这一切的好都只能说明她是徐阿姨,不是我后妈!"

江曜也红着脸:"不说徐阿姨,你难道不想梁叔幸福吗?"

"非要跟她在一起才叫幸福吗?"梁小施冷笑几声,点点头,破罐子破摔,"我知道了,江曜你是不是觉得我很自私,只顾自己的想法?我昨天在你面前哭成那个样子,你说你懂我,其实心里一直都觉得我在无理取闹是不是?"

江曜冷着声音:"我没这么想。"

"你有!"梁小施肯定道,"不然你为什么不敢看着我。"

江曜低着头,意外地沉默了。

"行,我走了,你慢慢吃。"

梁小施起身,江曜也猛地站起来,椅子被推出刺耳的声响。

她背对着他,声音颤着:"我以为……至少你会站在我这边。"

梁小施和梁肖生在冷战,与此同时,她也开始不接江曜的电话。

江曜每天都堵在楼下,连楼下遛弯的大爷都认识他了,跳广场舞的大妈舞着扇子过来问他是不是等女朋友。

江曜通通不理,低着脑袋,有时候被逼得退无可退时,只能站在大树下等。

这天又有人凑过来,江曜看着地上的阴影,耐心已经消耗殆尽,抬脚就走。

"是我。"

徐秋芳穿着一件宽大的棉服,圆形毛衣露出锁骨,一串珍珠项链吸睛,只是那项链成色不均,并不是什么名贵珍珠。

江曜见是徐秋芳,愣在原地。

"孩子,我知道是我害得你们吵架,其实那天是我来找肖生复合的,他一直不肯,我才……谁知道被小施看到了。我知道她不会接受我了,终究是我和肖生没有缘分。"

徐秋芳一脸凄苦,伤心不已。

江曜咬着牙,嘴里苦涩,什么都说不出口。

"江曜,你是个好孩子,我把你和小施都当作自己的孩子。就要走了,你们多保重。"

徐秋芳扯出一个笑容,想给他留下温柔的笑,最后却是哭不像哭,笑不像笑,难看得很。

"您要去哪儿?"

"去我儿子的城市,他已经成家,我过去帮他忙。"

江曜没什么要问的了,紧抿着嘴唇,却看见徐秋芳伸出双臂,也不等他有什么反应,给了他一个拥抱。

一个带着茉莉花香的拥抱。

短暂但温暖。

小区楼上,五彩的衣裤在阳台上随风飞扬,艳红的野蔷薇从窗户里长出来,装饰了不知谁家的一角。

梁小施脑袋靠在窗户上,眼睛虽然木然,却把下面的情景看得清楚。

外面"叮叮当当"作响,梁肖生在拖地、擦桌子。

大概下午两点时徐秋芳来找梁肖生告别,梁肖生送走她后就开始做大扫除,一直到现在。

他们都以为梁小施睡着了,其实并没有。

她一直睁着眼睛,看着下面的江曜,听着外面的动静。

把碗柜里的碗盘擦到第三遍时,梁小施打开了门,喊了梁肖生一声。

"爸。"

梁肖生抬头,这才几天,他鬓间的白发又添了几簇,皱纹深陷。

"哎。"

"你别擦了,我知道你心里难受,难受你就说出来。"

"我我……我没事,我是怕你觉得这家里有其他人的味道,顺便做个大扫除。"

这般卑微,梁小施更崩溃了:"爸,你、徐阿姨还有江曜,你们所有人都觉得我有病是不是,让所有人都不得安宁,是我非要拆散你们,让你守着一个死人一辈子。"

她指着王秀云的遗照,梁肖生心里一痛,手上一滑,盘子摔到地上。他几乎是冲过来拉住梁小施:"不是的不是的,小柿子,是爸爸的错,你别这么想,她已经走了,不会再回来了。"

梁小施眼泪几乎是无声落下,滚过脸颊:"爸,你喜欢她是不是?"

"我……"

"是我的错,我太执拗了,明知道妈妈已经回不来了。"梁小施退了退,让两人拉开了距离,"我从来没理由干涉你的自由,也没权利要你为妈妈守一辈子,我只是……只是……接受不了,其实当时是我……是我……"

梁小施越说越崩溃,最后干脆蹲了下去,嘴里说的什么一个字也听不清。

梁肖生老泪纵横,一把将女儿抱住哭起来。

梁小施却在挣扎,猛地站起来:"你别管我了,求你了,让我一个人静静。"

门被狠狠摔响,梁肖生慌忙爬起来,跑到阳台去看,下一秒给江曜打了电话。

梁小施下来的时候已经没有泪了,她只穿一件打底的白色毛衣,短发被寒风吹过耳畔,露出痛哭后红红的鼻尖。

"梁小施!"

江曜接着电话喊了一声,谁知她健步如飞,根本没有停留。

"我陪着她。"江曜挂了电话,追了上去。

这次和那天不同,梁小施没有奋力跑,江曜也没有使劲追,只是在后面慢慢跟着。

他们经过早餐店,经过重点高中,经过婚纱工作室,最后梁小施拐过一个红绿灯,来到了酒吧一条街。

江曜眼眸暗沉,看着她进了一家五颜六色的酒吧。

正是下班的时候,商业街霓虹四起,各色各样的酒吧营业到天亮,无数的都市男女摩肩接踵,而这样的酒吧就是他们纵情享乐,忘却尘世的最好选择。

梁小施坐在吧台边,随意点了一杯招牌上的酒,就闭着眼睛听场内有些嘈杂的乐声。

> 一样的月光,怎么看得我越来越心慌,
> 你留下最清楚的步伐,
> 竟是指引我孤单的方向。

歌手略带故事感的声音萦绕在耳边,梁小施灌了一口花花绿绿的酒,然后被辛辣的味道呛得直咳嗽。

"喝不来就别喝。"

手里的酒杯被抢走,江曜的脸在旋转的五彩灯光下有些怪异,看不出喜怒。

他今天居然戴上了金丝眼镜,一双眼睛有些泛红。

梁小施"啊哈"一声,去抢他手上的杯子:"小气,又不是喝你的,我喝慢点不就行了?"

说完又灌下一口,梁小施只觉得嘴里都要烧起来,但还是死命闭着嘴巴吞了下去。

难怪说是烈酒,现在江曜的脸都变得模糊起来。

"要喝是吧?我陪你喝。"

江曜也很干脆,点了一杯一样的,像是跟她赌气一样,居然一口饮尽,睨眼看着她。

梁小施看他这样都气笑了,她歪着头:"江曜,你知不知道我们现在在吵架。"

"当然知道。"

"哦,那你离我远点。"

说罢梁小施还真换了位置,和江曜相隔两个人。

江曜不动声色又坐过去,梁小施又换,他接着跟过来,两个人都犟起来。

最后还是梁小施叫了起来,她酒劲上头:"好了!江曜,我现在心里很烦,你让我一个人待会儿行不行?"

"行,别在这儿待,跟我回去,我不打扰你。"

谁知这话更刺激了梁小施,她捂着脑袋:"能不能别管我啊,我就想喝了酒好好睡一觉,求你了!"

江曜看她歇斯底里,自己也有些上头,竟然一把将她扯进怀里,咬着牙:"梁小施,你别逼我。"

男人紧迫的气息逼近,梁小施也傻了,瞪着眼睛看着眼前人。

她从没见过这样的江曜。

凶狠血腥,像暗夜里蛰伏的猎豹。

江曜也反应过来了,梁小施眼中的惊吓与不解,像针尖一样刺伤了他的眼。他慢慢松开人,后退几步。

"抱歉。"

江曜后退几步,他现在根本不能喝酒,现在酒精就像蚂蚁一样钻进他的脑子里,咬噬着他每寸神经,让他的五感尤为明显,痛感直冲头顶。

梁小施晕得站不稳了,她看见江曜趔趄一下,转身离开。

吧台上又上了一打啤酒,梁小施抽抽鼻子,又抽了一瓶灌起来。

好不容易将吃的东西和酒全部吐出来,江曜脸色苍白如纸。他掏出随身的药,干吞了几颗,那阵痛感才渐渐淡去,他感觉仿佛又回到了人间。

再回到吧台,梁小施的身影却不在,取而代之的是一个肥胖的男人和一个浓妆艳抹的女人。

江曜太阳穴狂跳,他眼神似鹰,疯狂搜寻着这酒吧的每一个角落。

热辣狂热的舞池,酒吧驻唱的舞台,隐秘又黑暗的卡座。

一个个狂放不羁的酒色男女往眼睛里冲,却都不是梁小施。

江曜转身出了酒吧,门前小道人来人往,一辆辆车在面前停了又走。

江曜低骂了一句脏话,转身进了酒吧。

大约十秒后，他又冲了出来，因为速度太快还撞上了门口的客人。

那客人指着江曜就骂起来，江曜摆手不语，眼神却看向左边那一条小巷子，路灯昏黄，拉出人交缠的影子。

梁小施是被一个男人带出酒吧的，那男人四十上下，眯眯眼、蒜头鼻，手腕上的手表钻石闪耀，一双手拉她就往外走。

"哎呀，小妹妹你醉了，要不到叔叔家去休息一下啊？"

梁小施摇摇晃晃，只觉得腰肢上的手像毒蛇一样爬上背，怎么都甩不掉。

"睡……我睡……"

油腻男大喜，凑上脸来："走吧乖乖，我们……"

"我睡你个大头鬼！去死吧！"

梁小施几乎是一秒清醒，一脚踩在他脚上，手上也不闲着，直接一拳撞在他鼻梁上，痛得他爆发出杀猪一般的叫声。

"臭流氓！主意打到我头上，算你倒大霉！"

梁小施啐了他一口。其实他一来，她就感觉到了，半推半就跟着出来也只是酒劲作祟，在外面吹吹风清醒不少，自然就出手了。

她正准备拍拍手离开，一道风突然刮了过来。

江曜像是飞过来一般，坐到油腻男身上就打起来。

他眼眶通红，拳拳到肉，打得那人连连求饶，引得周围人也看过来。

"好了，别打了。"梁小施喊。

江曜没停，那人挣扎着，甚至打到了他的眼镜。

"我让你别打了！"

梁小施皱眉去拉他，怒斥一声："江曜！"

这一声终于把江曜的意识唤回来。

江曜跌跌撞撞地站起来，吐出一个字："滚。"

男人屁滚尿流地跑了，巷子里只剩两人粗重的呼吸声。

他镜片碎了一点，身上的大衣因为拉扯也松垮着，反而有几分别样的味道。

"你刚刚……"

梁小施红着脸，斥责的话还未说完，只觉得一阵天旋地转，下一秒已被江曜堵在了墙上，一抬头就撞进他那双狼性的眸子里。

又是刚刚那般的眼神，现下更加阴狠，她不禁害怕起来，抖着嘴唇喊他的名字。

江曜的大衣敞开，将人死死禁锢在怀里，几乎从牙缝里挤出字来："梁小施，你是不是觉得我好欺负？"

未等回答，江曜带着怒气与压迫的吻就侵袭下来，笼罩了这一方天地。

鼻梁的眼镜被他单手拿下，塞到兜里，裹着寒风与血迹的吻从四面八方侵袭而来。

他几乎要咬破梁小施的嘴唇，鼻头死死抵着她的鼻尖，狠狠吸吮红唇一口后又换气亲上去，毫无疼惜可言。

梁小施尝到了血的铁锈味，不知是谁的血，她也恶狠狠咬他，伸手推他。

谁知道这人发起疯来力大如牛，根本不为所动，甚至将手枕在她后脑勺上，又是一轮进攻。

梁小施有些呼吸不畅。

江曜让她根本没有说话的空当，他早就被怒火冲昏了头脑，刚刚他看到那男人的手搭在梁小施身上，他恨不得将那手掌砍下来。

谁知梁小施居然还对自己发了脾气。

江曜疯了，疯到想把梁小施藏起来，不管她是不是在和自己吵架，也不管她是否愿意，他只想把她藏在自己怀里，让谁都看不见。

"江曜！"她出声。

"嗯？"

"手拿开。"

一盆冷水泼下来，江曜动作停住，终于舍得睁开眼睛。

梁小施眼睫微颤，红唇被咬破，甚至脸蛋都抹上了几抹血迹，血色在这样的夜里反而更加诱惑。

两个人几乎是瞬间别过了脑袋，迅速弹开。

江曜也不知道如何是好，他现在已经恢复了正常模式，只是这个场面他站也不是坐也不是，只得干干地开口："要不回家吧。"

"什么？"

"不……不是，我是说我送你回家，不然梁叔该担心了。"

梁小施觉得有些好笑，眼前人一副小媳妇儿羞涩的模样，仿佛刚刚那个发疯要吃人的不是他。

"江曜，我以前怎么没看出来你这么人面兽心？你是狗吧你，看给我咬的。"梁小施指指自己的嘴唇。

"一人咬一次，扯平了。"

"什么？"

"没什么，我看着挺好的，有丰唇效果。"

"……禽兽。"

梁小施终于整理好，抬脚就走，"小媳妇儿"江曜见状赶紧跟了上去。

月影绰绰，车水马龙。

路边寒风萧瑟，梁小施冷得发抖。她抬头看了看月亮，突然出声："其实是我太卑劣了，我不敢承认错误，把气全都撒到你们身上。"

她收回眼神，满眼清明："再给我几天时间，我去个地方，回来后我就告诉你一切。"

第二十一章
阳光灿烂的日子

那个春天,绍云镇下了三天三夜的细雨,雨丝绵密细长,氤氲的雾气包裹着整个小镇。

梁小施踩着松软的泥土,深一脚浅一脚地回了家。

她挎着布包,一瘸一拐地推开门:"妈,我回来了!"

门窗里飘进一股野草的清香,山风吹得她浑身起鸡皮疙瘩。

王秀云不在,梁小施"哎"了一声,丢下书包去厨房找东西吃。她翻了半天也没找到能吃的,只能扒了几只白薯,洗净擦干,吭哧吭哧地吃起来。

王秀云扛着锄头到家的时候,看到的就是这幅画面。

她笑着放下东西,刚想说话就看见梁小施右腿上的红肿,脸瞬间垮了下来。

"怎么又挂彩了?"

"哎,学校王二狗跟人打架,我帮忙来着,小伤。"

王秀云气得眼前发黑,操起锄头就吼:"死丫头,你天天净给我惹事儿,看我不打死你!"

梁小施根本跑不快,只能跳起来,哭天喊地地叫唤:"哎哟,妈打女儿咯,我可是病号啊,你可不能不管啊!"

"你是病号,我还是病号呢!"

话一出口梁小施就愣住了,她站在原地一把抓住王秀云问:"对了,妈,你去看了没有啊,医生说什么?"

王秀云也刹住车,喘着粗气:"没……没什么事儿,就说我太劳累了,让我多休息休息。"

"真的?"

"死丫头,我骗你干什么?你别站着,赶紧坐下坐下!"

梁小施靠着妈妈撒娇:"我是担心你啊,你这头痛这么久了也没有好。对了,爸爸有说什么吗?"

"他最近有点忙,没接我电话。"

梁小施的脸一下垮下来,怒气冲冲:"他到底在忙什么啊?过年也不回,现在连个电话都接不了了吗?"

王秀云伸手打她:"少没大没小,那是你爹!"

梁小施哼唧一声,却也不再惹她娘生气,叫唤肚子饿。

王秀云手脚麻利地去做饭了,梁小施吃完最后一口白薯,踮着脚去擦桌子、扫地。

当然最后还是被王秀云骂走了。

"你瘸着个脚还动弹什么?赶紧坐下,少给我添乱!"

梁小施吐吐舌头,"嘿嘿"笑了几声。

梁小施跟学校请了假,在家里养腿,每天在家里胡吃海喝,从没忌过口。

有天晚上,王秀云头疼得受不了,在床上翻来覆去睡不着。

梁小施:"妈,我们去医院吧。"

"没……没事儿,估计是又要下雨了,你去……"她伸手指了指箱子上的药,"把止痛药拿给我。"

梁小施让王秀云把药吃下,又在她旁边守着,一会儿给她擦汗,一会儿扇风的,好在王秀云吃了药好了不少,也就慢慢睡着了。

窗外的风似巴掌,吹得窗户作响。

梁小施冷得发抖,脑子也晕乎乎的,直到半夜终于受不了,才去把窗子关好。

第二天她就感冒了,身体好像都不是自己的,一会儿冷成冰棍,一会儿又热成火炉,难受得快要吐出来。

"妮儿,来,起来,快喝点冲剂。"

王秀云急得满头大汗,谁知梁小施一喝进去就吐出来,肚子一阵绞痛,嚷嚷着要上厕所。

乱吃东西的报应来了。

这一起身才想起来自己身上还有脚伤,梁小施都没意识了,只知道"哇哇"地哭,一声声喊娘。

"小柿子,我的妮儿啊,造孽哦。"

王秀云背着梁小施去了村卫生室,累到瘫在门口,汗水浸湿了衣裳。

医生念叨着让王秀云休息会儿,她只是摆手,望着满头大汗的女儿。

输了水吃了药,梁小施才稍微有些意识,她在床上哼哼唧唧,怎么也不肯吃药,嘴里也不知道说的是什么。

后来王秀云才听清楚,她吵着要吃饺子。

王秀云连连点头,别说饺子了,就是山珍海味,她也得做给女儿吃。

"妮儿,等着,妈去给你包。"

265

春日吃口鲜，王秀云想起了地里的那一块荠菜，用来做荠菜饺子正好。

她给梁小施喂了水，背着背篓披着雨衣出了门。

淅淅沥沥的春雨浸湿了大地，嫩绿细芽从土里钻出来，这是来自大自然无声的馈赠。

王秀云弯着腰采摘，远远看去，像一尊雨幕里的石像。

等她再次直起腰，只觉得天旋地转一片漆黑，"扑通"一声仰倒下去。

她的头磕在了田野边的石头上。

王秀云再也没有醒来。

梁小施再也没有了妈妈。

那片荠菜地再也没有生根冒芽。

现在是腊月二十六，距离农历新年还有四天。

梁小施已经在老家住了两天了，她将手机关机，每天上午窝在房间里打扫卫生、做饭、写字，下午就出去散步，有时候坐在河边，一坐就是半天。

只是没想到会遇见他——李司文骑着他的机车飞驰而过，车前绑着两个转动的大风车，"咕噜噜"转着，后座驮着一大袋猪肉。

两个人均是一愣。

还是梁小施先打招呼，笑靥如花："小李，回来过年啊。"

李司文取下头盔，露出笑容："新年好，小柿子。"

萧瑟寂寞的冬日，太阳像一颗温热的水煮蛋，照得人发软。

风吹得河边水草飞扬，水波荡漾一层又一层，吹来泥土、河水咸湿的气息。

梁小施望着河对岸，笑得有些假："我是不是很浑蛋？"她从地上抓了抓泥土，又松开手，"以前我总不愿想起那天的记忆，好像我不想就会消失似的，可是这几天一回来，那段记忆就一遍一遍在我脑子里回放，就像昨天发生的一样。"

李司文沉默了一阵，他下意识想掏烟盒，又反应过来有人在，只能收回手，默默叹了一口气。

"想抽就抽吧，不如给我也来一根？"

许久没见，她还是这样不着调，李司文给了她一个脑瓜嘣儿："你以为烟是什么好东西？"

"不是好东西你抽它干什么？"

"你管我？"

"哎嘿，"梁小施叉腰，"现在有钱了就了不起哈？"

这半年梁小施也会关注一些赛车比赛，时不时就能在电视上听到李司文的名字,也为惊人的冠军奖金暗暗咋舌。

现在仔细一看才看见李司文和以前又不一样,一件黑色冲锋风衣,本身坚硬的眉眼更多了几分不羁与潇洒,一双眼正似笑非笑地看着她。

"怎么?是不是被哥帅到了?"

"……滚蛋。"

李司文站起来,嚼嚼嘴里的干草,跟个流氓似的:"没开玩笑,去我家坐坐吧,我爷爷天天一个人躺着都快躺退化了,天天念叨着要我带个孙媳妇儿回去给他看呢。"

梁小施仰头,却不接他的玩笑话:"爷爷身体还好吗?"

"你去看看不就知道了。"

"行。"

后座因为这袋猪肉变得拥挤,梁小施有些为难,只能抓着李司文的衣角。

李司文替她戴上白色的头盔,敲敲她眼前的玻璃,凑上前来,一双眼里全是认真。

"梁小施,不如你和我私奔吧。"

李司文又笑,拍拍她脑袋瓜:"说话啊,愿意还是不愿意啊?跟我去看看青山尝尝雪水,不去想那些记忆不就得了?"

他给出的解决方案直接,却不彻底。

"说得容易,真那样你直接把我弄失忆不就得了?费这么大劲。"

李司文摸着下巴:"倒也不是不可以。"

他看小姑娘一副便秘的表情,"哈哈"大笑起来:"骗你的!你怎么这么笨?"

"……我想一脚踹死你。"

李司文转身启动摩托车,呼啸的风传来他的声音:"江曜是怎么想的,让你一个人在这儿,不怕被人拐走。"

梁小施被风拍打着,扯着嗓子喊:"你屁话好多。"

李司文没回话,只是加大了马力,机车轰鸣声震得耳朵发麻。

然而此刻的江曜,正被尹雪和章之澍两面夹击。

尹雪和父母旅游刚回来,想着约梁小施出来聚聚,谁知道发生了这些事。

章之澍则是因为两家父母关系好,被拉着一起去的。

两个人的心情都不算太好。

"江曜,你还有没有点男朋友的自觉,小柿子都消失了你都不着急,赶紧找去啊。"

267

"她没有消失,到时候会回来的。"

尹雪看他这满不在乎的样子都快急疯了,一把抢过他正在拆的礼物:"甭拆了,反正都是机场随便买的,亏我还给你带礼物。"

江曜顿住。

还是章之澍懂事,一把揽过他:"老江,你说实话,你是不是知道她在哪儿。"

江曜默默吐出一个"是"。

他不可能让梁小施一个人走,所以一直偷偷跟着她。一回到绍云镇她就去了王秀云墓前,除了草扫了墓,还坐在墓前说了一天的话。

江曜这才感觉到梁小施这心结和她母亲有关系。

他决定把时间还给梁小施。

毕竟心间苦,唯有自度。

礼物又回到江曜手里,他拆开一看,是一个有照片的马克杯,杯子上是五人的大合照,合照上自己还闭了眼。

江曜突然很想撒手就走,请这些人喝咖啡真的是浪费。

尹雪头发又变成以前的马尾,刘海别上两个小发夹,好像还未毕业的高中生。她吸了口咖啡,像想起什么来:"哎,我想起李司文也回老家了吧,他发了朋友圈的,小柿子会不会遇见他?"

章之澍接话:"有这个可能。"

两个人视线不小心对上,又默默移开了。

江曜掏出手机翻了翻,正好翻到李司文新发的朋友圈——一张吃饭的照片,桌上菜肴丰盛惹人垂涎。

配文道:寒冬腊月时,共守新年关。

"嘿,说曹操曹操到,李司文吃得还挺好,那春卷看起来不错啊。"章之澍乐呵呵地道。

下一秒江曜站起身,抱着马克杯离开。

"干吗去啊?"

"蹭饭。"

三个人驱车前往绍云镇的时候,梁小施正在李司文家玩鞭炮。许久未来这里,她甚至觉得他家大了一倍,就连上次只朝着自己"汪汪"叫的大黄狗都不那么讨厌了,摇着尾巴"呜哧呜哧"的。

李爷爷喊了句:"孙媳妇儿快来吃饭,我做了春卷。"

梁小施差点被鞭炮炸到,赶紧解释,却被李司文喊住:"我跟他解释过了,老人家执拗,你让他叫叫又不会少块肉。"

"可是……"

"对了,爷爷做的春卷……你最好做好中毒的准备。"李司文低声。

"……哪有那么严重?"梁小施推他。

于是尝完那一口春卷后,下一秒她就假装要上厕所,推开了后院的门。

下一秒她便愣在了原地。

后院很小,连接着其他村民家的土地,田间小路纵横,枯草上挂着冬日的露珠,黝黑的泥土上空无一物,冷风四溢,更添几分萧瑟的味道。

梁小施一愣,猛地想起那一片荒芜的荠菜地。

她嗓子一干,像突然吞下一颗苦胆。

李司文跟上来,看见梁小施就这么愣在原地,小小的,像片落叶。

"小柿子……"

梁小施转过头,猛然看见了后面二楼的窗台。

窗台外边围了一圈铁栏杆,冷色交错间,突然出现了几抹亮色。

"这是……"

梁小施眼皮一跳,那些盆栽明显是被人精心照料的。

精致小巧的小雏菊开得璀璨,像是这个萧瑟冬日里开出的一个春天。

梁小施长大了,不再是当初那个懵懂的小姑娘,她已经知道了小雏菊的花语。

她张张嘴,不知道说些什么。

李司文看看她又看看地,有些语无伦次:"这个……其实吧,我就是随便养的,爷爷在家无聊,他也帮我照顾一下,没想到长得这么好哈……"

他吞吞吐吐,不知道在说花还是在说自己,明明只给出了一点点真心,但不知道为什么就长出了一片花海,无声无息蔓延到每个角落。

这番话说得毫无底气,李司文仿佛又变成了当初那个莽撞的小伙子。

梁小施苦笑:"我也没问你这个啊。"

"那你想问什么?"

"我……我没什么想问的,就是春卷太好吃了,还在回味中。"

"……都给你脑子吃出病来了。"

最后谁也没吐出来,两人一前一后回去,还是李司文先开口:"梁小施,不管你信不信,你在我心里永远是最阳光灿烂的小柿子,我不希望你把自己困在过去,况且你妈妈的事情不能怪你。"

梁小施没回头,点了点头:"我知道。"

晚上李司文送梁小施回去,她让他留下来歇会儿。

"这样不好吧……"

梁小施一个栗暴招呼:"想什么呢,是我要给我妈妈捎点东西,你帮我照下光。"

"不帮算了。"

"帮帮帮!"

两人正拉扯着呢,院子里来了人。

江曜三个人风尘仆仆地赶来了,章之澍头上还绑上了一个硕大的手电筒,傻乎乎地叫唤。

"老李,听说你们老家河鲜特别好吃,咱一起去啊。"

梁小施和李司文被灯光照得歪过了脑袋。

李司文几乎下意识把梁小施挡在了身后,黑暗之中两人的影子交织在一起。

尹雪白眼都快翻上天了,果然江山易改本性难移,章之澍这脑子还是跟没长一样。

江曜倒是没什么表情,伸手把那手电筒按住:"怎么穿这么少?"

没有质问,没有不信任,江曜一开口只说了这么一句话。

梁小施拢拢外套,走到他面前:"我不冷。"

"憋了这么些天,你想通了吗?"

"快了。"

"那就好。"

两个人你一言我一语,丝毫不在乎旁边几人,李司文终于忍不住了。

"走不走?待会儿我还要去抓河鲜呢。"

说是捎点东西,梁小施的篮子里却没有什么正经东西,只有半篮子信封,所有信封上都只有三个字——给妈妈。

章之澍的"头灯"为大家照亮,几个人亦步亦趋,黑影上下攒动。

墓前白纸花儿飘扬,燃尽的红蜡滴着蜡油,看着有些瘆人。

"妈,这几个是我的朋友,没介绍给你认识过,尹雪、李司文,还有章之澍。"

几人鞠了一躬。

"对了……这是江曜,"梁小施拉过江曜,笑了笑,"是我男朋友。爸爸这些年就是在他们家做事,他是个大大的好人。"

江曜严肃的心境差点被她一句"好人"破坏,咳嗽一声,给王秀云鞠了一躬。

"阿姨您好,我是江曜,早就听梁叔提起您。他说得没错,您是一位非常美丽的女性,我们永远想念您。"

美丽，这是第一次有人用这样的词语形容王秀云，梁小施有些失神。

调皮的火舌舐舐着信封，几个人的眼里都是奔腾的火焰，脸上也火热着，只直勾勾盯着跪着的梁小施。

"妈妈，你知道我从小就语文不好，不会写作文，更不会说漂亮话。我这段时间陷入了一个怪圈，总是胡乱对别人发脾气，还把人家徐阿姨赶走了。你要是还在，肯定会骂我不懂事。

"其实我知道你不会怪我，是我在怪自己。这些天我写了好多信，想要告诉你我心里的话，可写来写去就只有那几个字。"

梁小施抽着鼻子，声音喑哑。

"妈妈，对不起。

"妈妈，我想你。"

黑色的纸灰随风飘到空中，最后打了几个转儿，全部落在这块寂寞的黄土里，最后消失不见。

王秀云一辈子都与土地为伍，某种意义上，她与大地同眠，共月色做伴，今夜这样的朗月清风，说不定就是她的低喃。

梁小施终于笑了。

那天晚上梁小施终于将手机开机，和梁肖生彻夜长谈，横亘在父女间的这团阴云也终于散去。

第二天，章之澍拉着李司文去体验他那宝贝机车，尹雪拉着梁小施去逛集市。

江曜则留在家里补觉，来绍云镇全程是他开的车。

"所以你俩现在都是单身？"梁小施咬了口冰糖葫芦。

"单不单身又怎么样？我们是不可能在一起的。"尹雪耸耸肩膀，挑了个大红色的围巾。

"为什么？"

"哪有那么多为什么，不是所有人都像你和江曜一样。"

梁小施皱眉："我俩怎么了？"

尹雪递给老板娘钱，拉着她从门市里出来，叹了口气继续道："你俩就属于在对的时间遇见对的人，我和他嘛，就属于不对的时间遇上不对的人。"

路边摊上的春联红火喜庆，梁小施驻足挑起来："什么酸溜溜的？什么不对的时间遇上不对的人，我只知道他、你现在都单身，又都对这段感情念念不忘。"

尹雪摇头："这次去旅行我就看出来了，我们面对彼此的心境完全不多了，他更多是愧疚，而我则是淡然了。"

"你不喜欢他了？"

"不知道。"

梁小施拿起一张"福"字给她看，嗔怒："那你俩也别太别扭了，搞得我们群里都没人敢说话了。"

尹雪拿起一张"喜"字端详，凉凉的："那你有本事把李司文叫回来，我们就继续在群里若无其事地聊天。"

梁小施没话说了，她低头挑了一副对联。

花开富贵家家乐，灯照吉祥岁岁欢。

尹雪嘲笑说好土。

梁小施说："这才是最俗的愿望最真挚。"

"小柿子，那我祝你前途坦荡、事事顺心。"尹雪把那条大红色围巾送给她。

"兔子你……"

尹雪笑，和高中时的模样相差无几："开学就大三了，我也越来越忙了，我们这个专业就要早点出去闯荡，我已经找好了在蓉城的实习，我爸妈也因为工作调动会搬过去，到时候可能很少回来了吧。"

"死丫头！你怎么不早说啊！"梁小施气得打她。

尹雪把梁小施按住，故作深沉："好了！梁小施，人生不就是这样吗？相聚有时分别更有时，就像那个微聊群，从彻夜聊天到无人问津，都是我们要经历的啊。"

她俏皮地眨眼："不过……你和江曜结婚的时候可别忘了喊我，我送你个大红包。"

梁小施眼泪都下来了，又笑出声，揽着好姐妹往回走。阳光灿烂如黄金，映出两人的背影，一如十七岁那年的夏天。

回到家里已经是下午两三点，尹雪去了李司文那里告别，梁小施乐悠悠打开门喊起来。

一片寂静，风拂大地。

"不会还在睡吧？"

梁小施蹑手蹑脚地推开里屋的门，江曜果然还在床上睡觉，侧着身子，被子盖在腰间。

"真是个懒猪。"梁小施咕哝，却不忍心叫醒他，只给他盖好了被子。

"丁零丁零！"

手机铃声突然响起，梁小施吓得一抖，赶紧一只手捂住了江曜的耳朵，另一只手拿起手机按了接听。

是江一漾。

那边的女人激动得快要飞起来："小曜小曜！沈禹和我求婚了，我答应啦！我们就要结婚啦！"

梁小施露出笑容，正准备说话，谁知那边的人根本没给自己插嘴的机会。

"你现在在哪儿呢？怎么还没回来，你先别挂，沈禹有话跟你说。"

一阵响动，沈禹接过了电话，男人磁性的声音响起。

"你小子又跑哪里疯去了？谢了啊，你姐果然对这种浪漫的求婚方式很喜欢，等你回来请你吃饭……"

沈禹"啊"了一声，用手捂住听筒，低声："你家里的药瓶差点被你姐找戒指时找出来，幸亏我反应快，所以叫你把药戒了，你得把这事儿放在心上。"

"什么药瓶？"

梁小施终于开口问了第一句话。

那边的人一愣，终于反应过来这是梁小施："啊，不是我刚刚……"

"什么药瓶？江曜怎么了？"

挂了电话，梁小施整个人都在发抖。她看着床边熟睡的人，突然觉得后怕。

江曜的手机密码她是知道的，打开相册翻了翻，除了一些风景照，最多的就是诊疗单，从七月份到十二月份，每个月都有，症状都是些"睡眠差，彻夜不眠；焦虑不安，精神萎靡"，有一张写的是"高度紧张，神经衰弱"。

梁小施脸色发白，又去看他的包，果不其然里面有一个小药瓶，瓶身上写着不认识的字，什么盐酸曲唑酮，看得她阵阵发汗，手一抖就掉了。

"啪嗒"一声，药片掉了一地。

梁小施惊呼，蹲下身去捡。她一边捡一边抖，又生怕自己哭出来，只能死死咬着嘴唇。

"别捡了，我还有。"

江曜不知道什么时候醒了，就这么看着她。

梁小施没听，继续一片片地捡药，有一片掉到床边，她跑过去捡，却被江曜一把拉住。

"没关系的，我已经好很多了，不做噩梦也不恶心了，不需要这些药了。"

仿佛是为了让她安心，江曜一遍遍说着没关系。

梁小施咬着牙，问了一句："什么时候开始的？"

没等他回答，梁小施自己已经有了答案："那次在医院就有了是不是？难怪你睡不着。"

"其实还好，没那么严重，后面能睡几个小时。"

"是因为我吗？"

"不是。"

他回答得斩钉截铁，梁小施却不信，摇了摇头："你还要瞒着我，你要我内疚到什么程度才肯说！"

梁小施几乎是吼了出来，拍打着床榻："你病了这么久，一个人痛苦了这么久，我却不知道，还跟你吵架冷战，你还在酒吧跟我喝酒，天啊……"

梁小施越说越崩溃，按住了自己的脑袋："江曜，你要我怎么办？"

本以为灿烂向阳的少年，其实早在泥潭里痛苦挣扎，而自己却只想着那一点点尊严执拗，一次又一次推开他，还自以为是说什么要他站队，要他理解。

"我能走出来，梁小施，我已经走出来了，你相信我。"

江曜把她的手拉开，捧着小姑娘的脸，一字一句道："正是因为有你，我才能从梦魇里走出来，这是真话，你不必怀疑。"

"对不起，我不知道，江曜，对不起。"

他抹掉她脸上的泪："我已经好了，真的不需要道歉。"

梁小施摇头，伸手抚上他的脸颊，感受着他的温度："别怕，有我在。阿曜，不管白天黑夜，我都永远在你身边，你别怕。"

"如果可以，我们一起去找那个小时候的阿曜吧，回去告诉他不要害怕，以后的日子会越来越好，人渣会被送进监狱，心爱的姐姐也会找到幸福，最关键的是还有个漂亮姐姐会一直陪着他，让他一定要坚强，继续努力向上，做一个温暖的小太阳。"

江曜就这么听着，一边听一边落泪，好像真的找到了小时候的自己。

他不知道小江曜能否听到这番话，但可以肯定的是，现在的江曜因为这段话，心理防线全线崩塌。

他哭得没有声音，全身止不住发抖，弯着脖子把脑袋埋进了膝盖，形成了一个极具防御性的姿势。

"阿曜，哭吧，我在这儿。"

梁小施捧起他的脸，凑上前亲掉他满脸的泪水。

咸咸的，一如两人现在的心情。

江曜也任她亲吻，只是在她亲到嘴唇时反客为主，大手按住了她的后脑勺，加深了这个毫无杂念的吻。

旖旎一室，换气声让人脸红耳热。

"把药戒掉。"

"我尽量……"

梁小施推开身上的人，一脸严肃："我说真的，药物依赖很严重的。"

江曜现在是箭在弦上不得不发，哪顾得上这个，又凑上去亲她，咕哝着："答应，我答应。"

突破最后的阻碍之际，梁小施又害怕起来，整个身子都在发抖。

江曜起身，一双眸子目光如炬，低声："我可以停。"

梁小施几乎是脱口而出："可不兴给一半往回收啊。"

江曜差点被她这语气逗笑："你一天天都在看什么？"

梁小施脸红如滴血，又不想显得太青涩，扭了扭身子："没吃过猪肉还没看过猪跑吗？你瞧不起谁呢？"

她这么一扭，江曜脸都僵了，哑着嗓子又亲了一口，咬牙："别乱动，现在是即使你想停也停不了了。"

窗外一弯新月腾空，光洁的月色不忍进屋，只怕扰了这满室柔情。

结束后梁小施窝在江曜怀里，说刚刚沈禹求婚成功的事情。

江曜笑："这人又要跟我炫耀好久了。"

"没想到你能跟他得这么好啊，不像我。"

他玩着她的手指，漫不经心："我俩不一样，沈禹是真喜欢我姐，比起让她独自撑着，有人爱不是一件很好的事吗？"

"那你说，徐姨爱我爸吗？"

江曜一愣，突然不知道怎么回答，话锋一转："去洗澡吧。"

梁小施一下坐起来："你转移话题干什么？你是不是嫌我烦了？"

梁小施根本不准备放过他，又继续："那你说，你爱不爱我？"

"爱啊！"

"回答得这么快，你根本就是敷衍我。"

"其实……我很爱你。"江曜停顿了。

"你犹豫了，我就知道！男人都是负心汉，到手了就不珍惜了。"

江曜面无表情，已经习惯了她戏精表演，干脆一把扯过她又按住，咬了她耳朵一口："还是不够，你精力还是很好嘛！"

梁小施惊呼："禽兽！我明天还要回家呢！"

男人声音含笑："穿高领毛衣就行了。"

这个年过得很快，江一漾和沈禹在大家开学前举行了订婚宴。

沈禹端着酒杯过来敬酒，笑意盈盈。

梁小施抢过江曜手里的杯子，斜他一眼，好像在说"看什么看，喝你的果汁"。

江曜挑挑眉,端起果汁尝了口。

"小柿子,我家小曜真是被你管得死死的啊,我都比不上了。"

江曜立马告状:"姐,你管管她。"

只见她姐竖起了大拇指:"管得好,男的就得管。"

梁小施点头如捣蒜般。

沈禹一脸宠溺地看着自己的未婚妻,向江曜投去一个"兄弟懂你"的目光。

江曜喝着果汁,不再理他。

梁肖生接完徐秋芳的电话回来,也加入战局:"一漾,不能太惯着小施,小曜是男人嘛,可以喝点儿。"

说罢就要倒酒,被梁小施一筷子敲掉。

江曜道:"梁叔,我真不喝。"

梁肖生干笑一声,朝梁小施扔去一个"我怎么有你这么一个泼辣的女儿"的眼神。

梁小施只甜甜地微笑,附在江曜耳边道:"表现不错,回去奖励你。"

江曜瞬间觉得果汁真好喝,一口喝完,像个傻小子。

这边尹雪也醉了脸颊,跑过来和几人道别。

"家里都收拾好了?"梁小施问。

"差不多了。"

"臭丫头,一点都不懂姐妹情谊,就这么走了。"梁小施哭,又想起什么,"我后天也回春城了,可以一起去车站。"

"你去那么早干什么?"

"归队训练啊,我们教练都快回来抓我了。"

尹雪趴在椅子上"咯咯"笑:"加油,我等着你拿冠军回来。"

梁小施努嘴,指了指那边的李司文。他正被两三个小女生围住,笑嘻嘻地给人家看他这些年拍的照片,风流又倜傥。

"冠军在那儿呢。"

尹雪"喊"了一声:"屁冠军。我算是明白了,男生不管到什么时候都是幼稚鬼。你知道吗?那天晚上李司文和章之澍两个人为了争谁削的苹果皮长,争了一个晚上,吵得我一晚上没睡着觉,还不如到你家睡呢。"

梁小施脸一红,心想你来我家睡可能更睡不着了。

正说着,苹果皮比赛的另一位参赛者不知道什么时候抢了司仪的话筒,"啊"了好几声。

章之澍也喝醉了,在舞台上发癫。

几个人别过了脑袋,恨不得钻到地缝里。

"朋友们、家人们,今天是个天大的好日子,今天是我好兄弟的姐姐,江家姐姐订婚的好日子,感谢各位亲朋赏脸前来……"

江曜抖着嘴角,这人还真把自己当江家人了。

"兔子,他是不是受刺激了?"

"我哪儿知道?你们快去把他拉下来啊,太丢人了!"

只可惜谁也没动,尹雪正准备自己动手,章之澍又开口了:"正好,我发小尹雪也来了。尹雪这姑娘好啊,小时候让我抄作业,长大了还帮我打掩护,你们就说好不好吧?"

尹雪牙都要咬碎了,一把就要冲上去。

"今天在这个良辰吉日,我要为我的朋友们,梁小施、江曜、李司文,"他歪头,伸手指了指下面的人,"还有尹雪,为大家献歌一曲,大家掌声鼓励!"

稀稀拉拉的掌声,还夹杂着笑声。

章之澍清唱起来,闭上了眼睛。

> 天气不似预期,
> 但要走总要飞,
> 道别不可再等你,
> 不管有没有机,
> 给我体贴入微,
> 但你手如明日便要远离,
> 愿你可留下共我曾愉快的记忆。

一首粤语的《岁月如歌》,虽然不算天籁,但好在真挚,加上众人配合,全都静悄悄地听着,竟然也赢得了暴雷般的掌声。

如果《词不达意》是尹雪最后的告别曲,那么《岁月如歌》就是章之澍最后的表白曲。

他对着尹雪挥挥手,情绪轻快:"再见了,远走高飞的小兔子。"

六月,春城青年田径锦标赛即将开赛,队内诸人又绷紧了一根弦。虽然说这只是一次锦标赛,但因为是全国赛制,加上春城上一届在这个赛事上成绩并不理想,所以这次有压力,也有动力。

省田径队队内一直都青黄不接,这次的锦标赛其实也是为省队挑选好苗子,如果发挥优秀,说不定直接就能被省队提走。

知道这个事情之后,队员们都有些蠢蠢欲动,就连平常训练都提着一口气,想要争出个输赢。

梁小施更是如此,她把时间都交给了训练,收效不错,现在百米短跑的成绩已经比以前进步不少,几乎是那次在蓉城追着李司文的时间了。

白涂川对她更是严格,时不时来个加练大礼包,梁小施"开心"得直叫唤。

队内选拔开始前,张唯心突然找到她。

"有什么事儿不能刚才说,非要单独见面?"

梁小施刚做完一组力量训练,累得冒汗,没什么时间和她绕圈子,就想赶紧回去睡觉。

谁知张唯心却一脸认真:"这次选拔,你必须选上。"

"为什么?"

"陈橙因为专业原因已经退队了,小师妹又陷入了瓶颈,这次你必须选上,我要看看你的实力。"她又补了一句,"在赛场上,看看你的实力。"

梁小施有些惊讶,没想到张唯心居然跟自己说这样的话。

"不用师姐提醒,我肯定会努力的。"

"不是努力,是拼尽全力。"张唯心上前一步,一字一句,"梁小施,赛场上不光自己重要,竞争对手也很重要,我需要一个竞争对手。"

梁小施从没见过张唯心这副模样,那是属于一个运动员的野心与坚定。她突然觉得被感染了,粲然一笑:"放心吧,我会在赛场上打败你的。"

"这句话应该我送给你。"

张唯心转身走了。

梁小施看着她的背影,无限感叹。

这个骄傲自强的女生,连背影都那么坚定。

"师姐!"她喊。

"什么?"

"以前我对你有误解,抱歉……"

张唯心刚想说那不是误解,只听梁小施又接着说:"虽然现在还是有点硌硬吧,不过有时候觉得挺佩服你的,果然师姐还是师姐。"

张唯心皱眉,淡淡道:"说的什么玩意儿?走了。"

梁小施挥挥手,笑得开怀。

后来队内选拔完毕,梁小施才叫江曜来看自己的比赛,顺便把张唯心的事情告诉他。

江曜煞有介事地点评:"嗯,还是我女朋友比较有气势,她不行。"

"哈哈哈哈,你怎么这么'双标'?"

"这哪叫'双标'?这叫实话实说。"

梁小施又乐得直蹬腿，然后又收了脸色问："要是我这次又没拿到牌怎么办？"

"那绝对是计时器坏了！"

"我没开玩笑，万一我输给张唯心，进不了省队，我这些天不就是打肿脸充胖子？"

江曜吸了口气，淡淡道："没有如果，不要给自己设限，不管什么结果天都不会塌，你也永远有自己的精彩人生。再说了，你胖了我也喜欢你，放心哈。"

"……我谢谢你。"

那天晚上的月亮很圆，像一块金色的奖牌，梁小施挂电话前开口。

"阿曜，天上的月亮我拿不下来，就送你一块金色的奖牌吧，你可一定要收。"

"好，我等着你。"

去车站接江曜的时候，梁小施顺手在报刊亭拿了本杂志看，仔细一看才发现夏与青的文章在封面上，是重磅推荐。

《她和第十个春天》是夏与青的新作。

有两个小女生凑过来，一人拿了一本，笑嘻嘻地讨论起来。

"夏与青终于出新作了，等了好久了。"

"对啊，这个名字听起来好温暖啊，不知道是什么类型的？"

"我想她一定是个甜甜的女生，不然写的东西怎么这么甜？"

梁小施差点被自己的口水呛到，笑得弯下了腰。

江曜在斑马线那边站着，一脸迷惑。

少年剪短了头发，露出清晰的鬓角，清隽的眉间映着光彩，身后人来人往，却抵不住他就这么静静地站着，像一幅画，又像一捧花，有着世间所有的热烈和蓬勃。

梁小施使劲挥了挥双手，大喊一句："宝贝！"

一声"宝贝"吓坏众人，也吓坏江曜。他低下头冲了过来，一把将人拉进怀里。

"今天怎么这么热情？"

梁小施仰头看他，指了指旁边报刊亭看稀奇的学生们，低声在他耳边吹风："让妹妹们看看你到底有多甜。"

江曜："……真行。"

两个人手牵手往场馆走。梁小施也不知有意还是无意，嚷着问"第十个春天"是什么意思。

江曜拉着她走得更快，只说是瞎取的。

两个人的身子一会儿靠近，一会儿分开，跟小孩子一样玩心大发。

从六岁第一次遇见她，到再次在江家重逢，正好是十年。

这十年，只望春日，再无寒雪。

灯火通明的场馆内人声鼎沸，吵闹声与跑动声不绝于耳，机械的广播喊着让运动员们检录，高高的显示屏显示着一排排成绩。

江曜坐在观众席上身子都僵直了，最后决定去和梁小施说说话。

到那儿的时候，梁小施正在热身，白涂川在旁边看着。

小师妹叫起来："师姐！你男朋友来啦！"

梁小施和张唯心同时转过身来，后者有些尴尬，又转过身去。

"你怎么下来了？"

"我有点紧张。"

梁小施从包里翻出安定片："你要不要吃两颗？别紧张。"

白涂川脸上的黑线都要掉地上了，难道这就是典型的皇上不急太监急？

他一巴掌拍到江曜肩膀上："小伙子！坚强点，她是去比赛，不是去刑场。"

梁小施："……我谢谢你。"

江曜礼貌道："辛苦教练了。"

"成绩还没出呢，我辛苦什么，这个月能不能过上大鱼大肉的生活就看她们发挥了。"

江曜一阵干笑，这教练还真是不避讳。

梁小施摆摆手："甭理他，他就这样。"

白涂川眉毛一皱，大喊："梁小施！"

"到！"

"继续热身，准备检录，超常发挥，相信自己！"

"是！"

跑过去之前梁小施又退回来，小心翼翼道："教练，要是这次我拿了牌，你能满足我一个愿望吗？"

白涂川"哎嘿"一声："你还提起条件了，什么愿望？"他提高声音，"结婚可不行，我不允许！"

梁小施和江曜双双无语。

"我是想让你也多给师姐送加练大礼包，每次我一个人练多寂寞啊。"

"你师姐自己有那个决心和毅力，不需要我说自觉加练，不像你，还要我监督。"

什么叫自取其辱？

这就叫自取其辱！

梁小施"哦"了一声，继续去热身了。

白涂川站在江曜旁边，淡淡道："她和她师姐不一样，她需要的是更多的鼓励与相信。你这样紧张反而会影响她，相信她吧。"

江曜捏紧拳头，答了一个"好"字。

百米决赛开始，梁小施在第六道，这并不是一个好位次。

张唯心则在第四道，紧绷着一张脸和镜头前的观众打招呼。

梁小施被这镜头吓一跳，下一秒却笑起来，还调皮地比了个爱心，惹得在场人都乐出声。

枪声响起，所有人如箭上之弦冲了出去，像流星划过。

江曜一动不动地盯着梁小施，只见她一出发就占据了领先优势，几乎是在转瞬之间就超越了一个又一个选手，在最后十米内步频更快，第一个冲到终点线。

11秒40的成绩，梁小施拿到了一百米短跑冠军！

江曜几乎是从椅子上跳起来，奔跑着去跑道上拥抱她。

梁小施也尖叫起来，一下跳到他身上，两个人开心得直转圈，最后以江曜被工作人员带离跑道结束。

士气燃起来后便一发不可收拾，之后的两百米和四百米梁小施也拿到了银牌，金牌则由张唯心以及另一名体校生斩获。

春城女子短跑队一片春暖花开之像。

颁奖典礼时，梁小施和张唯心一起上去。

"师姐，以后也请多多指教了。"

张唯心嗤笑："这么有信心去省队？"

"我可没说一定能去啊，还是师姐觉得你自己一定能去了。"

"……你每天不跟我斗嘴会死？"

梁小施笑，和她握握手："师姐，要是去了省队没我和你斗嘴你得多无聊啊，你说是吧。"

张唯心挑眉："那倒是。"

领奖台正对着的就是观众席，梁小施站直身子，脖子上是沉甸甸的奖牌。她听着国歌，自然而然一股自豪又感动的情绪就涌上脑袋。

此时此刻，她只想了一句话。

"你想的是什么？不会是我吧？"江曜拉着她的手晃荡。

"我想,原来国歌是这么好听,每一个音符都那么震撼。"

江曜点头:"我也觉得,在运动场听到国歌原来是这种感觉。"

"那你呢?我颁奖时你在想什么?"

"让我来听一听!"

她还像高中那样,使劲搓着他的手心:"你肯定在想'哇,这个冠军是我女朋友哎,大家都来看'。"

江曜眉毛一挑,别说,他当时还真有一点这个想法。

"怎么'特异功能'消失了你还猜得到啊?"江曜无语望天,把她抱在怀里。

"所以你真的在想这个?"梁小施惊讶。

江曜伸手指了指天空,又转过头撩撩她耳边的碎发,声音夹杂着夏日的清凉。

"我想,不用什么奖牌,你就是我的月亮。"

梁小施笑,把自己的奖牌给他戴上,然后踮脚亲了上去。

谢谢你,永远光明耀眼,永远在我身边,做那一颗全世界独一无二、专属于我的小太阳。

—全文完—